曲阿詩綜
曲阿詞綜

〔清〕劉會恩 輯

②

江蘇地方詩文總集叢刊

廣陵書社

曲阿詩綜卷之十一

丹陽後學劉會恩時菴輯

明

湯日昭 字子德號見弦萬歷己卯舉人庚辰進士授禮部主事知台州府累官四川布政司使

入蜀宿高歇公館過蠅山寺有感

朝過岳池嶺暮宿蠅山岑山深藏古寺隱隱雙叢林忽發鐘磬響時聞梵唄音對酒暫忘疲夜深愁轉縈晨興擬尋討候吏忙催征霜華明曉徑晴嵐拂行旌逶迤循鳥道惝怳聽雞聲錦城行漸遠塵鞅苦羈情未斷蠅頭念愧爾蠅山僧

春日遊園與主人丁泰來分韻

爲問桃花向赤城花間仙子喜相迎澄湖練影穿林見古刹鐘聲隔岸清馴鶴雙雙過舞樹落英片片點棋枰會心不用臨濠

濮擬托浮槎寄此生

謁九里季子祠

延陵西去問遺蹤古木森森數畝宫曲澗潺湲通九里晴嵐掩映列三峯故山不改幽棲色野老猶存讓畔風千載高明誰得似首陽直許並清忠

誰識麟經隻字褒觀風上國若爲謀聆音立辨興衰業解劍寧忘生死酬四世臣勞甘伏節一朝内難昔同讐賢豪已往英聲在百井瀼瀼沸不休

送周中丞歸豫章

貔貅十萬擁旌旗吹角威生海外知正是功酬明主日如何心與故鄉期高名獨擅誰堪並直道難容自莫疑廊廟江湖俱可樂願無堅臥任瘡痍

夔門舟中度歲

正憐老去疾如梭況復新年峽裏過巫嶺風高猶積雪瞿塘雨足忽添波怕燒爆竹驚鄉夢强泛屠蘇對舞儺却喜青春堪作伴大江東去聽吳歌

春杪掉舟菩提菴訪友

美人遥駐碧山頭與客同登訪戴舟猶喜花前春未盡更憐天際雨初收朋儔抵掌談偏劇衲子翻經誦不休清興未闌歸棹急空林回首暮烟浮

觀音山望湖亭重修落成和王東里明府韻

閒來登眺歷崇邱湖上亭開勢欲浮蒸嶠四山環碧落巉岏一曲枕寒流漁歌梵唄皆清賞望遠憑高一壯遊蓮社重修風物勝綵毫先唱耀千秋

福地有靈增勝概尋芳此日共開樽簾侵花氣經時馥座合松陰未夕昏疋練雲拖連遠岫亂帆風趁過前村到來便覺塵緣淨况復身依不二門

湯日明 字子哲號見韋邑文生

方伯見弦兄入蜀江頭餞別

花滿江城柳滿烟春風別思最堪憐旌飛旭日龍光耀劍佩清風鶴馭翩錦浪乘帆開遠岫金樽勸酒惜離筵相攜不盡關山意巴蜀春深聽杜鵑

方伯見弦兄攜遊張公洞及玉女潭

爲覓溪山勝景幽仙風吹我步瀛洲巉巖曲竇冥中見怪石奇蹤谷裏收石潤澄鮮浮碧玉金砂焯爍漾丹邱看來擬是蓬壺境好謝塵氛物外遊

張　肇字子基號誠所萬曆己卯舉人庚辰進士任湖州府推官

春日遊凝真觀贈丁道士

丹室星壇近閬登步履遲碧桃橫放並瑶草亂生枝遼鶴何年至青牛到處隨黃庭能自寫不記換鵝時

同見弦湯兄遊仙臺觀

雲外仙臺古風清候曉過丹源人到少古木鳥啼多池影浮花竹泉聲度薜蘿暫來銷世慮南陌任鳴珂

賀學易字知幾號雲峯七歲讀孟子至梁襄王曰襄王惠王次子師問何以知之曰長子死焉非次子而何師大驚以國學生中萬曆己卯舉人官福安縣知縣屢决大獄民頌如神後以直言忤上左遷興化教諭歸

接輿

接輿非狂者佯狂關聖人木鐸徇聾聵師道拯萬民僕僕神已瘁轍環周問津時當息其駕刪述六經新泠然一提醒大聖遂

返輪乃知高士懷一言獨契真

留侯

留侯誠智士報韓亦耿忠時已不可爲從天歸沛公鬭爭方紛紛楚漢疑兩雄智勇二俱困衆策誰爲工譬如二人棋倉皇已頻危談笑點數子袖手還復歸項滅不居功幽懷孰與同辟穀飲仙露翩翩從赤松鴻飛凌雲霄千古仰高風

閩中述懷二首

閩越古稱險扆山傍海潮濱巖饒異木層嶺入青霄六月飧丹荔三秋摘老蕉獨憐鄉國遠覓夢遶江遙

流泉山山響喬木塢塢遮四月有紅葉三冬多白花澗盈憑水灌帆飽自風車稼穡今年好民嬉亦可誇

賀學文字知本號靜吾官河南都司經歷

述夢

夢行山中峯巒窈深林壑疏秀石洞砑然洞中有叟授

詩一章覺而異之

青山一帶碧松寒白雲點點紅霞出劍斬龍門水自流千家萬戶同明月明月盈虛誰不知榮枯有數無人識諸仙溪閉洞泉門流向人間作金石

邵 位 字立人萬歷乙酉舉人

夏日集丁六丈㲄菴園亭

長日宜人處閒園一草亭池蓮初破粉細樹欲流青雨過衣翻冷風迴酒易醒坐來詩興發漁唱起幽汀

玉乳泉

出郭窮幽勝名泉佛剎間潭涵秋月澈冷浸白雲閒古甃生苔

草孤亭帶遠山凡心吾欲洗汲得滿瓢還

諸葛懷仁　字子昭號養素萬歷戊子副榜官建寧通判

題江心寺壁

閩水吳山首重回故園松菊半蒿萊無才實愧司民牧有病難教謫上臺兩袖清風辭郡去一帆疎雨過江來多情父老猶相念時泛扁舟送綠醅

姜志禮　字立之號同節萬歷丙子舉人己丑進士授建昌推官入爲大理寺評事遷刑部員外郎出爲泉州知府重修洛陽橋綿亘數里歷任山東登萊道右參政以論福藩莊田降廣西府江道與事累遷尚寶司正卿加太常寺少卿致仕魏閹矯旨削籍名詩黨碑崇正初詔復原官起用以年老辭所著有同節文集崇祀泉州名宦祠鄉邑鄉賢祠公嘗復練湖著有湖漕成案一書湖上居民建祠縣前以祀公

賀邑侯王慕吉考最兼膺薦

飛鳥臨湖曲鳴琴風味仙無言似桃李有志笑鷹鸇得暇即開

卷長貧不愛錢御屏應特紀皇路待聯翩

府江道中有感

逆浪入船平楓林兩岸迎水逐新雨漲山帶晚烟横上瀨看人力乘風聽櫓聲中流堪擊楫邊圉望澄清一艇凌波晚千星秀可羣薰風初入夏新月忽窺筵帆影衝星度槎形犯斗旋未須愁瘴癘此景正堪憐

瀧陽登明遠樓示中式諸生

巍樓百丈聳岧嶤暇日登臨望眼遥頭上有天難咫尺空中無地起塵囂蛟龍得雨横滄海鵰鶚因風振碧霄六詔英雄今入彀好輸忠藎佐熙朝

送夏鶴田給諫使琉球

聖朝雨露海東頭玉節翩翩覽勝遊萬里星槎銀漢杳三山風

駁碧天秋扶桑晚日迎青瑣璦帛春雲駐絳騶閶道南金頻大舶輶軒何以答宸旒

閒咏

乞得身閒已較遲鏡中青鬢漸成絲浮名止足原無意大化裁培豈有私三徑晚歸香膩菊一編夜讀火懸藜北山久矣高眠穩猿鶴能文不用移

題湖上茶菴 邑給諫睢公睢碑有佃練湖妨運事蠹國殃民往往成遠方下死獄等語

昔日練湖湖溢邊今日練湖湖改田漕運農愁關不小睢碑猶臨舊湖前

孫雲翼 字禹見號田歲貢入太學中萬歷辛卯舉人授蜀東龍川縣知縣羅知夔陵州嘗校丹陽邑誌之訛爲匯紹編所輯有廣福山志又名湖山志所註有橋山梅亭四六文工齊梁體所著有清暢齋斯語鶴陽漫稿後齋居金壇

王使君新湖亭子題四十字

蓮社接棠陰虛亭登碧岑神君新茭舍遊子足登臨泉冽能冰齒湖澄可印心何當長憇此寰宇望爲霖

鍾鳴陛 字中散萬歷壬午舉人壬辰進士授承城知縣陞戶部主事以爭國本事謫天啟中贈光祿寺丞所著有中散制義爲令時別兄鳴鑾請訓兄曰但不攜一物同家次年以一麾惆悵兄御曰弟忘去時言耶兄弟清節如此

贈姜同節先生

漢署當年領太常佩聲清切五雲傍一函諫草丹心炯十載抽簪白髮長劍嘯匣中星動彩珠生掌上月爭光飛熊已入明王夢指顧徵車到渭陽

秋日同友人游六度菴

白雲縹緲擁諸天碧殿參差雉堞邊聽法共來雙樹下論文郡憶十年前隔林漁市分秋色近水人家起暮烟華髮自憐驅世

務何能此地更逃禪

丁鴻陽字泰來號毅菴萬歷辛卯舉人壬辰進士由大田知縣歷官吏部郎中翰林翁正春直言忤旨力救之左遷浙江按察司僉事寧台紹兵備道所著有水鑑齋集

過藕花居值雨復霽

休沐得餘閒悠然遺世累聽言湖上荷綽約亦多致將爲汗漫遊載酒邀同志四郊雨足悉忽失千山翠采蓮興未央一葦任所至雷歇雨復收乾坤啟幽閟推窗攬落霞碧筒聊共試坐挹水氣涼炎威欣足遂何處棹歌聲宛轉銷殘醉行樂當及時來日無辭瘁

瑞菊亭歌

定海衛齋中偶拾敗菊兩枝一黃一紫蓋棄於地旦久俱無榮機憐有二蘤姑插之砌忽盛花至隆冬不凋遂

以瑞菊名其亭士大夫咏歌之以爲余仁政之應因賦以謝

危亭百尺新結綺飛甍縹緲浮雲裏公餘坐嘯此委蛇收盡江南春百里繞闌不種桃李花臨階屑有黃金葩秋高氣肅衆芳歇君臺獨挺誠足誇海壖十月北風烈葉殘花老枝欲折伊誰無賴摧爲薪棄置離根堪太息拾來插向亭之陰亡何生意重駸駸瓊條葱蒨宛如昨露葉葳蕤晚更森經冬㪅雪不爲靡勁梢喬松只如此自憐几席足幽香馡得閶闔歌瑞只君不見張堪葵唐叔禾古來此物何足多大造回枯亦偶爾敢將微物徼天和

驛宰行

風雨江干聊駐節相看驛宰聲嗚咽謂言辛苦慱卑官奈當孔

道應愁絶冠蓋如雲已莫支貂璫况復無停朴縱橫豺虎敢誰何處劉萬狀如蠓蠛館人鼠竄舍爲墟傾刻鞭笞肱欲折四顧凄其骨肉遙叩閽無計中腸結我一聞之鼻且酸爲君清夜思長訣聲聲叫道不如歸緜楊枝上聽啼鵑

山行

驅車靑嶂裏拂袖白雲巔山盡疑無路溪廻別有天西風吹短鬢北斗落孤鸛人境此俱寂蒼茫萬樹烟

入德州値風雨

萬里秋將老三年客始歸霜繁疑照鬢風冷欲吹衣雨後江聲急帆前岱色飛微茫烟水濶何處問支機

送友人歸梁谿

送客江南去悠然懷故鄉倦遊悲遠道惜別促離觴十月霜初

白九峯花自黃歸心與征雁千里共翱翔

妙高臺

鰲背層臺迥憑虛瞰海門千山青入檻萬竹翠當軒水濶天無際雲浮石有根盧敖何處是期與話黃昏

江天閣

澤國微茫裏飛甍豔夕曛窗留千嶂月地接一江雲塔影波心出鐘聲渡口分神京看咫尺佳氣正氤氳

馮景純章廷綸齋中夜集

虛齋足幽賞春樹暮雲停燭短徵詩急茶香促酒醒月飛天外白山送雨餘青莫便懷歸客同詮相鶴經

秋夜同王司勲睢太史集張園

雨過草堂淨新涼最可憐坐中人是玉夜半酒如泉卷幔青山

入穿蘿素月懸醉來裁綵賦誰有筆如椽

西山訪趙凡夫隱居

鑿石開幽徑翛然絶世氛泉飛千嶺雪亭護一溪雲花氣流風合嵐光隔樹分知君眞得隱吾愧北山文

潞河即景

玉宇淨無烟空江一鏡懸露凉難倚棹水濶不分天官柳依沙岸啼烏集野田感時與惜别惆悵晚風前

登招寶山

候濤山下氣氤氲萬里滄溟盪夕曛天地微茫孤嶼出華夷咫尺片帆分鮫人夜泣珠沉月虎旅春屯柳拂雲聞說東南馳羽檄當關誰爲靖妖氛

彭城懷古

莽蕩彭城王氣收楓霜蘆月不勝愁英雄百戰爭亡鹿富貴千年笑沐猴戲馬臺空白日暮斬蛇溝斷碧雲秋紅樓紫燕今何在泗水潺湲帶郭流

淮陰侯祠

淮陰澤畔水微茫驕楚强秦釣餌長跨下王孫寧不武軍中國士自非常功高百戰歸眞王勢重三齊忌假王千古英雄空涕淚謾言鳥盡角弓藏

同李百原侍御遊金山

芙蓉倒側海門秋江北江南一鏡收豈是金鰲浮大地却將玉柱砥中流波搖塔影侵龍窟潮帶鐘聲送客舟尊酒況同驄馬使赤城霞起白蘋洲

同張伯復楊復明讌集惠山棲霞亭二首

絕巘孤亭許醉登重湖入望碧波澄帆移松頂隨飛鳥寺出林間覆古藤烟雨萬家懸雉堞水雲千頃汎漁燈汲來玉乳茶堪煮坐月談空欲共僧

路入招提一水臨閒亭坐久落花深烟迷漁艇無人問雲掩禪關有鶴尋青玉排空皆作案蒼虬倒影自成林不堪愁思斜陽裏長笛淒淒雜遠砧

冬日偕楊復明徐伯潤劉汝衡楊孟起諸文學放舟惠山過湖堤步月二首錄一

九天何處落珠璣揮麈揚舲送夕暉黃葉一湖問釣艇白雲滿地掩禪扉澄波浸月光浮練迭嶂含烟翠減圍乘興不辭雙屐倦銀河玉露正沾衣

早春汎舟過聖墅菴

東風一棹下平川偶過祇林欲問禪堤柳含青烟共媚巖梅破白影孤懸石中梵唄留雲護松下茶鐺帶雪煎聞道支公能說得不知何處覓真詮

春日遊京口九華山遇賢上人

着屐尋芳得勝遊逶迤路入萬山幽天開峭壁橫江出風擁奔濤帶郭流桃李有香皆拂座松杉無翠不當樓談禪更喜生公在片石皈依欲點頭

同章廷綸陳邁卿賢上人過仙臺觀限韻

飛茅傳是舊仙壇丹井雲封白石寒迸土筍尖鮮可煮墮堦松子秀堪餐元門乍許留禪錫野服偏宜佩澤蘭望去嶠天欲暝淡烟橫處罷漁竿

過惠山汲玉乳泉因移舟練湖晚望

一片蒼松挂翠籐招提路入白雲層坐來枯石閒調鶴汲得清泉偶共僧放浪半生惟釣艇微茫千頃有漁罾斜陽目斷烟嵐外何處孤村起暮燈

登暢望樓

扶筇仄徑破蒼苔暢望樓頭酒漫催坐對嶂開青玉案行吟身入白雲堆平湖千頃日浮練短笛一聲風落梅多景滿前收不盡畫船祇載夕陽回

謁陳少陽先生祠

重湖落日抱城陰立馬荒祠淚滿襟三疏不寒奸相膽九原難化諍臣心江聲咽恨兼天地山色含愁自古今血食千秋生氣在蒼松翠柏共蕭森

初夏過丁卯橋尋許渾山莊

停車爲問許渾莊白石橋邊綠徑長疊翠晴翻高下浪山花風送去來香千秋逸調空流水一片斜陽剩短墻弔古尋幽無限意江天漠漠樹蒼蒼

陳邁卿邀遊白鶴山

問水尋山路不迷振衣直上白雲梯千秋鶴去留孤塚五色瓜殘有舊畦無數飛花邀客醉多情好鳥向人啼尊罍既盡猶呼酒回首疎林落日低

夏日閒居

紅塵飛不到禪關瀟灑圖書四壁間詩思未能驅背了宦情聊共馬蹄閒桐陰拂綠移虛榻竹色分青入遠山高枕北窗初夢覺隔林流水弄潺湲

碧梧鬱鬱翠雲停坐納微涼思杳冥鬢髮半生空自白乾坤雙

眼爲誰青雨過鶴徑茶烟濕風咽龍湫水氣腥撫罷冰絃成獨嘯松濤何處洒清泠

露筋祠次韻

貞魂縹緲入虛無萬頃湖光一廟孤植節寧知名不朽捐軀已分血先枯風前翠帶牽芳若月下霓裳映野蒲自是乾坤鍾間氣令人千載仰儀圖

秋日放舟仙臺觀尋丹井歸自簡橋晚眺

玉露凋傷萬木蒼幽尋棹入練塘西蹟遺九轉丹泉古地拱三茅翠岫低落日催人廻雀舫澹烟迷樹鎖烏棲當年羽化歸何處只有飛虹百丈梯

燕子樓

張家小妓罷青蛾燕子時從樓上過夜雨梨花春夢斷梁間誰

問落巢多

湖中采蓮七首錄一

短棹輕移不任風進湖香度水雲中菱歌聲斷歸來晚載得斜陽一片紅

遊西湖三十首錄四

路入孤山禮辟支嶼梅嶺檜影參差石泉寒漱碧天淨流盡落花人不知

勝地曾經幾刼灰松濤花雨擁香臺雲中忽見一峯落爲問飛從何處來

輕橈掉出斷橋東面面青山映碧空一幅畫圖看不盡歸來載得夕陽紅

畫舫無須問石尤柳堤亭外逐輕鷗東南物力能餘幾歌舞西

湖只未休

盛德字子明府庠歲貢生

金山寺

山寺江心挺恍如天落星僧資舟楫渡佛藉浪濤熒鐘響魚龍逝經聲鳥雀聽詩人題石壁漁父釣沙汀

湯沐字都萬

登金山

登臨不負十年期更喜重遊會有時休得乘風便歸去不留玉帶且留詩

賀納賢字治原號靜崖萬歷庚子舉人授桐城教諭陞湖南攸邑知縣移巴州知州擢夔州府同知遷南戶部郎中出爲夔遠府晉按察同副使四川兵備道

甘露寺

捫蘿穿曲磴曳杖度危橋佛閣全籠樹僧居半種蕉青飛吳苑岫白湧廣陵潮徙倚嵯峨上長歌懷昔朝

送大司空葉適園先生之白下

白髮懸車意若何十年猿鶴共蹉跎徵書忽自長安至飛蓋遥從白下過八座直聲推草疏三山秋色待鳴珂廟堂碩畫須耆舊會看勳名竹帛多

姜志會字景尼萬歷庚子舉人所著有塔影齋集以子紹書贈奉直大夫工部屯田司主事

春日泛湖

小舟搖過杏花灣白鳥雙雙共我閒最愛湖西山色好夕陽西下不知還

萬頃波光漾晚晴一聲漁唱起前灘移橈欲向中流宿又恐春衫不耐寒

眭　石字金卿號東蓀萬曆辛卯舉人辛丑進士授翰林院檢討會爲冊封衛藩平度王正使工古文辭操筆于言立就所著有東蓀集

孟夏陪祀太廟效顏延年郊祀歌

赫赫鴻明煌煌列祖天基累崇道澤元溥風扇遺猷雲蒸遙祜
有恪嗣皇維欽守府太平顯文執競繩武四月告初盛陽當午
麥薦公田菜登新圃汪洋九成凌亂萬舞都荔芳凝燭銀燄吐
飾笋彫禾承罍翠羽
和鸞戾止振鷺來翔結纓將事端服隨行顧瞻靡極矜束勿遑
衣冠在寢圭瓚在堂天容穆穆神語琅琅誠通愛接敬徹慈彰
景星宵煜甘露晨瀼神保曰享我邦永昌曼壽億載撫安四荒
視茲永夏於爍離光

敬軒先生薛公

復性宗旨寥寥千載爰近求之容聲舉意不言躬蹈不露潛修
一息無怠一物靡留何理弗窮孰居匪敬彌廣而虛湛然吾性
欲深欲厚欲簡欲莊式茲要訓何用不臧

敬齋先生胡公

孔主忠信孟求放心功微意切謹獨功深盡人而天一敬靡倦
粗淺既融粹精乃見聖統正嗣熙朝逸民詩書潤屋仁義潤身
力排異端志振流俗有懿言微豈斯行篤

陽明先生王公

謂知在物能知者誰知可離物無物奚知格以知之約惟博是
一貫豈他忠恕已矣異端悠曠俗學支迂曰致良知實道之樞
致自孔傳良因孟建陸非創言朱有定論

白沙先生陳公

師稱學云時習乃悅自得諸心益其真訣戒慎恐懼終日乾乾忘喪乎我助閱其天脉脉功夫津津旨趣端坐陽春詠歸詩句鴛針無譜馬騾有銜非無非有即聖即凡

擬明月皎夜光

冉冉秋氣至蕭蕭夜未央高柯紛以白吐月爛其光徘徊碧海上皎皎照我房懷人萬餘里沉吟發淸商當杯誰能御綺閣正相望烏鵲東南飛元鳥適其鄉豈無上林枝故巢亦有堂願隨淩風翼聯翩起翱翔

送友人

貧賤良足樂富貴安可居高歌引清夜曲終問焉如子今學干祿余亦行上書言念富春人躬耕釣其魚取物寧用多適已固有餘俛仰結中懷去去長嗟吁

風雨彭門去，霜霰蘇門行。綿緲夢鄉國，忽忽見交親。爲客六七年，好惡無不經。惡者心中事，好者世上名。何如於陵人，與妻而灌園。茹菜無毒疢，葺廬有微温。人生各自媚，時俗隨所珍。出處勿復論，慷慨酬生平。

擬李太白紫宮高樓入紫清行

紫閣天開天宇淸，祥烟麗日當雕楹。雲外和鳴來鳳吹，花間逸響發秦箏。千春萬春爲君壽，舞罷長歌春日行。是時廣樂張蓬瀛，彩霞東去波不驚。露華溶溶仙掌動，赤城瓊島東西傾。千春萬春樂昇平，天常淸，地常寧，和風四暢秋氣迎。冠履闕下羅軒軿，紛如羣眞會玉京。君乎不有棲神滑滑遊冥冥，我聞黃帝華胥乃如此，春臺化國誰能名。

觀播州山川圖

何處危峯落照懸修林淚簀纏重泉星使開疆傳漢代夜郎裂鎮自唐年威儀周爵羈縻舊土俗夷貪酋弓弩便運窮餘孽知難養帝遣元戎收故壤神武猶存不戰威狂圖自抒無將綱殺氣朝昏烏渡潰軍聲夜動白泥塵風雷一洗山川垢日月重開草樹春八百年來誇盛美昭代除凶兼雪恥大將旌旗銅柱南良工藻繪金門裏爲指城池血戰邊彫殘墟里總堪憐霧暗蛟蛇看窟宅烟屏蘿葛任攀緣皇圖納欵生成廣新國敷敷雨露先聞道饒州方奏凱詞林還和采薇篇

新嘉驛次韻

涼雨歇炎氛淚杯引夜分新泉周碧砌老檜結蒼雲村火停舂見田歌起穫間倦游何限意倚徙未成醺

虛館

麓館朝光大平池霽景開微風搖翠竹宿雨落蒼苔幽鳥低窺戶殘花曲旁臺呼童徵酒伴乘興急銜杯

憶鄧孺孝山人

竹樹蕭蕭晚烟波渺渺秋無魚還自釣有酒復何求憶弟春塘草懷人雪夜舟一尊留宿地回首十年游

過王崑源

日暮尋安道昏時上遠槎地直疑水國門錯叩漁家茗椀浮春葉蘭釭吐夜花獨憐孤鶴夢漂泊又天涯

同姜仲文汎湖

小艇信所適澄湖霜落初千流爭大壑萬頃接南徐杯酒綸竿暇菰蒲雁鶩餘何當作漁父長日此踟躕

仙臺觀二首

古木千章合蒐臺一徑開山空清暑冷日暝暮鴉回丹液惟寒水瑶琚自綠苔卽知靈氣在鸞鶴夜深來

小酌依流水方橋送暮烟黃冠能舉白丹井共探元擲簡入何代飛茅事有然神仙不可問吾意在逃禪

長至習儀

仙家玉砌敞蓬萊璧月珠星接上台陽氣欲催緹室動祥烟直繞御爐來千官劍佩天顏近三殿旌旗日影開共識迎長多勝事慈宮先進萬年杯

碧雲寺

碧殿丹梯萬竹巔鳴蜩不斷樹交天將窺絕攝孤雲迥忽俯前除衆壑連盡日深廊飛翠靄中宵高閣注紅泉山前幾許緇塵路屈指重來已隔年

獨酌

愁來獨酌已成醉客至高歌還舉觴古劍激昂當白日春花零落在他鄉論心自與漆園吏除目誰爲秘省郎最是五湖烟雨好欲將蓑笠趁鳴榔

册使衛藩

天家磐石盛中州玉節翩翩覽勝遊報慶禮崇周太史題書恩洽漢諸劉章臺暗柳離尊暮銀浦廻槎禁苑秋試上高臺望佳氣兩都雲樹五層樓

金函玉册出邦畿百二山河握節歸燕路綠楊明晝錦千年瑶草駐春暉何人萊綵遺經貴是處潘輿擁傳輝更道詞臣多異數璠璵分得自皇闈

同王伯穀飲憑虛閣遇雨因留宿

高閣層軒接太清倚闌日暮旅愁生長風浩浩來鍾阜急雨蕭蕭過越城雲樹不遮遊子夢黃花無那故人情醉來趺坐禪燈裏叔歷空山孤磬鳴

嘉山龍母祠即事

雲石淋漓古洞陰澄潭寒色照空庭樓臺曉霧含光紫草樹斜曛帶雨腥山遶延陵烟漠漠江浮建業浪溟溟松門樵笛歸狥暮萬壑奔濤起夜音

同錢玉潭曹氏外兄弟飲古竹院因別履中上人

看雲常愛北巖幽此日相攜盡昔遊百道鳴泉新過雨千章灌木迥含秋僧歸石磴斜陽歛樵唱松門片月流最是遠公能惜別殘尊一笑虎溪頭

過蔣原道十二

野徑行林半落桐繞簷蘿薜翠芃芃同來有客聽秋雨獨立如君見古風病鶴自憐詩骨瘦疎蟬時喚道心空柴門回首山光暮曲水方橋路幾弓

送韓將軍應制并上

翩翩漢將擁樓船三畧親陳五殿前旗色遥開龍陣曉劍光先照雁門天身輕鐵騎風雲壯名在金屏日月懸邊塞只今須頗牧莫將銘勒負燕然

薪園

相國園亭繞碧流萬峯蒼玉亂新秋簾衣隱月藤蘿冷杯酒生香魚鳥留敢以小言追大雅會將後樂識先憂江湖白首眞吾事短逕修篁任醉遊

對峯山房小坐

竹繞溪池月影移斜河淺淺引秋思學書已老空成癖載酒何人數問奇雙鶴三山來縹緲一身四海笑支離明朝策蹇堪尋處瓜市江村樹色稀

送姜仲文視學關中二首錄一 楊文襄公視學秦中曾得李空同先生

三輔河山北斗邊形廷丹詔重掄賢文襄清鑒曾懸地獻吉高名載起年晚日芙蓉瞻華嶽春雲楊柳入秦川衡文頭白諸生後郝對金章倍黯然

白溝河

斷岸層冰古白溝寒雲渺渺至今愁可憐五國城頭月得似杭州與汴州

玉輦南來八百年六宮回首盡潸然旌旗不到黄龍府夜夜空山叫杜鵑

一片山河十六州胡笳羌管恨悠悠江南平後將軍老常使忠
冤怨白溝
千樹垂楊百尺橋西風落日水瀟瀟行人莫問當年事馬首燕
雲是聖朝

品外泉 中有石蓮噴水

滮滮波聲意未平鱗鱗雲影亦多情何如劫劫蓮花石放取流
泉自在行

千佛嶺 鑿石爲佛舊有廊覆之

寶絡華鬘沐雨新蛟鱗鳥翼有黃塵還知當日青苔色却是如
來混沌身

送鄔子遠之吉安三首錄一

吹遼江亭海霧消楚雲西去片帆遙思君不逐江流轉盡日東

風午夜潮

儲　璉字艮器官上虞縣知縣

登金山次張承吉韻

中流屹孤柱真與世間分殿閣涼生月帆檣影拂雲風波閒自起塵事寂無聞獨愛中泠水烹茶更解醺

湯日昌字子懋號少村官館陶縣主簿

贈心古姪

仲容抱奇質自是千里駒身不浮名縛心與古人俱攜笻汲紫極摛藻握元珠素修我無隱清鑒爾有餘談棋差可勝論易足相娛良辰逢小阮共醉意徐徐

湯日望字子道號仲瑜歲貢生授華亭縣教諭所著有學庸遺稿

別侍御左海樓北上

莫關馳書簡帝臣江皋攀戀不勝情康平清譽萬民口山斗師模多士心瀛海源深通太液蜃樓日麗接承明潞河仙棹秋風夜聽得朝陽第一聲

周彥文字季純號季子與兄孟純應文仲純繼文從高忠憲攀龍遊忠憲稱其以聖賢語能述一體勘覺字字有味及門有三周之目所著有高子語錄心鑑齋詩集文集

閒居自述

少寡塵俗慮長知詩書娛一朝棄市氛而得居蒲蘆綠竹圍我居清溪遶吾廬孝齋望四野無復墻垣拘桃李蔭前簷松柏長後逵出門有同伴牧子與農夫堂虛晝並靜閑閑惟讀書明茲消息理動靜可捲舒泰然安終身不樂欲何如

幽居

終日幽齋坐雖老惜三餘沒然忘外事常憶先民初居淡人不

至鳥馴啄庭除心靜俗慮少氣淸妄念疎理欲界已明懷抱覺
自如寄語同心客時日愼勿虛

贈束懷玉

數椽茅屋萬松林懷玉先生適性情酣睡但求知識少潔身豈
謂姓名淸山中何日非廊廟海內無人不弟兄可是先生遊塵
世還因塵世避先生

周繼文 字仲純號仲子

咏雪

應憐三尺雪便擬十年安歌餘心自樂何必更加餐

蔣從教 字文覺號謹軒由歲貢生任通州教諭

宿秋林

秋日秋林秋已老滿堦黄葉隨風掃鱸魚正美蓴芽鮮何事他

鄉仍濱倒秋林秋夜秋氣清微月照窗蕉影横秋聽寒砧與館雁攪衣獨向空庭行

湯三才 字中立字心古邑文生以子道衛贈兵部侍郎所著有禮記新義疏 欽定禮記義疏會採其說

和見弦叔見贈韻

勿歎還證獨知天卻病搜方不問年賭墅枰中窺勝算投閒疏嬾識遺賢從遊廿載無停轍酬德平生莫息肩待向空山修樂餌丹成入訝古神仙

賀彥登 字明佐號適吾邪泰季子由太學生授文華殿中書所著有松谿野言諸詩集

擬明月照高樓

高樓迎古道明月正孤懸清光動簾幙幽怨思長安君如月邊雲去留安可攀妾似雲邊月顯晦難自專涼風吹我衣轉念君身單豈無一樽酒欲令忘憂難爲別既已久感時淚空彈

戰城南

戰城南死城北屍橫遍野誰收骨血流滿長河腐肉烏鳶食怨氣白日昏萬里人烟絶荒野幽魂靡定止歸路茫茫無覓處身隕塞草魂夢托鴛幃裏何時化作南來燕飛向家園訴身死閨中婦知不知爾家樓閣朝朝望砂磧孤魂夜夜啼

輕薄少年行

誰家少年輕薄兒終朝立馬章臺西縱飲頻傾燕市酒豪奢每挾邯鄲姬邯鄲夜宿輕千鎰百萬摴蒲剛一擲意氣由來任狎邪相憐不必曾相識一朝揮盡杖頭錢囊空羞澁帶愁顏離披兩腋襟帶緩落魄歸來誰見憐

重入芥中有感

去去入烟霞登攀興獨賒鳥歌前度曲崖發昔年花石縱開新

榴林深護乳鴉爲多司馬涓來覓舊山家

築圃

性拙甘時棄疎狂任自如開將蔣詡徑結就邵平廬前蓺充簷瓦編篁引澗渠烟霞朝夕滿爲我覆琴書

寄興二首

野人僻處幽閒絕少車馬喧閒家居杏花村裏門臨春水橋邊蕭然散髮披襟獨據胡牀弄琴靜看落花風掃閒聽漱石泉鳴

寓意

誰道春風不世情柳絲偏向煖中青安貧最是閒庭草要路何曾長一莖

漁隱

一舟一笠一簑衣滿趁風帆逐處飛但使烟波餘歲月何須更

覓五羊皮

賀懋功 字叔伯號元成邦泰之孫萬歷癸卯舉人官當塗縣教諭日集諸生講濂洛之學人比之胡安定卒請祀於學宮

與當塗士子清讌賦示

官微偏任重事業在千秋設帳殊慚馬傳經亦愧劉敢言桃李植空有稻粱謀祿薄塵生甑齋荒草滿丘攜樽人問字乘月我登樓嘯咏頻揮麈詞章共校讐春風覺座滿時雨看淡流泮藻輝書卷江花艷筆頭英才幸濟濟翹首望鳴騶

荆之琦 字鳴玉萬歷癸卯舉人辛丑進士授南戶部主事歷任山東武德副使

夢覺歌

萬物本來空營營幾人悟生死存乎人誰言有定數不見登山者一步一回顧失足便落巉巖隈朝攀暮躋難上來何如守之

未墜時杖藜咫尺是天台不見皇皇行路人如此那似青山千歲爾吾徒縱得百年身病苦憂愁三之二嗟哉嶇羣鷄夢人不識此生爲浮萍茫茫愛河任漂泊昏昏欲海甘沉淪六龍忍着鞭苦海飄以泊蟪蛄不知春與秋阿鼻相煎祇自縛家有鈎金億萬千頭呼肺石誰能贖高堂距踊推心肝庭前寂寞誰承歡妻孥號泣聲凄切行路聞之心亦酸八珍六食陳綺席有鼻不聞馨與惡羶祭鷄煌煌淚血空躑躅除骴六月倏而朽尸蛆亂躍如利斗五官百骸不自持紛紛外物何能有卽時三尺封墳卻谺聲蟋蟀風颼颼穴裏穿蛇蟲林間鳴鵂鶹有手不能揮有脚不能踢有感不能施有知不能說何如未死年有病善自攝室家不堪懷寵辱不驚惕一餐告飽卽睡眠坐擁團圞鏞花結那問食之粗與精那問家之囍與阨萬仞吹來石壁風一心印

得石潭月逍遥塵埃間隨叩長生訣克盡五倫私寥寥天地濶

烟霞嶺

人從絕壁上洞在白雲邊松竹多迷徑烟霞別有天雨餘初滴石路轉忽飛泉已覺空塵想何須更問禪

賀懋敬 字止叔號簡園一字簡可萬歷乙酉舉人官河南宜陵縣知縣判常德府事祀常德名宦　烟叟云恬適中忽發感慨寛和中時露風骨詩品最高　止叔工書畫清真拔俗楷法尤高人比之王象劉悅

靈犀亭 水出靈犀大寮澄碧如故旱亦不涸上巳九日邑人游焉

一片空明趣悠然物外情澄波長不歇奇氣自生英僚友歡高會兒童競笑迎春秋修故事累欲濯吾纓

爾承弟招飲中冷弟在座賦詩慨然不勝今昔之感即席步韻

十載參商身世隔今朝把酒復重歡青雲異路萍分易白髮同

歸星聚難桑海忽更驚序變松筠不改幸時寬隨緣任達休辭醉次第看花莫惜殘

蔣槎長集飲庭有松一株

幽事相關趣日濃羣賢高韻入青松百年已覺同蕉鹿一笑何妨付酒鍾雲物乍移驚落葉秋聲潛聽雜吟蛩坐來詩思添多少欲向天台問遠峯

次黃公暮春漫興

古今揚扢大堪商髮短誰知心轉長壘蹟臨摹專取靜丹鉛點勘不辭忙鶯花正好争今樂老大方悲悔昔狂掃室焚香吾自可勤勤愛日遡三皇

釣臺

抗志雲霞遡俗塵一絲不掛却垂綸由來濤節推東漢只在先

生報故人

曲阿詩綜卷之十一終

曲阿詩綜卷之十二

丹陽後學劉會恩時菴輯

明

賀世壽 原名烺字函伯號中冷萬歷丙午舉人庚戌進士授戶部主事歷郎中時顧憲成高攀龍講學東林當事力排之世壽本東林講學弟子兩疏爭之語侵太宰趙煥因鐫級謫外鄒元標薦起爲禮部主事逆璫用事遂歸忠賢誅復起戶部主事轉光祿太僕二卿歷通政使以兵部侍郎兼僉都御史巡撫天津乞骸歸卧南都立以少司寇召公總督倉場晉太子太保戶部尚書會馬阮等仇東林舊人諷言官劾罷之旋卒所著有淨香池稿思問錄清音集附坪雜識藏於家

繇靜樂山寺至芙蓉池

迢迢四山靜樵語亦淵然林稠隱紅樹石谷貯溪烟山童挽空車兩兩歸村前客徑翳修壑但聞流涓涓境轉識向背勝洽重周旋返照入古寺長松韻朱弦泉石皆畫材爲我鬚眉妍靜憩

曲阿詩綜　卷十二

空無生悟此印瑩禪

鶴林寺

歷歷山中夢警發賴幽尋籃輿纔出郭曠然已清森風林何寂歷況乃秋氣侵烟巒生動處儼如米老臨山川亦何常目力自淺淺一遊獲一趣迥異昔與今趺坐沒忘歸莫逆在清音

同遊凡夫發寒山歷華山賀九嶺天池一雲天平竹嶼

積陰沒蒼翠山雨況泚泚暮宿小宛堂朝發華山標道逢巖壑往停驂輙徙倚險夷非一致心目互驚喜不離蓮花峯周折行十里白板與翠微交絡山之趾羣巒有避就竹樹亦紆委空山悄無人萬籟含靜理時復一逢僧面目帶雲水龍門劈巨石到此天亦詭玉泉界磧明歸鳥掠霞紫秋色染西峯登之自今始印瑩得新知莫逆笑相視況從黃門子飄飄躡仙鞉

西山道中

秋林有餘妍況乃秋容鬱濃綠自野烟伽藍晝長閉野籟盛新晢懸溜鳴堦砌前俯裂帛湖文瀾渺無際選石弄珠串琴瑟騰濤慧轉眺虛亭西列岫拖奔勢自覺天機溪獨許山情契便欲解朝簪臥玩芙蓉髻

兩峯道中值雨作

湖山勞夢想行行領濤異身到忽悠然彌天開晝筍石徑乍凄迷風雨驟然至雲昏樹杪山磬咽前朝寺空濛孕遠神蕭瑟含溪致林僻鳥在烟松冷僧欲悴迴旋十餘里夷峻歷已備衣幘雖沾濡形神愜奇祕勝似灞橋人驢背彝文字

泛舟後湖即事

悶坐意忽忽言彝物外遊平湖渟碧一千頃與君今上沙棠舟

舟輕一葉風宛宛中流容與同閒鷗日彩噴射全湖明輕雲俄落光氣收糢糊烟樹橫近郭雲山數點青欲浮我吹鐵笛湖水沸浪花濺客寒生秋拾舟再入漁村去芃芃燕麥清于油牛閒牧唱太平曲不知烽火急邊州我亦傾壺醉明月暫從野老失煩憂

焦山放歌行

渺渺晴江帆十幅竦身一上焦山麓叢茸柴翠挂巉巖錯落亂雲圍古屋經堂午寂無人聲水石鞺鞳如樂鳴我心悠悠念肅穆坐中面目皆空清茶白輕烟出修竹乍有飄花點棋局鶴棲珠樹客星孤僧書貝葉雛兒讀兩輪萬古浴洪流下有龍宫上蜃樓海門風激浪花怒森寒五月如清秋當年拜詔幽棲者遺祠陰陰鬱梧檟洞門一片水聲長漠漠江心山月寫水聲山月

雨泠然人事於今更可憐網羅扃張風索索飛鴻安得遂寥廓
人生刺促可奈何不如且使朱顏酡就中布席誰最可水晶巷
裏江光多

過宣武門 感蒲州韓公之去國也

曉出經過宣武門黃埃撲面風如奔道逢有客歸鄉國僕馬慘
慘寂不喧賓朋惜別心煩冤揮手倉皇無敢言借問斯人去何
疾君若聞之應太息玉几曾承顧命來黃扉手握絲綸筆事移
勢去竟如此寵辱何人能預識人生干祿徒爾爲班絕百僚猶
若斯九關虎豹方磨吻好向山中茹紫芝

天啟甲子凡省試錄文指斥倖寺者若干俱矯旨降謫有
差嗟乎大璫之酷乃至如此涉筆愴然作主司長歌

主司主司聽我歌劉蕡對策置下第當時舉者慚登科宋世尤

嚴僞學禁掉頭桀士歸嚴阿公論從來繫元氣覗彼明晦司平陂縱使吹噓欲障之轉恐經天光不磨秦法腹誹罪無赦我皇聖德捐煩苛稽手頌美且不暇敢於字句含譏訶草木生逢不諱世實繁秩秩筵黃和猶恐道哀人紀薄痛哭年少今無多主司發策先獲罪從今士氣如頹波羨新爭欲如子雲詠檜還慮譏東坡向秀無權還受侮毛穎致身今返戈更聞真宰欲憔悴文昌移入宦者次執中容義有新詮另繹虞廷千古秘中丞昨夜封章全老成更事藏深意不然但語何娓娓大璫原不攻文字時給事李曾生倡執中宅中旨不中出而詳出等語以媚璫喬應甲連上十疏嫚罵朝士

妙應寺

一縷沿廻入林巒歷幾盤山扶丹閣出鳥啄白雲殘老衲緣貧痩游笻爲僻難松風聊隱几片月石門寒

海嶽寺

經月山中客閒情畫裏論江聲帆底落人影樹頭繁鐘午提壺

集春晴種藥喧朱櫻紅未半驅馬已村村

集定國公園亭

郊市塵方急行宜向水涯弄音淸濁鳥含韻淺深花臥雨梧知

冷穿曦樹故斜鄰僧能好客扶杖餉初瓜

淪漪一曲水好友坐幽偏秀濯花霑雨淸疎柳着烟晴瀾明倒

影銀浦瀉遥天總覺無塵事觀魚過檻前

陪董思白王而宏劉肩平過慈慧寺

儒釋俱尊宿人天狎主盟未論叅法味祇覺遠凡情燈傍蓮千

葉寒飛磬一聲坐來心地靜麈尾自縱横

逢閔仲良太史遊臥佛寺

秋容一徑中含吐狀無窮霞散初肥稀霜輕未醉楓自然幽意愜偶得素交同窈窕幽棲裏山泉處處通

飲瞿稼軒東皋

平疇疎柳外渺渺出澄湖陰轉橋南北烟溪山有無潮擕龍氣入雲占鶴情孤淹酌樓頭晚娟娟月過梧

碧雲寺

雲廻磴折儆琳宫泉瀉僧厨曲曲通撥刺文魚霞作片扶疎寶樹月初弓不嫌淩奪荒寒趣自喜莊嚴水石工更是泠泠隨夢去疑風疑雨下遥空

洪光寺

游筇集處靜還喧别遶孤清絶巘尊萬木縈紆斜抱寺千峯簇宛正當軒鐘生幽谷日當午花到溪巖春正繁徧歷精藍惟此

勝莫移半榻且高言

津門築籌海挽河二臺

秋盡漁陽古戍愁崇墉翼翼抗河流黃塵飛輓通三韓青海旌麾擁上游洗甲未期猶夜柝銷兵何日服春疇子輿莫漫歌周雅力小難紓社稷憂

層樓雙控海門東禹迹三韓在眼中日曉扶桑波作鏡霜嚴細柳月初弓下臨雉堞千門小飛渡戈船萬里雄設險聊將限中外若論鎖鑰愧萊公

賦得不如高臥且加餐二首感乙丑丙寅間事也

遠矚雙闕集鵷鸞魚鑰沉沉動夜闌門下晨趨花氣暖幕中晚出月華殘皂囊屢請誅遺黨青簡重聞屬史官身後身前勞計慮不如高臥且加餐

懷人蕭索夜漫漫雨滴葵枯剩有丹梁獄上書猶自理楚囚對
吏只長嘆功同夾日天應鑒寃致飛霜詔未寬珠樹金光眞可
懼不如高卧且加餐

津門閱操

金甲琱戈傍斗邊營開細柳海雲連旌旄影靜搖千雉鼓角聲
雄撼九天璧上乍觀驚鉅鹿幕前羅拜認幽燕饒歌馬上風徐
引小隊歸來夕照圓

築園

生憎闤闠羨名山恨爲移家俏舊閒且買陂塘營鷺社却邀畢
晛夢花關午鐘清韻原非俗鄰樹森陰借不慳三徑漸看供日
賞一樽與客聽綿蠻

答客

休問新朝事知君鼻欲酸鳳麟一網盡蛇虎九關蹲雷霆魂皆悑颮狂夢亦寒大名憐共系利器日分剸夾路栽濃李連畦刈弱蘭宸居綸扆降元老席難安辟置多燕駿逢迎有鷹冠屢回丞相笑最得珥璫歡封草先呈闕天言豫攬看姓名黏屢壁斜勑在臺端曹署多思遁家園亦掛彈徵軺纔拜闕逐客又歸轂孤立嗟明主羣呼盡野豻苦心摹杞檜厲志吻逄干祥瑞稱方始妖氛扇未殘高天猶跼蹐清夜只汎濁屈指三冬路驚心百仞湍爲君陳大暑雪涕莫能乾

高漸離

咸陽擊筑者目矐心不死死得從荆卿亦謝燕太子

京口觀競渡

簫鼓喧喧競水嬉十千沽酒擁蛾眉沙場戰骨高於斗爲問江

南知不知

傷寒山子

鹿門偕隱羡遺風禪說文心彷彿同許爾續收高士傳欲徵私謚向閭中

遊洞庭不果

蒼然秋色下平湖一棹凌風坐畫圖啖得霜柑多少樹并探石室素書無

葛明字旭升萬歷壬子舉人

游西湖

西子湖頭春色好東坡詩句向時誇舞腰爭鬭六橋柳粧面盡欺三月花慣懟禪宫僧舊識重尋野店酒頻賒香風滿袖歸來晚夾岸樓臺襯落霞

丁鴻明字子行號淸潭布衣從顧涇陽高景逸先生遊涇陽
嘗稱丁生鴻明穎悟任生光祖篤實江西劉生廷昱
寓居丹陽孝友可爲丹陽三大布衣子行家貧性尤耿介
遇大雪絶食袁復初裹糧饋之則端坐待斃而已無怨尤
色嘗作自贊云義利關頭淸楚綱常擔子撑扶剩
水殘山浪子白雲片鶴狂夫所著有淸潭世集

秋日同明起郭兄遊惠山訪元甫

高亭隱松檜涼風自溪秋地僻鳥聲稀天空樹色幽水摇葭荻
老雲逐雁鴻流安得山中客時時向此遊

初夏賦懷兼寄姜養冲先生

南郊風日正暄妍可愛淸和四月天撫景未能觀物化閒心漸
覺斷情緣好生厭見蒲抽劍絶利羞看榆落錢一駐紅塵三十
載而今且喜在林泉

秋日有懷

有客入長安相去三千里雲鴻不受呼那能寄片紙

豐士廉字介公布衣高景逸先生東林弟子

寄高景逸先生

自是清朝補袞才翩翩劍舄侍蓬萊雀袍舊映尚書座豸繡新
臨御史臺執簡曉從丹禁入封章時傍翠華開遙瞻法象高懸
處佳氣氤氳接上台

任光祖字希顏布衣平生忠信敦篤從顧涇陽高景逸講學東林事父母尤至孝高景逸有終身孺慕之稱所著有蒭蕘言十卷

九日與丁子行周仲純有約以雨不來

擬佩茱萸結勝遊郄因風雨復相留雲拖暝色橫孤岫雁帶秋
聲過小樓祇遣青山供獨眺翻教黃菊向人愁浮陰滿目真無
賴一笑詩成敵五侯

輓高景逸先生

人物千秋重斗南龍門孤餘許誰探青雲抗疏言殊衆白簡生風院總三臺謂漢廷與黨錮郄從湘水寄沉酣悲來掩淚看遺稿苑似當年覿面談

郭應詔字明起亦作民起號曲阿邑文生工書善詩從高景逸先生講學東林壯年即不應科舉試所著有願學齋詩集

送高景逸先生北上

自慚寡所聞蓬心多蔽錮昨獲門牆游清言啟元悟別來恒未忘銘刻在寤寐春光今爛熳芳草碧盈路劍佩向長安依依忻再晤夫子王佐才補袞有餘裕此去翊聖明膏澤得敷布臨岐復何言翹首盼烟樹

徐敬南見過

疇昔見君詩意趣潑而幽置之古人中不減韋蘇州會晤惜無

因循寐恒悠悠君今抱琴來翛然共我游談笑猶平生益覺莫味投是時雨新霽庭梧飄驚秋白雲擁窗前爲君亦淹留他日倘相思莫似刻水舟

讀天湖草寄鄧泰舒

瞻彼銅馬湖烟波杳無極楊柳與芙蓉面面逗秋色美人此栖遲萬卷貯胸臆青山滿戸庭白日游翰墨昨睹新詩篇恨不早相識相思復相思暮天鳥飛亟

贈孫虛白

孫登昔隱蘇門山悠然長嘯心獨閒濁世軒冕等泥土高風千古不可扳於今耳孫有虛白物外翩翩從所適野鶴耻在雞羣中冥鴻不受弋人迫草堂瀟灑足栖遲茗椀薰爐雅自宜客來握麈飛玉屑品書品畫復品詩堦下火榴手自植株株似爇繞

三尺絳英爛熳滿枝頭滄海珊瑚翻失色盆裏朱魚種種異清
波翠藻競遊戲閒來倚檻時一觀濠上之樂應相似子猷竹米
顛石在昔君子亦有癖君好種花兼種魚風流接踵古人迹斷
子落拓與世疎一辱君知廿載餘秋月春花供賞玩丹山碧水
恒躊躕五畮紛紛輕薄子勢利相尚有遷徙爭及我輩布衣交
歲歲年年只如此長日杖屨邀相過一尊坐久凉思多感君高
興不辭醉醉後洒翰作此歌

立秋日有懷任希顏

庭梧飛一葉念子遠相違白首恒耽靜青山久遲歸新涼湖上
嫩殘暑竹間微猶憶過從夜篝燈話息機

和周仲純病中見寄

故人多病日寂寞念相知曳杖看流水呼兒理釣絲林深嵐氣

潤沙迴夕陽遲瘦損應非昔詩休刻意爲

顧涇陽先生祠

白首懸車日東林講學年人文還大雅道術匹先賢院靜松濤冷庭空落照偏我來徒恨晚瞻拜一淒然

登燕子磯

百尺懸厓上秋光俯仰間楚天雙燕迴京口片帆閒紅入經霜葉青橫隔岸山芳樽閒落日吟嘯未能還

送高景逸先生北上

五雲盤紫極佳氣滿燕京白首紓籌畫丹心翊聖明唐虞千載業濂洛百年情自愧蓬蒿質門牆並芷蘅

江關芳草綠飛蓋向神京人似冰壺澈心懸玉鑑明尺書他日訊尊酒此時情老我東山社臨風獨朵衡

題張柏亭釣隱詩卷

布衣江海上笑傲薄凌烟白雪詩筒裏青山釣舫前汀香菰米熟花落鱖魚鮮千載元眞子高風並爾傳

送友人之廣州

匹馬衝寒雨千峯帶夕暉共嗟行路遠此去幾時歸瘴癘南中滿音書嶺外稀貧交何以贈慷慨一沾衣

初冬懷應初

天寒思遠道日暮望江關殘雪留陰壑凝雲鎖斷山我懸終夕夢君定幾時還惆悵湖西社雙雙白鳥閒

湯元甫見過

宿酒我方醒抱琴君忽臨有才嗟遇晚無語見禪深竹影搖晴日鳩聲隔午林周旋今十載翻愧說知音

寄虞玉樹

不見虞卿久，秋花幾度紅。行藏嗟我老，詞賦羨君雄。駿骨終須售，蛾眉況復工。衡門山色好，莫厭著書窮。

城霞閣

河派迴轉處，飛閣倚峥嵘。百雉當窗出，群峰入檻平。崎嶇成帝業，生死重交情。日暮一登覽，悲風千里驚。

初夏同賀仲來夏應初雎修年非久立泛湖

湖水平於掌，相將放釣遂。烟嵐交夕翠，野樹駐春紅。舉酒爭邀月，迴橈直信風。遊人雙屬玉，飛入荻蘆中。

重陽前二日贈周常軒

羨爾常披五月裘，相逢把酒一登樓。尊前雨壓千峯暝，樹杪風生萬壑秋。自喜青山銷病色，誰從白髮問窮愁。黃花爛熳作佳

節更擬臨高作壯遊

寄韓矜夫 名位

少年落拓感當時漫向風塵咏五噫去國遠從吳市隱看雲應切薊門思篋中明月休輕擲絃裏高山好自知一別河橋春又晚秣陵烟樹碧參差

贈方伯湯見茲先生

當年擁節鎮岷峨春滿甘棠處處歌宦績千秋光竹帛主恩十載臥烟蘿山中鶴鹿閒相狎洛下衣冠數並過漢帝臨雍修盛典安車應屬白頭多

丁卯立春

半世支離愧此身辛盤今日又逢春梅含殘雪香猶淺柳拂輕烟翠欲新白髮有情偏戀我青山無恙自宜人呼兒進罷蘭陵

酒岸幘東風嘯咏頻

書懷

晒起當春一倚樓青青柳色滿皇州花時好景漸空度海內名山恨未游豈爲黃金銷傲骨偶因白髮動閒愁飛來百舌渾相識漫向尊前語不休

賀仲來貽所著烟鬟堂詩

故人遥自楚天回千里登臨一壯哉傳道陽春惟爾賦忽驚明月向予開才情半是江山助格律全從漢魏來讀罷空齋重搔首晴雲没没映疎梅

寄懷湯平子遷山東兵憲時督學其地

彩雲遥起丈人峯此日天書下九重萬馬忽開新憲府諸儒仍遊舊詞宗揺毫海岱回春色綬帶青徐淨夕烽聞道廟堂虛席

待匣中夜夜嘯雙龍

寄賀兵憲敬巖先生

憲府新開向楚天殊方此日淨烽烟地形東接三湘迥山勢西臨百粤偏燕子歸來書未達櫻桃熟後夢仍懸白頭自笑生涯拙流水蕭蕭一釣船

春日游湯兵憲園

使君池館傍城偏泉石幽奇似輞川修竹一溪藏曲折名花百種鬭嬋娟灘聲隔座全疑雨嵐翠侵衣半是烟盡道黃鸝解留客雙雙坐語碧桃邊

寄高景逸先生

白首承恩渥雉飛近日邊班行聯入座文彩映羣賢時享封章入清聲動履從西曹卿月朗北闕法星懸補袞才原大爲霖望

獨偏心傳濂洛學手集晦菴編聖代疇能匹儒林合讓先執經
思昔日御李復何年歲序催雙鬢蓬蒿老一氈寥寥翻自哂落
落竟誰憐看劍秋風裏啣杯夜雨前片懷不可盡極目薊門天

春日遊姜園

十畝林園粉堞廻春深步步落花堆共言此地饒詩意一日應
須一遍來

十二闌杆一水廻亭前無數牡丹開有花如此休相負速脫春
衣換酒來

送客之大梁

吳鉤雙照雪霜明萬里驅車事遠征君過夷門應弔古爲予把
酒酹侯生

丁穀菴園亭賞芍藥

名花爛熳擁雕欄浩態狂香似牡丹斗酒十千君莫惜白頭能
共幾回看

題任希顏芻蕘稿

白髮蕭蕭一舊游著書獨切廟廊憂長安極目浮雲迴珍重明
珠莫暗投

張　樟字南宮　南宮與葛蒼公交甚篤才氣豪邁同弟寅工並擅詩文重望著有芳園稿

九日同郭民起集孫虛白山房聯句

重陽宵雨過山家踏破層雲一徑斜雁避早寒先結陣菊因人
早未開花已拚白髮驅人老可遣清尊負歲華酒罷能登高還騁
望暮天晴色變餘霞

游東山寺

松梧繞徑寺門開面面青山映佛臺回首緇塵還一笑愛閒能

有幾人來

張　捷字前之號赤涵萬歷壬子舉人癸丑進士知山陰縣累官監察御史吏部右侍郎南都詔用晉吏部尚書芾變後自經於雞鳴山寺

曉行

冷氣晚來雪北風吹上衣斷枝不時落驚鳥無意飛山色近翻遠野雲忙亂歸主人何處是漸聽馬鈴稀

姜永部二酉留意朱陽典故纂練塘考將成詩以紀之

草堂精舍少塵埃柳下攜節問字來丁卯遺文開紫氣權公故宅滿蒼苔縈迴綏樹尋花去澹蕩持樽帶月回千載淵渟應毓秀詞人幾輩擅鴻才

和華補菴登樓有感

秋容遙帶遠山迴獨立高樓望眼開有景自成王粲賦無懷不

遂宋生哀檻前蕭瑟疎梧墮天際微茫早雁來澤在楚江名在闕未容安石臥雲隈

荆勉述 字宗武號皃渚萬歷乙卯舉人知香山縣行取候補主事

秋日游望湖亭懷蔣山人

斗酒湖亭上長歌一倚闌蓉山幾處碧霜葉半林丹鳥影和烟暝松聲挾雨寒美人三徑裏惆悵不同歡

登三茅山

萬山幽處覓仙蹤石徑縈廻盡是松雲鎖洞天深不見隔林遥度一聲鐘

華陽洞口是仙家曲曲飛泉處處花何日結茅依此地白雲堆裏煉丹砂

湯道衡 字平子號參予萬歷壬子舉人丙辰進士由户部主事知南昌府左遷歸德同知改東昌知府擢山東武

德道督本省學政禮部考核第一陞僉都御史巡撫甘肅總制三邊軍務以平合受氣勳功蔭一子世襲錦衣衛百戶乞歸卒所著有世經堂文集制義

甘露寺

迴廊繞遍興綢繆天下奇觀一望收芳草春深埋劍石遠山霧靄見揚州醉登高閣疑凌漢獨憶中泠欲泛舟弔古感今思未盡朱欄閒倚看江流

金山寺

澄江幻出一芙蓉碧立千尋紫翠重風急晴沙迴鶴鸛鐘鳴深夜蟄魚龍孤亭吞海勢欲動遠嶂凝烟色更濃異代興亡難借問且嘗清茗破愁容

丁堯心字子艮號少華一道之子太學生所著有少華山人詩集

贈悅菴上人

遲遲出都門，悠悠陟雲嶠。石壁峻且危，舉手攀蘿蔦。臨池歎金鱗，鳴鐘撼棲鳥。頓瞻般若公，飛錫出塵表。五蘊坐來空，水月心同皎。我獨榮世網，踪跡何由掃。願從學無生，優裕以終老。

西施咏

盈盈越溪女，秀色擅奇絶。委身紓國難，獻向吳宮闕。新寵固云殊，舊恩何忍割。妾身已被汚，妾心自皎潔。汙若濁水泥，潔若清秋月。月虧還有盈，人離豈無合。一爲五湖游，白首永怡悅。

胥門歌

將軍遭際何荼苦，忠孝平生只自許。魚刀計就奮英威，遂霸東吳破强楚。矢吞勾踐獻忠謀，伯嚭萋菲竟爲佞。讖微逆見終無益，生命甘心刎屬鏤。雙瞳懸挂東門上，尸裹鴟夷逐風浪。可憐泰伯覆其宗，獨留靈氣摒青嶂。

茅山上宮贈顧怡閒羽士

三茅形勝天下無參差殿宇凌清虛我來登覽值春暮頓使心目俱豁如盈耳玉簫聲細細萬壑松風來徐徐道者怡閒向我語此中真樂誰同余我足不踏金明路我手不草封禪書有時臨流濯我纓恍疑身在冰玉壺山朮爲肴泉爲酒何必食前方丈餘君不見韓彭之勞爲身害麒麟諸公今安在爭如煉得刀圭成飄然駕鶴昇天界

同心空上人夜坐

良夜對高僧心源漸覺澄法華明月轉香篆瑞雲蒸色相空三界靈虛炯一燈如來能了悟錫杖任飛騰儒釋誰云異閒心我獨親金蓮輝舍利寶筏渡迷人貝葉應無字天花合有春坐看東月上瑩潔更誰倫

訪東懷玉兄不遇

知君超世網結屋隱柴扉念我遥相訪何方獨採薇徑苔渾未掃林鶴忽驚飛悵望行雲杳狂吟返翠微

癸日寓普寧寺上方偶述

自覺相如渴難供仙掌茶囊空因作客兵亂遂無家登岌依僧舍旌旗動海涯心肝終抱赤恰對蜀葵花

仙臺觀訪元甫

仙臺高幾重欲上覓遺蹤誰毋傳元祕許君衍道宗簡橋烟暮鎖丹井石晨封遍訪時真人言旋聽晚鐘

游善卷洞迷路偶成

陽羨探仙跡春湖烟景迷鳴榔值漁父引路入清溪覓侶迎帆舞雲陰與樹齊塵心猶未息何日遂幽棲

九日邀友人小酌值雨

往歲逢重九攜樽眺翠微如何今日會不斷濕雲飛白社情無限黃花色尚稀開軒同宴賞樂事莫相違

送少鶴叔復任泉州

幾年撫字有童謠羨叔聲華並斗杓奏績已瞻天咫尺勤王寧憚路迢遙樽開練浦逢甘雨鷁濟錢塘趁早潮閩海士民方引領忽聞北闕又相招

南城晚望

日射高城生遠烟烟含垂柳蔭平川正逢滄海澄清後况是青山指顧前陳敏湖邊漁艇繫仙姑臺上野花然浮生幾許宜爭樂沂水春風愧昔賢

游清涼寺

朝來躍馬恣遊行山寺奇觀照眼明江郭曉煙橫絕壁帝京春色滿高城後陳池館尋無迹東晉風流問有名更向翠微亭畔立恍疑身世在蓬瀛

三教井

天一原生水何人異却流不須攻彼異還自淨源頭

雪中客至

雪擁柴門晝未開忽聞佳客冒寒來誰憐甑底生塵久笑解青衫換綠醅

平居有感

前疑不必問君平拘命文章任我行自古筮龜銷銳志不疑何卜載麟經

賀懋勳字麟伯號放菴邑增生例太學生官邵武衛經歷

半帆閣集飲

長林莽莽翠扶簷柳下風疎散午炎綠粉淸凝千箇竹紅衣飄動萬株蓮雲藏樹影移茶竈雨送林香入酒船一曲淸歌高閣遠半帆衝斷夕陽煙

賀懋照 字爾徽號旭菴由歲貢生官唐王長史

仲夏有懷

倏忽人間事看看鬢漸皤升沉度幾許勝敗局如何塞北方鼙鼓江南尚笑歌後期難更永把酒戀殘荷

菰川看菊分韻得花字

輕黃淺白鬬朝霞疑是南州處士家襆坐不喧聽度曲閒行無意數歸鴉傾罍更出新篘酒添燭高燒欲睡花若爲離筵成間隔四更猶悵月痕斜

賀懋嘉字會仲號紫峯萬歷戊午舉人歷官烏傷永福兩縣令改常德府通判

解任歸里

兩番曾出仕終未脫儒酸蔬食無求飽綈袍聊禦寒傍人今笑我此老舊爲官那識平生意清貧是所安

賀懋明字清季號羅菴天啟辛酉舉人司教崇明旋擢湄潭知縣左遷杭幕移南冏寺簿陞刑部廣西司員外郎

煙雨樓秋望

朝暉映日紅山色入晴空鳥帶雲穿嶺風連聲入松千巒浮一水曲磴隱高峯何處笙歌沸幽情明月中

隋堤觀蓮花

畫閣長堤喚舊遊舊家歌舞未荒涼誰教簫史吹楊柳邦使相如典鷫鸘好客幾能求洛下逢人且與說高陽荷風十里能消暑散髮歸來月滿床

賀創基字無因萬歷乙卯天啟辛酉兩科副榜無因頴悟非常十一歲復社諸名士即邀入文社高才博學名隸江左七才子中年三十一而卒

放歌示諸同好時年十九有序

下走支離涉世馬齒漸長冠婚臨之犧牛入廟思即如兒時騎竹馬穿百家衣其可得乎念此欲笑感此欲哭因泣下數行淚濕褚先生面褚先生苦之謂曰甚矣爾之呆也吾面豈爾拭淚帨耶而戚戚焉奚益吾爲爾呼筆公璺卿作歌慰爾爾聽焉歌曰

嗟人生兮滴露薤小者壯兮壯者朽總角丱兮突而弁烏兔疾兮疾於箭肩摩肩兮浪逐浪勒羲轡兮不肯放可奈何兮可奈何憐君悵兮爲君歌脫紅塵兮還白雲聊沐猴兮混世翁禹彈冠兮何陋也嘉落幘兮羞大雅訕伊川兮與東坡高其頂兮笑

爲者天吾巾兮地吾帶海吾腹兮江吾口日月罩兮風雷弃掛長繩兮挾黿走隕駒馳兮快似梭歲復歲兮空蹉跎擕碧君翁兮曳作紙呼龍賔兮研□磨筆縱橫兮作牛斗墨淋漓兮濺銀河澆胸中兮負磊塊眞崒伏兮不敢訶彩毫落兮掀髯笑叩元關兮叱虎豹問王母兮索蟠桃噉百顆兮方朔跳縛司命兮執其袂駐飛輪兮鑄年少醉題詩兮醒讀之劃然笑兮千古老

走筆荅潘師伯始

十年絳帳老門生獻賦依然殿後塵不是相過不相訪恐因羞殺鄭康成

蔡德濟字信心號宇楣一號具舟天啟時拔貢生授浙江仁和縣知縣未赴任而卽隱居不仕所著有四書周易信心錄倣逸居詩草鷺山詩存

冬日郊遊

曲阿詩綜

歲暮行郊外淒風刺刺來木凋供鳥集山靜待僧回衣冷知霜重杯盈爲雪催晚歸春不遠遥問上林梅

輓丁彦博文學

憶昔如蘭社邀余載酒過興酣杯醉月長嘯口懸河曾史青燈斷素樓緣鬢多少年曾識我今日痛如何

述隱

九畹一絲繫桐江把釣時漣漪清自洗荊徑僻誰知易水寒泰劍湘雲激楚詞聊從赤松隱黄石有餘思

楊西印孝廉招飲雙柏亭

主人坦且閒客至惟其適一局飲一杯再談還再奕酒酣天漸交醉别日已夕相語堅所持勿謬圖他獲

輓葛居所給練

把臂同文日於今二十秋看花會挾妓步月每登樓壇坫推牛耳朝廷畏豕頭方期平寇亂曷爲竟遐遊

讀史有感

憑弔千秋事窗前代幾更文中空獻策肅節漫閒情押貳人何在聞雞夢欲驚因憐五坡嶺不聽杜鵑聲

答馬氏孫虛白

百年眞泡影何事重殷憂木石無心靜鳶魚率性遊白雲堪贈客碧水可偕鷗獨坐家園裏忘機無別求

偶讀漢史

橫汾歌散百花茵水殿珠簾不染塵仙掌曉凝天半露昆吾夜進日邊珍斑姬翠幌香生媚方朔金輿柳帶嚬北向燕山望驃騎只今空惜貳師駰

孫宏孝字仁甫號虛白布衣著有小山堂遺稿　虛白以節自高與同邑楊爾成胜身查虞他山輩結詩酒社今讀其詩知其爲徐元歎一流人　虞佗山云先生詩風格峻峭一時望爲白鶴朱霞所謂語到別無烟火處也

即景

簷下宿雨霽階前春草生掩扉人穩臥隔院鳥催耕投老偏宜懶幽棲豈用名偷閒浮世外翻得一身輕

雨歇吉山人攜酒過舍得來字

高臥冥冥雨蓬門久未開清晨聞雀噪停午見君來柳繫春江鯉壺攜社日醅貧家何所待花落滿蒼苔

幽居八首錄二

依鄰成小築門逕逐溪開新竹從籬過羣鷗近水來因閒魚自種投老菊還栽時有幽人至談詩數舉杯

野性耽邱壑窮居亂水間少鄰全藉樹多病獨看山菊縱憑兒

灌詩繁祗自删無營心更遠眞與白雲閒

春曉之陵口馬氏別墅

問稼向郊東開帆漸曉風海天初日出野市没煙籠鷺起平沙上鐙聞遠寺中誰家好春色一墅小桃紅

秋思

碧空凉月白秋思入山房樹響初疑雨衣寒欲着霜鼠侵瓶酒墮蛩語海棠香意愜一長嘯鄉人嘲太狂

登三義閣文峯塔

高聳青霄上登臨落照齊千峯迎閣迴一水抱城低檻外風帆轉天邊煙樹迷自從形勝得那用鉢偕題

賀仲來招飲湖上別墅

菠樟相邀別墅遊遥看樹擁卽湖頭亭藏翠竹斜開徑水帶青

山直入樓片片蒼葭雲亂起紛紛鷗鷺雪輕浮主人坐領煙波勝結社漁樵事更幽

初春攜諸孫過湖上

嫩柳疎梅待阿誰老夫策杖弱孫隨坐當碧水拈新句指點青山話舊時羣鳥聲中春意轉孤帆影裏夕陽遲莫嫌衰晚偏狂放獨惜風光爾未知

過呂城有懷蔣山人

春水片帆斜柴門幾樹花脚蹁回首望恐是野人家

獨坐

情懶交游寡庭閒鳥自來晝長無一事獨坐看花開

賀靖位字遜膚號致敏邑文生

題畫

秋山掛遠天墨敍遊於雪茅簷人讀書日夕無饑渴野老扶筇來小橋若斷絶紅樓倚林腰倒影如流蜆掃葉者龍團飛泉半明滅石骨埋雲根特立數峯折洲前蘆荻花月白成行列

赤巖

覽勝花爲路人從鳥背行山容雲半掃仙客採黄精

賀懋光字賡仲號丹崖太學生官光祿寺典簿丹崖少有豪清天下之志温體仁訟朋黨得相丹崖疏其醜於堂官且曰奸過林甫而僞强介如盧杞果執政天下必大亂堂官不能從竟挂官歸後卒如其言

秋日避暑分得巷字

庭梧一葉下院宇生涼颸中有素心人聯社傾瑶卮石密可藏窐樓空不碍迆技巧能雜陳蹴踘與談棊謖謖松下風泠泠弦上辭振袂攬白雲飛筆走元蝌荷葉半就老香風時一吹秋色猶未丹秋氣良已披何必殞西爽人盡煙霞姿

仝丁南羽蔣服光坐家七叔銷煙亭候月

芳亭獨占水雲秋到處宜人到處幽小石攢空蘿透骨綺櫺臨澗月當頭一聲是笛因風起萬影皆花匝地浮曲罷不知紅燭冷相看俱作醉鄉侯

束承詩字成甫一字信之號釆嘉萬歷庚申謁選至京由太學生拔選成均第一官至廣西河池州同知所著有粤西宦遊草

題河池署中

荒壤界三州投艱力莫酬愁隨雲易合思並水常流體瘦花同悴容衰鏡亦羞拂衣苦未得混跡似浮鷗

遣懷

雞肋頻年累風塵逐異鄉才疎悲路險歸緩恨天長沈病腰寬帶潘愁鬢積霜澠池思舊翼鎩羽不堪翔

行州署中

荒徼迢迢萬里餘，阮途强耐度居諸。桄榔庭樹閒羅雀，苔蘚園溪學釣魚。風入危垣朝索莫，雨淋朽榻夜躊躕。眼窮雪海家何處，一别經春未寄書。

别詹元中

幾年風雨共怱遽，信音疏，今夜三更話，明朝萬里途。

别游履祥

岸柳青青映紫騮，勞勞亭畔淚難收。叮嚀前路多鱗羽，莫負梅花出隴頭。

阻寓潯州

藤峽高巘千尺垠，江流如瀑石嶙嶙。孤舟阻滯潯城外，前望龍堆悸殺人。

登螃蟹嶺遇雨

雲深無雨亦濛濛前路崎嶇鳥跡窮忽聽殷雷翻石燕不能回首辨西東

賀懋堂 字爾玉號浮筠天啟甲子舉人

吹白堂分韻

白板新開傍一泓暑殘疎葉漸秋聲意中風起凌雲出眼底雲煙似浪平簟枕頻教槐國近瓊樽一任醉鄉清荷香習習迷歸棹月上閒門恰二更

賀應選 字繼登天啟甲子舉人崇禎癸未授貴陽令獻賊破城不屈一家十七口遇害

湖上春日

湖上煙光好行吟過遠堤桃花紅不盡楊柳碧初齊波暖魚爭躍林香鳥亂啼春衣拚更典酒幔畫橋西

鶴

孤鶴來何處依棲嘉樹林縞衣爭雪潔丹頂歷年深月冷三山夢風高萬里心有時飲啄罷昂首一長吟

賀懋讓字克讓號去陳更名震新邦泰之孫天啟甲子舉人知廣寧縣

赴廣寧任

時勢今如此扶危未易安隻身能許國萬里敢辭官王事還須盡家書且莫看死生憑一去豈肯負儒冠

賀懋燧字五艮號遂民邑廩生遂民情詞幽曾取柳耆卿曉風殘月之句寫紫釵令傳奇爲一時所重間畫山水遺與人爭覓之爲寶

同人集飲篁川適雨至涼生偶成一律

閑道斯遊不羨仙半煙半雨納涼天微波小皺蕭蕭雨淡抹新勻薄薄煙鶯送歌聲來席上燕翻舞影到簾前壺觴香茗偏饒

致一曲清音奏七弦

諸葛晉明 字中宜天啟丁卯武舉人以功授右軍都督府都督加太子太傅賜蟒玉掛鎮海將軍印事母至孝亦工文辭

薊門道中憶別

唱徹陽關出帝鄉馬頭山色繞羊腸征鞴雜挽愁心急驛路頻施離恨長回首燕臺春寂寂據鞍遼海路茲茲歸期莫辨青苗路塞草連雲遍地黄

賀閎 字公調號弱菴天啟辛酉舉人乙丑進士歷尉氏永城令轉調武康縣令徵人爲兵部郎中累官山西宣府兵備道左叅政　弱菴少嗜學常爇燈帷中默誦竟夕凡古今掌故經濟事宜無不講習故其論兵宣府兵政屯田通市貨馬皆有成算漸見起色劉永祚飛章陷之上知弱菴堪倚終無歸獄遂釋之然弱菴已病卒於旅邸時年甫四十有七　詩筆骨格高古天挺不羣讀其詩想見其人

塞上曲八首 前四首言塞上四時之苦後四首言塞上四時之樂

河氷初泮春風多沙深水急流成渦中有老冰不可觸行人相
喚無渡河
赤輪燒空樹枝直役子汗沾無氣力喘吁十里爲奔泉頓短兼
逢轆轤側
高樓新雁聲何急八月風吹劍戟折酒酣騎馬欲出門城南白
日城西雪
北風吹山作平陸道上行人向風哭一步一聲風入喉前聲後
聲不相續
雪消沙軟未生塵錦袖銀箏踏早春競奏新聲誰第一纏頭一
曲擲千緡
榆柳陰多開白羽當壚少婦矜眉嫵門外誰家馬上郎縱飲渾
忘日停午

霜落秋原競打圍家家將種鬭輕肥塞兒十五生來健手挾黃羊馬上歸

釀煤熟熱室初暖易酒新篘夜正長痛飲莫愁歌袖薄座中還有辟寒香

制府象昇盧公檄邊塞種樹詩以督之

春郊何濯濯千里無喬枝地墟雖云薄兵燹靡孑遺節帥須良謀種植當及時下令如流水踴躍應其之勾萌長尺許愛惜勤護持成功須十年儲蓄由今茲深心不可負況乃國藩籬

憫漕詞

共道邊塵苦誰憐內地災青苗纔半寔朱檄已頻催一解燈火通宵亂鄉符接踵呼簸揚新令急假寐只須臾二解白玉誰云貴倉糧色與齊可憐經雨雪狼藉半塗泥三解黃口誰家子哀哀泣路

峻察琚邪忍斷無計免鞭笞解四道上馬如煙渡頭人似蟻逼國
何喧鬧使君將至止解五使君乘舟來官民色如土不畏使君嗔
從者將無怒解六官旗一何武怒目赤虬鬚只認金如糞誰言米
似珠解七已愁河水枯更苦糧艘重千夫呀呀聲叫天天或動解八
求雨翻得雪雪猶愈於已漸覺舵樓輕沙際生春水解九東南民
力盡西北軍需緊何日靖敵氛繭絲空自哂解十

苦雨行

渾沌鑿破七日死乞氣嗷嗷訴穹紫帝怒兩儀撼不休銀河倒
翻天上水先泥欲倩女媧封泥力何當水勢雄飛流噴沫灑人
世九十春光醉夢中嗟余憂天苦無力對此徒然長太息擁衾
獨坐不成眠雨雪侵燈色如墨

濃陰

黄帝擒蚩尤戰酣妖霧作后羿誤引弓應弦十日落坐令天地無隙光蠋火熹微照耕鑿安得日迴車兮霧爲廓風吹鬼雨無毨毛濃陰垂垂着羅幕

凝雲

寒光四匝雲氣凝龍車爲梗龍怒歸雪滿天衢花爛堆凝雲壓雪雪不飛帝走神符斬雲吏西風力戰凝雲死羲和整轡出昆吾重輪血染腥魂紫

嚴江

六月嚴江暮孤帆獨溯流雲光猶殢暑蛩意早迎秋山轉江疑斷月明煙未收有懷空渺渺幽壑暝藏舟

口北述懷時余備兵已三年矣

謾說封侯易翻嫌出塞輕四時維齒馬三載未聞鶯慷慨思前

筆縱橫畏後生日歸期尚遠太白正宵明

出郭偶成

不爲乘時出風光馬首生遠峯凝雪色近壑送泉聲華髮春難變孤懷老漸平田園無未盡吾意在歸耕

山行

山行方十里徑轉已千重映骨皆深碧舒眸或遠紅孤村喧晚市落日課秋蟲候吏催何急前途月正中

與在竹王孫同遊天池

細流不盈掬十里聽鳴泉觸石疑成雪尋源合到天飡分香積淨茶瀹玉瓷鮮一壑眞堪老王孫亦粲然

之武康任

一路舟行杳靄間風煙淡澗問途艱人情早厭孤城僻天意應

敘傲吏閒何處亂峯沉夕照幾家竹屋映潺湲到官渾似青山裏門掩蓬蒿手自删

西齋

官舍短垣纔數尺蕭蕭面面翠微環雲來如有物呼雨鳥去更無人叩關亂竹疎煙連郭外飛泉遠影落林間早衙散後門如水鎮日閒看屋裏山

陪王石翁登銅官和韻

長林盡處一拳撑眼底煙疎衆壑明游豈泰山峯是丈癖猶海嶽石堪兄巖前陰壽常兼色樹杪風泉不辨聲安得結茅依洞口棲遲從此學長生

秋眺

積雨苔封靜夜衙翻從寂寞惜年華誰知雲岫三秋色果勝春

郊二月花地脊有樵來白石山深無稅到青霞孤飛野鶴歸何處煙火前林已暮鴉

同惲道生僧貫一再登高峯

霜落天空葉滿林穿雲步步入高岑泉從薝蔔香邊滴山向琅玕影裏深萬樹疏煙摩詰畫一池寒月遠公心就幽猿鳥應相習來往無期得自今

家無黨以建言被謫將之武昌賦贈

蘭種當門豈易全逢人爭說此君賢不致議論歸言路要使山川識少年計汝到今春草後憐予別向落花前崔郎殘句寧堪和黃鶴真堪碎一拳

和茅止生

燭跋香消劍氣沉一番澌淚一番瘖雄雌易辨龍蛇色水火難

明閱鷄心瀚海幾年炊白骨燕臺何日築黃金唾壺欲裂誰堪語六月悲風嘯遠林

得茅止生書寄贈

近事遥傳半未眞開緘萬感觸懷新乾坤視昔稱多故肝胆於今有幾人戎索漫施羞表餌釣磯無恙憶絲緡黃埃極目軍書緊獻策誰先及徙薪

督師盧大司馬捷報屢聞詩以誌喜

捷書屢奏未央宫御筆親標第一功辨貌高湙胎相異攀旗拖背刺紋工羽林潰卒初舒氣灞上諸軍盡拜風乘勝莫欽留片甲旋師還擬畧河東

贈褚成候尊君與予同譜

麟閣高懸事寂寥羨君年少氣如潮梁園春色看調馬潟水秋

風競射鵰綵筆雅宜裁露布長纓終擬繫天驕東山老子風流最捷奏應吁屐齒搖

過黃土梁憶制府盧公 公常設幕於此集諸將議邊事

古戍荒寒春事遲襜帷駐處日將黧籌邊秘策誰當問裹革英魂或可追降敵尚遵新約束野人猶識舊旌旗不堪重過西州路腸斷非關痛子期

將隱

古道不可作吾生良有涯願天賒歲月隨地領煙霞澤國餘秔稻清時絶鼓笳有身寧覺賤無咎即堪誇柳隱陶潛宅溪環梅福家芋田兼種秫藥圃半栽花榻下忘機客門廻俗士車嗜書喉記誦佞佛懶趺跏甕發先春酒函開近雨茶籃輿乘霽出小艇破煙拏岸幘依高蔭攜筇向淺沙放歌殊不惡倒載興還奢

樹老蟠供憩，籐枯曲當亍。庭支將墜石，峯枕半欹槎。幽事細彌
韻，詩情浚轉葩。乾坤心渾穆，山水致清嘉。捷徑寧須羡，岐塗莫
漫嗟。漆園俄化蝶，柱下久爲蛇。行矣吾將隱，誰云負歲華。

題畫

樹凍欲黏屋，雲頑半擁山。漁翁都不覺，沉醉荻蘆間。

讀孟東野集

寒香嚼彌出，標格何清孤。氷雪空山裏，吟魂或可呼。

岳忠武祠

祠前細草碧堪梳，英爽還如拜表初。長揖且須澆太白，吳山走
馬竟何如。

評吳越春秋

吳亡越伯掌中機，樂府猶傳烏夜啼。漫說錦衣皆義士，黄金只

合鑄西施

蔣　派 字天民號秋渚邑文生

偶秋江移居江渚有懷

涼風蕭蕭如水流有客卜居臥滄洲楸局文尊留逸客筆牀茶竈隨輕舟江湖散人名曾望澤國隱者時披裘試展南華讀秋水便同海若逍遥游

楊楙緯 字岐公號秋睦邑文生著有劍飛樓詩集

遊彭城雜詠

彭祖井 在北襄城

客況幽探好城陰井舊傳百齡雖可駐一水豈能仙繫古丹兼綠淵沖地有天星名應附會誰與問商賢

挂劍臺 臺後爲漢名醫華元化墓

一劍當年贈垂垂古道旁死生傾意氣風雨亂光芒舊礎蒼根剥新封藥粒香更無煩宿草臺土有長楊

戲馬臺

楚殿隨秦燼追風賴此臺菊曾開柳埒鞭擬拂雲堆想有虞兮在誰知國士來覇圖猶昨日安解昔人哀

九里山 韓王孫伏兵處

八千何所敵九里遂能迷地肺分江北天心去楚西斷雲廻火熾落日倦征蹄遥指陰陵路依然春草萋

留侯祠 在子房山

潛蹤曾此地傳說子房山出世先來圯抽身慨入關喬松盤廟路高柳蔭溪灣將相神仙合斯人不可攀

亞父塚

七十籌難展千秋恨未央撫髀驚項使乞骨定天亡名已垂殘碣高應望戰場黃沙落日裏孤映白門傍

陵母塚

白髮知天命青青塚到今周旋秦鹿走謝絕楚猴心杳雨長阡淚松霾委佩音小人皆有母太息看碑陰

燕子樓在城西南

返照臨城檻香泥暖漸融燕仍留社後人已去樓中落月秦簫冷飛雲楚夢通當年輕一死何以重張公

黃茅岡

不盡登臨興黃茅在眼前石蹲荒草脊亭搆短松肩莫問山人牧曾經太守眠歸來無可贈兩袖米家顛

放鶴亭亭畔有飲鶴泉

舊是張君隱山亭到悄然空堦無警路清俸有遺泉石碎孤松
響詩生滿壁烟冥冥何所羨徙倚落暉前

王楙仁 字伯闇號 天啟甲子舉人崇禎戊辰進士知蘭溪灌山二縣調知博羅縣歷大理寺評事累官廣東鹽巡道布政司參議

贈賀黃公

當時五陵豪傲逐少年場艷舞擁青娥嬌歌繞畫梁一笑揮千
金意氣何揚揚我君殊不然鶴立偏昂藏胸蟠萬餘卷落筆皆
琳瑯無人薦眞士嘉遯南山旁杜門白日靜惟爲著書忙巾車
昨入城邀余卿一觴詩話兼史析遠勝嚴滄浪高論別妍媸言
言挾風霜讀之未終篇老夫喜欲狂過從知不厭但愧非求羊

題戴文進伐木圖

多年老樹朽已盡枯根獨剩蒼崖幽半如爛鐵半如石風雨摧

剥苔花浮旁有樵客貌更古雙手執斤高出頭揚鬚怒目奮力
砍丁丁聲滿澗谷秋此圖姓名記文進氣韻生動筆意適展玩
令人發一粲題詩並付米氏舟

虞　玉

字玉樹號他山老更易名本石布衣　他山文品意氣卓爍名流博極羣書尤精音律御樂工馬方嘗就訂誤爲文追風絶塵自然神駿吳門沈去疑目爲奇才詩忼慨放逸多類變雅日與東林諸老遊所著有團練鄉兵畧五篇又有上朝廷呈宰執告天下三書顏曰布衣空言其練湖聚業銅州秋吟無題自怏等詩已刻行世其四書新義易疑義抄來烟堂稿司直堂稿石市樓集俱藏於家

銅馬洲雜詠六首錄二

天荒萬頃銅馬坻屹其中蒹葭竹木隨意參差吕一謀
則光氣白恒如裹疑天之下墮湖心而澄碧窅然洗骨
武夷眞幽勝也紫瀾元生芟蘊而爲別業雖不沒釣雪
高風良欲效午橋佳事耳賦此遲之

浮螺分一點沓靄得人蹤堂碧淪漣映村墟斷續窅大聲嘈似豹豕步怒疑龍渺渺容刀路黃塵越幾重
青山原說夢何必往相從無水不堪築有雲皆是峯狂花連屋綴落葉半牀封翻笑枯崖裏殊無塵俗容

贈蔣衡卿

清時蓊鬱處花木盡無存曲徑不遮犬直烟衝過村柴扉連白社瓜地繞靑門獨有主人在炎涼無片言
想君高絶處眞與滄之間杜甫爲佳句倪迂鋪遠山蒼髯從骨出疎率任天刪不是秋光冷誰能伴獨閒

由高郵過寶應

河與重湖夾蛟鼉窟底穿四隅無世界半壁絶人烟浪捲聲奔陸沙高勢走天桑田時露跡變海未曾全

盱眙

偶訪盱眙勝民淳俗亦清依山聊作邑帶水即爲城鷗鷺登庭狎烟雲就棟生今間無一事風景賴裁成令姓李於山中造曲水流觴諸景

弔鄧紫瀾

英名夙具探瓌姿早鳳鳴珂到省池絕妙好辭攻亦擅大難能事敢於爲直攉璫使標風節奉命賞邊不拜籓王正禮儀桐封衛籓此際所關非意氣鞠躬君子自權奇

朱門蕭閒類蓬茨名士風流雅自持處世共疑嵇叔夜逢君我謂鄭當時瞳光皎皎秋無上音吐清清鶴不知磁枕夢迴何太早雨竿烟艇最牽思

夜飲東崗借譚功甫過祇林

疎林寒露滴霜根榾柮同燒對酒尊飲興未闌鐘告夜寥天初

淨雁留痕路廻黃葉星明徑步轉橫塘谷隱村（係城西古剎）我自五通前世侶何妨乘醉打僧門

述懷十二首錄八

奉檄參軍擁騎迎倒持松麈縱談兵胸懷浩浩眞無敵書記翩翩信有名露布乞文時駐馬轅門使酒夜開營狂生敢漫毫無忌玉燭於今擬太平

元龍湖海自飄零翻以家山作旅停一劍獨看頭欲白十年相見眼誰靑人才似此無眞膺天地從知有悔寘若比藝場今日亂邊陲烽火又淸寧

麗譙吹角起黃雲衰柳荒城日已曛江燕壘巢多在木野人供餼已無芹方嗟大纛興邊寇仍道中璫典禁軍故國獨居思益苦吟肩瘦盡白眉分

冠裳汚巇更摧殘翻覺滄洲傲吏閒値亂愁時高閉戸深春中
酒怕登山五千書在一身健三十年來兩鬢斑黨禍不干予不
愧恰爭徒死向人間

封豕驚天國勢迍孤臣連疏擬三陳是居當路多持尉未見曹
官不反唇箕尾有人歸浩蕩山河無氣作嶙峋憂時滿目嗟茲
淚嘔血噴牙已透齦

鐵網誰將結大綸珊瑚現海已揚塵平生不朽虧三事待老誰
堪負二人其實勢成何所用無如聲價欲相因春明門外春荒
草轉眼翹翹便錯薪

徙倚亭皋縱目初空山習靜日遽遽鴆憑巫歩來收蝶鶴上危
巢玉饕魚百覆千翻人事若兩平三仄世途如靈書數帙今將
貢力食荒山手自鋤

八部書成見一班馳驅丁甲不曾閒磨刀日月時攜手破敵風雷日在山雙眼簸箕開世界一生擁腫住人間功名放下還如縛爭得騎牛遠出關

銅洲雜咏

天下饑荒山水窮相將若箇趁閒踪黄昏送月三鼕鼓白社爭僧數點鐘楓葉遠連秋爛熳雲鱗浮動水陰濃昇平自致何須策賸作河汾老萊傭

來烟亭下即書寮水濶天空對泬漻客子意中愁暮雨主人窗外伐芭蕉時箋奇字爭方語歲踏青驢過市橋南面百城徒話柄虀鹽風景讓漁樵

重過三山寺問楊爾寧讀書處即次其韻

深淺隨雲屋半間行擔撒下即能閒獨來蒼莽莽孤契久悔緇

塵吹素顏古寺幾房僧盡換寒山一片石難删草元幽虛春帝鳥多笑揚雄再不還

九日漫作四首

坐看天地入蕭森不誦離騷亦淚那有浪遊知矣止都芒鞋況換初吟神州盡是關山月大地無非鼓角音畧撲緇塵應數斗歸期不定是何心

天台藥樹武陵津邂逅偏多未了春何路再逢蘇小小昔年空晤葉萋萋雪泥鴻爪飛留跡風雨羅浮合有神世上那來真痛哭都因排調費沾巾

九區豈在屋簷頭無那閑門作臥遊西北地從山上借東南天在水中浮漆園鵬翅初輕展列子飈輪蚤告休寇盜只今多伏莽長安雖好不宜留

酒邊擊鉢夢邊鐘觸眼凄其境不濃禿樹鴉棲寒作葉遥空雲駐老成峯秋光不久將交臘歸字無多亦滿胸行過路難方浩歎少游莫漫薄疏慵

四皓

高蹤矢不出山行羽翼胡輕爲彼成借問青雲誰座主留侯收得四門生

張栻 字仲浣號 天啟辛酉舉人官長樂知縣

採蓮曲

湖開千頃平如鑑湖中灼灼蓮花艷美人齊泛採蓮舟翠眉雲髩芙蓉面殊色似明妃蕩子遊不歸吳謳越曲薰風度手折蓮花香襲衣笑語疎簾隔巖顧空相憶盤中新藕尚牽絲花底文鴛雙比翼西風棹歌歌採蓮採蓮蓮子一何鮮皮皺彷彿降飛

仙並頭聯帶悵無緣採蓮歌不絕輕輕擊蘭楫纔看西日挂垂楊又見東方啟明月金風蕭瑟幾經秋翠凋紅謝逐浮漚成客迢迢不復返征人邊塞幾時休回首情牵山水綠歸洗紅粧秉華燭枕上蓮花繡不成空幃夜夜孤棲宿

曲阿詩綜卷之十二終

曲阿詩綜卷之十三

丹陽後學劉會恩時菴輯

明

賀杜 字宗輿三科武舉

半帆閣分韻

一片平疇映碧扉曉溪風送半帆歸尊前曲度憐黃鳥𣏌裏花翻笑紫薇刻韻催詩憎雨驟披襟賭酒怪風微當年阮籍猖狂態更喜今宵事不違

賀王盛 字周兼號無黨世壽之子弱冠中天啓辛酉舉人年二十六登萬歷戊辰進士授文登令調諸城陞兵部主事抗疏論閣臣溫體仁閣臣王坤疏七上體仁屬王應熊擬旨以廷杖下獄上特降謫湖廣照磨丁內艱服闋補河南藩幕移光祿寺丞轉太僕寺丞爲右少卿後永歷以少司馬召事發死難 無黨運際鼎革雄才大畧概不得施其詩多激昂感慨純作變徵之音而丰骨稜峭有古遺直風唐人中蓋得孟東野之深者自題絶命詞云悲歌慷

既說天祥惜氣夌虛返帝鄉從此十人離紫禁相隨地下拜高晶峙同殉者十人也所著有春秋說約亦政堂詩文集

遊太湖洞庭山有序

中太湖而立者爲洞庭山距吳門七十餘里多風濤險巘非開放者罕至也戊寅之歲溯洄從之游其東偏橫躡莫釐頂上覘扶餘之清氣攬吳越之洪流百川同歸赴海直下星露寒動波帆際空月高高而始圓風瑟瑟以猛厲直木踈挺羣峯橫矗浩然有凌雲之志焉籃輿卻轉循來徑人樹零亂及乎翠峯飯乎僧寮良久乃去時維盛秋橘色方翠草木變色未迨隕霜十月期也山前後環人家巨姓重門堅實戶牖田園嬉嬉桑柘極望於斯嘉遁堪移歲年惜吾爲事不歸鬻田不就是所悲

耳西偏風景略同而有金堂石室之異從茲以往亦遊
急止容刀坐起難也時崇正十一年中秋前一日記

其區五百里浮七十二山山山秘佳色獨以東西傳吾從月下
來乘帆指東偏信美堪卜居草木凝幽鮮禮俗專醇素流風在
遺編亭園麗山麓莊宅緣溪田居然富桑柘何必尋桃源桃源
天上家斯惟漢編戶郡國下巡徼亭尉嗇鄉部竈魚佐庸調廢
著流錢布長爲風波人亦自比封君千章浮名材千樹橘如雲
小家縱風霤生計需蒲葦歲歉不及饑時豐娛其身王公生民
秀恪正同數屯文章大雅姿闓濟老成心物華飲天和風流盪
人瑞其間足元氣山水森腴遂江南潤天下百谷從斯會以玆
奠隩宅奇秀出區外吾將賣田舍市隱供牛僧蹟哇聚花租種
豆理山稅春秋好風月痛飲取酣醉樂生非若斯何以卽窮退

文登署中聞颶風感懷

歲轉山東粟滄溟亦輓漕暮烟荒井斷狂颶瞻天號麥隴三春雨樓船萬里濤孰從宵宁奏爲我念民勞

嶽嶽中丞節新懸海嶠東夷江天外綠漢幟日邊紅猛士今安在勞臣念匪躬淸明歌采芑何歲睨彤弓

　暑雨大作留滯張秋時自東郡而南鄉大夫以便宜守土

　張秋主事則東平郭中翰也聞建業有所奉而詔書未

　達悵然有懷欲以誌淚

潰亂由山左傷哉魯衞風椎牛罷耕穫聚蟻鬬雌雄寇攘寬爾

甚漕渠斷不通安危天下繫失策歎羣公

漢印銷猶在威儀睹舊章山川仍有夏河朔又臣唐天意在豐

鎬人謀兆建康明明先德在孫子遍宜王

頤溜承香案依稀憶去冬身浮胎禍早官薄被恩濃親蔡傷歎
萁餘生愧老農奚囊存奏草不忍理緘封
朋黨終天運臨朝慘聖顏青蠅侁國士白馬捲朝班門戶悲何
托江河逝不還傷哉孤立殞無地哭陵山

靜者草堂伯父溍菴宅也永不清暢余坐嘯其間歷三時

柴門常關車轍稀少其地接鳳凰臺所謂杏花村也今
臺荒花落惟濯錦湅絲之工機聲軋軋耳別有記

七月棲遲靜者園草堂人迹屏煩喧機絲夜月穿村柳木葉秋
風帶雉垣門巷不開桃李徑階除猶厭菊松繁勞勞亭上無踪
跡箕踞科頭獨負暄
天街騶仗肅傳呼顏落衣冠省拜趨捧檄痛思無老母著書端
的愧潛夫琴心欲斷隨流水馬骨空銷嘆遠途一種粗疎麋鹿

性山林猶恐入庖厨

戊子清明時經甚雨春秋說約初成三首錄一

交遊零落斷車塵滿徑蓬蒿閉我深海上蹉跎存趙事橋邊空說報韓心三春風雨多腥氣十載春秋有說林天道頗諳經術在於今時節理常陰

寓永嘉王氏青旭樓三首文丞相祠在孤嶼山江心寺有詩刻石

丞相祠堂何處尋杜句浮圖千尺湧江心數行春樹連雲海一首清詩照古今

精衛飛飛怨陸沉波濤千尺最傷心君仇不報長塡恨獨漉汚泥嘆水深

半壁松筠未可謀乾坤何處覓荆州稽康媢俗惟青眼江總還家恐白頭

東帛 字賁于號邱園邑文生著有鵠巢詩文集

辛酉秋闈友卷已擬冠軍以五策刺時僅邀恩授一明經

爲長歌以慰

與君結髮窮探討奇君屹屹文矯矯搦管時揮韓柳辭箋經常究朱陸草胸纏奎璧天授才手落烟雲人竊稿適逢借計朝天飛不圖雲翼委泥潦歐陽底事目偏眯杜牧何人顔獨老才子西京賦孰推美人南國蛾空埽十年黄卷嗟無功一領青衫消不了足刖誰憐楚璞寃舌存何處秦庭杳成均權作天池梯雄才巍得司成考暫張繡幌輝鴻都會對公車遊鳳沼璺藻香傳壁水春筆花艷發瓊林曉泗上麒麟敷踏翩燕臺白雪峯吟倒姓字無腔日月遲文章有膽乾坤小造化推閒文運迴英雄抹盡南宮悄臚傳曉唱瑞光騰史館春迎香篆裊東皋隱現五星

明廷津騰躍雙龍繞分席金閨直禁垣彈冠粉署登蓬島領中統扇一一酬桂枝崑玉亭亭少韓翃休驚駕部奇李藩終應紗籠巧嗟彼寒儒淹濟南俠腸如鐵心如槁萬言羞借權豪噓七幕淚爲鬼神摻黑貂着盡凌秋霜白楊種就迷黄草賺將鬢髮黑兼蒼臏有心肝蒙更皎詞壇赤幟怯誰奪文苑朱衣還暗許煌煌吳鉤埋其寶稜稜玉筍含花好聞道雲程修且遙願借鵬翮搏風早

楊通睿字聖喻聖喻爲邑中名士讀其詩多感慨激烈之氣

避亂

干戈入耳夜無眠驚夢環城似昨年荒圃雲凝蹤夕靜歸帆淚擁棹秋旋舌存且自躭巖谷璞在終當係廈榱歲火狼烽南北起漁樵也好隔塵烟

送周簡臣左遷雲中

雕蟲小技愧枋榆江漢逢原溢六區秋色澄清分客路朔雲靉靆塞歸途笳吹月影明寒塞葉醉霜林我畫圖祖道初傾燕市酒帝城新霽已凋梧

朱師黄字石公邑文生著有警露齋稿

寄中孚

寒溪流不到向夜野成烟寄夢與荒草鳴琴苔梵天書求知此際事往憶從前靜者今何務山蘿手一編

鸚鵡

憶自能言後從人語默難慧心知讚佛直諫可除官既負文章貴寧娛耳目歡放鸚人去久誰識隴山寒

聞流寇犯皖城諸邑之警

何曾未雨及籓籬事到臨危不易爲白面請纓終畫虎烏紗傳食正委蛇西川杜老空垂淚東海鯫生有所思冠退依然歌帝力再休輕覩太平時

雨後湖上閒步

不風卽雨已經旬好鳥喞晴說向人此際喜深狂客意幾迴驚起夢遊身山光碧向松間映天色青爭草上新踏遍湖濱看湖水耕漁容與宛然春

江浴日字旭方號秋瀾

秋日登經山訪絕非上人

曳杖登臨薜荔中靜看山色碧玲瓏風吹徑竹千竿翠秋染江楓幾樹紅銀杏林前尋野衲金牛洞下問樵翁留連泉石遲歸暮日落漁人捲釣筒

落花

蔡蔕煙中落翠梢相陪醉客到芳郊蟻憐春色拖歸窩鳥惜韶
華帶入巢涙把臙脂墮地點空將珠玉向人拋多情卻伴東君
去一任詩家作賦嘲

五雨輕風拂翠莖紅香顛倒繞軒楹任他錦繡溪頭布隨意文
章水面成向月飄來偏弄影含烟墮去卻無聲翻飛幾片如霏
雪來助佳人夜撥箏

賀王醇字魯纔號雷平世壽之子廩生將入貢以父蔭恩生入復社中與從父黃公從弟儒珍爲鶴溪三鳳著有桑霞軒詩文集續名臣言行錄續憲章錄感應廣義曾纔與張天如陳卧子楊維斗錢吉士楊常燾諸名士訂復社不屑帖括後得北亭陳氏書讀之潛心理學者數十載

山樓觀雨

微飈振林木流雲結層陰霖雨來自東輕烟散遙岑石泓發清

籟灌木徒陰森遊鳥整歸翰參差遺高音瞑光薄簾際疏笛含
淸砧寤言殊未足暢以物外尋

湖上

遙水接天咫晴嵐迎日黃烟銷漁艇出風靜布帆張藉草沾微
絮探梅逐遠香客情春正好聊復恣徜徉

春暮過倪彤文齋中喜晤俞無殊雨窗話舊漫賦

四十年來似奕棋故人相見不勝悲論交只合尋求仲把臂於
今有許支將往堯峯謁鈍翁先生指點銅駝傷往事推敲石鼎賦新詩兩
窗夜雨添愁思明日扁舟任所之

澄江道中

長日江皋水竹幽偶來孤棹此重遊垂垂雲腳未成雨颯颯林
梢似報秋山翠遠來分草色溪黃近去接江流淸尊短簟十年

事攬鏡頻驚歲月遒

岳陽樓 時湖水方涸

未有奔濤駕碧空猶餘平綠擁芳叢漁村柳暗三湘界桂嶺雲開百粵通滿目兵戈驚驛騎歸心鄉信斷征鴻朗吟天外知何在擬跨仙鸞一馭風

登洞庭君山

十二螺峯曲曲遮黛煙横帶出谽谺臺荒古木龍丹井寺廢寒燈黯絳紗萬里蒼梧悲帝子三春綠樹醉仙家碧雲日暮起愁思隔浦棹歌歸興賒

五人墓 姚宮詹紀事張庶常表墓

英風千載憶斯人往事酸心難重陳自有色絲留汗簡仿餘俠骨化香塵苞桑廟社還新主碩果才賢讓放臣屹屹豐碑穹碣

桂至今意氣感遺民

蔣　惺字靜存號野園邑文生著有野宜園詩集

登虎邱次婁水王紫三先生韻

逢僧話寺門久坐石坪温隔澗烟浮色微雲月逗痕劍鋩池自碧虎踞迹猶存乍聽鶯濤韻松風何處村

自題野宜園園在小東門水關上

鋤盡荒園草叢篁闢徑幽踏雲先得路問月更登樓既集詩千卷偏宜酒一甌莫愁生計拙容我有林邱

遊夾山寺

共客尋幽境紆廻一徑通危樓浮樹杪清磬出雲中地僻千巖合天開萬象空老僧趺坐罷倚檻看歸鴻

宿積金峯因懷陶貞白先生

信宿華陽地遥聞鸞鶴音松風清夢境梅雪佐詩情有堊山供畫無琴澗代鳴徵君棲隱處靄靄白雲横

過宜孫九叔村居

離城纔日上亭午到幽村花暖鶯調舌苔深屐印痕鑿池通澗水牽薜蔭衡門好景尋逾幻裁詩安足論

正功弟過予山房以楊爾成先生詩示余因步其練溪詩韻以贈

貧賤安吾素高懷獨羨君人情出處見大道古今同暮釣溪頭月朝耕隴上雲相期載樽酒細論太元文

訪止水上人

師住前山第幾峯萬松擁翠影重重浮雲收盡孤蟾出不見寺菴聞暮鐘

薛瑞徵字太初

秋江晚眺

江干一望思悠悠景物參差次第收淡蕩遥空排雁字層翻濁浪泛鳬舟蘆花知冷先鋪絮楓葉貪霜又醉秋坐看漁翁江上晚一輪明月上魚鈎

湖濱晚興

赤塵飛不到湖涯扶醉行吟興倍賒烟艇片帆偏自在雲山一帶故欹斜小橋低渡呼流水曲徑深迷問落花眺望徘徊臨日暮輕衫晴映染紅霞

顏時相字若虛邑文生

貧歎

風沙霾曀鬱幽心獨坐偏憂庭草深餠罄莫驅饑鬼鬧杖慳不

託酒鎗沉時看雨雪存吾性肯廢衣冠學世吟自揣一生無別
技漫勞李杜兩相尋

夏　瀍

瀍字應初號瀍然邑文生著有瀍廬詩集嘗欲續丹陽後集早逝未果

晚望江上寄懷賀仲來

偶從江上望望見湖邊山此際湖居者柴門想已關日餞浮雲
遠心馳倦鳥還願爲孤島月分影照其間

江村夏日

江村當夏綠成團竹外斜安白板屏是母夢邊芳杜若猶雛飛
處謝薔薇天晴無事恒尋藥地淨多徵數檢衣薄暮飯餘初月
上何人治酒未曾歸

冬晚

簷點霜華曉尚凝起來驚見硯池冰未緣歲暮書懷減每覺天

寒酒量增野老曝迎墻下日鄰僧爨取佛前燈好山瘦盡湖山外欲借松陰護殘層

秋日閱虞他山近稿不勝同病之感

竹影蕭蕭月色紛卻於深處坐思君胸中壘塊宜澆酒眼底艱難莫論文奇志孤存應棄俗逸才稍戢始依羣從將人世無窮淚灑遍青楓江上雲

賀燕徵字元生號烟叟邑文生幼聰慧十三經孫吳握奇經諸書不踰年卒業及長益刻厲工古文詞文非班馬詩非漢魏弗好也入復社與張天如周仲馭揚維斗諸君子祗藝相質每談及忠義節孝輙欲歔欷感慨歎息不置烟叟內父吳宗達姻友周延儒秉國烟叟入京每以國計民生侃侃言切而延儒反目爲迂郎歸而鍵戶著書杜門不出宏光南立當事以知兵特薦參贊兵部所見與馬阮不合復郎棄歸所著有玉笸集西江陳大士爲之序 夢鶴云烟叟占詩神情超邁音節嬝亮而儁遠之味使人尋之不窮 遂膚云諸歌極蓋風流頓挫之妙昔人謂鮑參軍爲樂府第一 此豈在齊梁下哉

戰城南

戰城南守城北城下萬竈炊烟黑今日椎牛包烝饗壯士焉知明日戰死不爲狐狸食狐狸腸可以埋馬革囊尸非所望君不見松根鬼火聚如花孤魂夜夜泣無家雨洗黃沙出白骨箭鋒猶向骨間沒

巫山高

山山出雲雨朝暮成今古何必巫山陽遂爲神女府楚襄應是獵章臺曾挾傾宫舞袖來當時詞臣善諷諫故將雲雨規荒宴祈招足以止君心楚臣毋多金玉音

將進酒

將進酒筵前初獻白玉斗滿酌葡萄琥珀濃竟須一飲盡千鍾虞姬臉際勝芙蓉堦下健兒擊號鐘五色龍文長寛天烏江哀

草白於烟有酒不燒轂城土帳中起舞月方午

青青河畔草

從來萬里心那惜青青草馬上看山川霜露雞鳴早馳驅久無成空逐日月行日月尙淪沒況此百歲名不必覓麟雁作急返鄉縣南山荳可耕東籬菊可灌秋水正宜烟横琴落雁前且理思歸曲休歌行路篇

隴頭水

交河四面氷已合沙飛風起烟塵雜惟有隴頭流水聲長夜鳴鳴訴不平九曲之坂天作障征人望鄉盡南向少年仗劍覓封侯飲馬寒泉先淚流猿臂將軍能射虎數奇老死終行伍燕頷都護定龜茲白頭引領思南土

關山月

不識關山路深閨夢裏愁窗前明月影夜夜到凉州明月凉州紫塞頭征人夜起按吳鈎馬嘶風斷荒城角雁語烟沉古戍樓月落星稀萬里天共隨驃騎出居延閨中少婦停梭泣塞外征夫枕戟眠

馳驅樂歌

富女不嫁父惜粧飾貧女無郎母惜顏色

子夜四時歌

入並梅花瘦徘徊怯曉風郎愛桃李花自然不憶儂

郎朝釣魚去折花置向船忽得並頭蓮前花棄不憐

夜坐歌洞簫女伴由他寢莫愁儂寂寞成雙有月影

雜感四首錄二

雪色照玉杯但願深三尺雪深郎自留不用藏郎屐

趨吉凶乃伏擇利害之緣能作無欲觀治國等烹鮮察察每易
愚空空恒能全試觀止水中曷嘗分天淵
寸陰焉足惜周穆荒遊仙翩翩瑤池駕八駿行雲烟反國歸東
土衰頹棄百年祖龍踵後塵翹首蓬萊巔蘭舟載好女徒結徐
生緣空憐海上石亦復遭其鞭

銅陵曉發

半月石尤風今朝遇微雨秋江如鏡平布帆輕似羽翠岫在烟
際不復辨賓主舟子看鴻飛拋卻手中櫓一莖任所之長歌和
漁父

舟泊青山登岸飲野店中對面卽五老峯

五老有朋不置酒我今對酒苦無偶萬疊千峯滿目前仰天大
笑吾何有不是新豐困馬周何須濯足用五斗便應飛鳥過曲

頭拉取匡君同擊缶他年一良史誌名山添上烟波一釣叟

夷門歌

大梁公子能下士自載侯生過都市騶車枉道見屠兒公子執轡不為耻敝衣直入居上座慣盡堂中舊冠履一旦秦人思啟疆趙人求救日皇皇秦王拔劍坐函谷傳檄遍諭諸侯王救者移兵先往擊魏王聞之背刺芒命將出師不越境深溝高壘逗相望平原使者日請讓急人高義皆虛妄王前進說徒萬端奮身特赴秦師壘夷門老臣為授策兵符藏在芙蓉帳帳中美人曾訴仇君斬仇頭血尚流百死報君無所惜寧畏君王有屬鏤竊得虎符懸在肘單車使向鄴壁走嚄唶宿將素稱雄朱亥袖之尚黃口合符仰面看蒼天鐵椎已作蛟龍吼下令軍中歸老弱八萬義師齊踴躍咸陽健兒盡披靡王齕棄戈愁被縛城上

歎聲動地天平原負矢驅馬前趙王長跪前致辭自古未有公子賢即郢賓客半來歸一時濟濟逾昔年獨憐擊柝人何在門外蕭蕭草似烟

薛容歌

齊魯儒生慕王佐姦人走入薛公座薛公身作咸陽囚美人語得狐白裘雞聲喔喔起函谷車如流水不可逐蛟龍既失雲雨時雞犬之才亦足施

酇侯

楚漢久相困關中不敢私轉漕供死戰定律起瘡痍一卷開王業餞錢結主知韓彭刀俎日劍履正委蛇

淮陰侯

束身出跨下自已無人疑劍佩英雄色魚竿大將才奪符猜已

甚躡足禍應貽烏盡弓藏後王孫誰復哀

留侯

負此國士恨起爲帝者師椎秦王氣消擊楚霸圖移借箸銷金
印休糧茹紫芝區區終始意隆準未能知

武穆王墓

百戰青山骨松楸一畝宮飛舞留將略陰雨見靈風報國成奇
禍班師廢大功金牌三字獄涕淚古今同

冬月聞寇警

落日山川慘軍符正北來風塵埋壯士天地老奇才抱玉三朝
泣懷書十上哀空留鄧禹笑不盡漢皇臺

春郊

紅日初銷霧千家尚一烟溪晴漁父出草煖牧兒眠古杏籠芳

居新得晴客船今朝雲物好莫負放耆爲天

酬陸直菴社伯著有芸月集

大雅今誰領君如人有眉乾坤容鳳隱雷雨療龍癡秋水離騷句春風供奉詞蘭橈倘北渡樽酒話江湄

孟秋過漳溪公署用壁間韻寄別葛少保少保以來歲早至爲訂且囑將家焉

准肯又向故鄉馳撫壁還賡舊日詞嶺上白雲惟自悅尊前紫氣爲君貽錦囊聊用收蒼耳寶劍何妨割象牌寄語故人身倘健扶筇招鶴再來茲

葢亂孔棘黄公叔咸事贈詩次韻酬之兼呈太守程九屏

擊楫長懷萬里舟荒雞幾月下高樓儒冠誤世真堪溺寶劍逃淵孰解求戰士倒戈難倚鶴將軍訢勳莫嫌牛拊髀空自思煩

牧誰獻崑崙第一籌

元莆劉遂老出總戎務廟堂行推轂禮蕩平有日賦此誌感

烽火燎原徹夜紅元臣受命詰兵戎珠宮隙地傳金冊玉扆推車出畫熊粟尉應收天下士傅徒多具萬夫雄願驅鐵騎如風雨早擊名王一戰中

指顧宏猷定大東舞干原有格苗功劍光夜射祁連月兵氣朝韜瀚海虹河朔旌旗應變彩武關金鼓各從空行看單騎親降敵氈帳傳呼郭令公

虎邱晤華方雷知雲子讀書洞庭兼聞石房有世外之意歌以懷之

憑將健筆寫秋光得句頻投舊錦囊握手碎雲侵短袖懷人殘

月照空梁琴彈絕壁潛蛟聽書付名山老衲藏見說逃禪多慧業因風寄問木犀香

虎丘尋貞娘墓不得

片月埋香骨輕雲度夜魂當年應化玉是否碧桃根

阻風謝司港 過南康十里

匡君應怪我咫尺不登山故遣風姨舞猖狂無好顏三日艤舟坐何殊鳥處籠張帆夜半去老鶴縱秋空

梅妃

燕遊自分獨當熊履脫明珠入後宮豈是侍恩呼不至爲君長守一南風

清明病起書懷

晚風簫鼓汝耶舟翠羽明珠居上頭杜牧年年春色裏斷烟殘

雨獨登樓

草破池塘寒漸消青山遠近若相招朝來欵段沿堤去不掛詩瓢掛酒瓢

天石書屋落成索句題壁醉後漫書

彈琴四壁山皆響說劍孤燈雨欲來匹馬短衣今日事南山射虎月中回

賀復徵字仲來號卷八景來大叅少子邑文生舍讀書積書萬卷自號卷八人謂書淫當事薦於　詔徵修熹宗實錄事畢即歸隱遍遊山水惟以書卷自娛所著有白門詩草吳吟紀遊烟鬟堂集諸集其詩古摹漢魏進追盛唐王季重見之即爲之序以廣其傳仲來詩沉鬱頓挫似工部微婉似摩詰淡朴高雅似陶韋王季重評云馳漢魏初盛之液而清真蕭逸時出心性語又括晚唐之盛

南菴消夏四首錄二

枕上曉雲集雨過疑有痕宿雲忽離岫欲去仍在門披衣理清

課歛性就前軒庭樹晨光滿空山絮鳥声深心寄寂寞久矣離囂煩安得柱下老相與窮源原

山深白日静竹樹聲蕭蕭車馬廻不臨蒼苔生轉驕閉門著書蕭天宇澄松寮奇賞勝古歡尚論引遠交時向北窓下高卧觀空寥音形無一留夔好去不逶邐然下塵榻呼童開新醪擎杯復長嘯颯颯來驚飇

登攝峯頂

肅肅秋氣佳扶筇踐逶嶠羣陰結幽深日出孤光燿俯瞰百松杉仰援歷蘿蔦遂踏攝峯巔四圍延聽眺物象浩無涯探討期得要逢彼閑闢僧為余啓霞標各理盡歸元敢以身心照坐久寂無言浩然發長嘯

從中峯至千佛巖蒼松夾雲危石欲墜攀援互答頗極奇

致

元屋紛變幻霞氣啓朝暾緩策下崇阜山龍勢崩奔絶棧積危石格鬬羣爲聳逕逼路屢迷時息而復騫一身莫自必先後相牽援懲倦奬餘勇輕捷如猱猿快此耳目换翻覺清心魂造境貴在險適意寧復論

七星巖洞

七星如列星出土幾千秋洞門下深黑崩剝開神州步空疑鬼工懸鑿非人謀漸入屢奇换轉窮境彌幽穴暗雜風雨潭潛亂蛟虬乳竇形象結石壁光氣流後先施炬燭指點紛應酬無復天地想徒使心蒐愁猶從詭異姿不爲仙佛收混沌想太溲古令眞宰譬世人拘目見意識如蜉蝣安知天地内有此奇觀否廻舟三嘆息江月邈悠悠

別緒

八月始發秋遊子事行役悠悠萬里道草草心何極値此新病初散髮未巾幘況多魑魅憂萬愁摧胸膈如何一日間便欲有他適緬惟空閨人慘顏異嚌昔夜來語頻頻及去反脉脉欲贈以自愛未言翻成泣離觴難重陳白日已告夕童僕催解維倉皇就江船晚飯炊寒烟明燈淒四壁反覆不能夢起對孤影隻雞聲亂前村去矣挂帆席

虎邱坐月

夙期在邱壑況乃兼秋宇策杖緣溪行悠然寡儔伍窈冥幻須臾暮色落前廡山僧猶未歸碑字暗中數壁古繡蘚蘿林幽走麋麑憶此素心賞而忘客子苦明知石色寒坐待月微吐

嶽麓寺歌山下有書院並及泉舊跡

昨日尙雨今朝晴巃峯新沐何遠明眾情奔悅事恣討歷歷扶錯行樹抄乘危履石山路長楓榆無數寫丹黃及泉鳴咽覆櫞莽古殿空餘聖賢像捨此百折入遥岑暫憩峯旁修竹林五步一立十步坐上得峯巔身欲墮拜嶽巖前禮祝融色光深閟青濛濛七十二峯峯屬幾巃峯正是峯之尾

冬日陳其年同蔣令生湯谷賓過齋頭閱書畫因留歡劇至夜分大雪漫賦

寒風吹窗窗紙破寒雲四垂雪欲作傳云有客不速來倒裳攤書尙軒過陳郎豈是書記士因遭亂離事遑已辱交吾輩有同心挾以湯生與蔣子嗟余久耽書畫癖問余欲覓書畫船古人神情各鍾此筆精墨妙時欣然紫簫嗚嗚欲訴泣蕭騷弦索聲復急頻呼童子佐以歌一時懷抱俱來集須臾雪勢欲壓屋白

酒紅爐燈簇簇諸君漫賦若寒行且聽開元舊時曲詰朝貽我以瑤翰大珠小珠落玉盤疑是夜來六花相變幻啟窗仰覩天漫漫

宿聚仙樓

開軒空翠列浸入酒杯濃萬木消春色孤燈起夜春峯多常礙月山迥欲沉鐘勝地真堪隱何年遂往從

牛首山

鶯語城南寺蒼蒼入亂峯石開安傑閣雲破出危松業向靜中得人於世外從孤筇浚倚處忽度一聲鐘緣階應百丈陡插白雲梯一角江心見千林樹面齊隙光懸倒塔空翠結重蹊欲問獻花跡斜陽早隱西

冷泉亭即事

亭能甲湖勝纖悉盡林樹語鳥簷前立遊魚枕上看秋雲先客去
叟野月伴僧閒欲識霜來信風枝幾樹殘

龍井贈僧

清冽稱龍井雲關許浪遊聽松來石逕看瀑坐溪橋子久依孤
磬余將寄一瓢拔仙與辨老遺跡竟寥寥

登南樓

翛然千古意此日偶登臨老子興非淺諸君語共深午雲初過
影秋水迴生陰一夜南樓月相傳說至今

哭夏邃然六首選一

二十年間事渾如劇戲場定交從日下題集曰丹陽兩人相約續丹陽集
風雨論心在烟霞過眼忙嗟君[illegible]聞道可奈死生妨

題黄山谷先生祠祠前有[illegible]墨池遺碑留借錢一帖

先生留直字一識老宜州山水人堪主文章世所饑池因洗墨在帖爲借錢留未肯心千古聊爲今昔悲今既不如昔後當不如今黄宜州句也

謁張丹霞先生墓并序

先生諱自明號丹霞宋建昌人爲宜州守未任時遇神僧盧德洪事甚奇悉載郡乘中後没於治所一夕大風雨失棺所守躡九龍洞得焉洞中寛平如容室石門斜窄僅容一人仄入不知棺何以進信仙跡也墓近南山龍隱洞旁有趙清獻瘞鶴塚

張子稱仙吏孤霞猶石扉鑿舟疑有遯林劍欲何依風雨懲龍隱烟雲倩鶴歸城南千里地松柏久成圍

小園即事和韭菴年韻

斗酒雙柑携井梧高談何綺映修除潑心共託絃中調故態應

多醉後書鳥下園林羣木迫月臨軒覗一燈虛怪來野性疎狂甚况復清宵興未餘

送中泠應詔還朝

丹陽郭裏彩雲殷千里徵車起漢關鄉國久孤天下望中原爭識直臣還一聲鴻雁長川逝十里梅花驛路閒漫向阿元驚別恨瑶華早寄到東山

劉漢卿邵玉阿過齋頭小集

虛亭四繖竹聲乾斗酒依然坐夜闌問世徒懷名士恨憐才應作美人看香銷杯裏紛談劇雨落燈前覗劍寒信美秖誇吾黨在從教清漏下欄杆

秋日集真珠泉泉有亭名畫舫

欲探幽勝去山隈逕轉雲流野色開一片夕陽將鳥下半規新

月待僧來爲憐菱葉侵魚路可喜芙蓉遶石臺總有珍珠圓顆顆載將畫舫倩誰媒

桐江雜詠

數里具村落土牆開竹扉清歌來月上知是賣魚歸

停舟湘水濆偶步逢鄉叟上誇官長賢下誇子孫有

零陵江上漫題

自愁水求石放君酣天苦峯欺獨坐真成孤賞月來得一相知倘值烟霜入夜幸叨風日兼旬兩岸秋林錯繡恍惚畫圖中人好景時供遠目踈帆但信長風人行翠鳥枝上身落青玉鏡中每日曛然山水呼童再進一觴妙借荆關筆墨可宜元柳文章元結刺道宗元刺柳

夔州竹枝詞

亭亭落日啇峯前寂寂長亭帶遠天幾夜東風過白帝月明猶自上茶船

賀龍徵字子猷　占籍浙江湖州平湖縣邑文生

辛丑仲冬朔爲長至日崇川館中有感

賓鴻飛雪偶留痕懶向騷壇敘舊溫被褐一身匪兕賤囊中千鎰沐猴尊枯魚不作西江夢老驥休將伏櫪論長憶於陵賀并畔只憑半李慰饑魂

壬寅歲南至日又和前韻

自歌自舞自啼痕濕盡流紅枕不溫囊裏雙蚨游色壯山中千日醉侯尊爵生只合披長鋏半部何須藉魯論敝繡翻看倚市笑由來腐史已消魂

家居又疊前韻

人倚簷花想笑痕作聽好鳥報晴温窮來孤塚聊埋筆興到雙柑自侑尊半嶺風簷高士嘯千春陵谷暮樵論行人古路三叉口立盡斜陽更黯魂

空賦長門泣漏痕逢時不在玉顏温帝鄉十二樓臺杳客座三千珠履尊生計止斷歌觴拙親交偶作聚沙論疇憐仲蔚衡屏下獨對蓬蒿掩暮魂

荆之瑞字孟輯號竹洲邑庠生著有百花洲詩草

八月五日遊虎邱

同來泊小艇山月正懸鉤虎去千人石蟬鳴萬樹秋劍開池水綠竹映墓門幽薄暮疎鐘發笙歌人未休

嘉興道中

岸岸桑陰綠家家水到門石橋橫野渡叢竹暗深村明月心千

里凉風酒一樽不堪聽鼓吹回首暗消魂

登衢州郡治後亭

空曠復翛然虛亭翠嶺巔孤松盤屐底衆壑到窗前烟樹千家閣雲山萬戶泉興來頻對酒重上更何年

送璞巖仲兄守惠州

離花霜酒且彈冠幾度臨岐賦玉鸞數雨風輕帆去易五千里遠雁來難紅梅驛使天邊信青草池塘夢裏看拔薤清泉原賦性只應吟月倚闌干

武林登吳山

層崖深樹石斑斑獨出高城俯衆山東海波曾移峽過西湖人自倚樓閒雪光照檻遊青雀春色來軒躲綠鬟三入杭州車馬去今來風雨濕衣冠

八月十四日錢塘口夜泊

向曉江干泊越舟碧天無際水悠悠濤頭明月搖簾幌岸角疎鐘下寺樓潮湧半山烟樹動風輕千里浪花浮那堪回首雲停處兩淚如波點自愁

彭蠡湖

帆入宮亭百里雄青山曲曲水濛濛練翻錦繡晴梭月勢鬬蛟龍夜嘯風瀑布泉分霄漢翠依居鳥聚夕陽紅匡廬歲逼無人到遥望烟雲一夢中

登滕王閣

鬬角凌虛浪捲銀滕王安在閣仍因雞碑已作千秋序鶚賦還停萬里人南浦明霞波獨湛西山紫氣晚猶新馬當風順還能到俯檻空懷下筆神

蘭溪道中懷陸嵩年

滿路青山酒一樽日高吟嘯到黃昏征鴻聲斷清溪月歸鶴影
迷紅樹村秋笛淒涼驚客耳江潮嗚咽蕩船門鄉關不阻相思
夢夜夜詩文與共論

過惠山禪房

白雲一塢茅屋深山中何有松與籐玉乳新汲一甌水滿鐺茶
烟出老僧

劉元祥字瑞甫號芝軒太學生　瑞甫公生而頴異皆砌叢蘭生芝之人以為瑞因取以為命名之義三應順天鄉試名噪成均後因明末國是日非即歸隱湖濱日與賀仲來畦身壹虞他山夏應初華賦詩飲酒閉口不談時事所著有待圃文集易學辨微周程張朱語錄手鈔後學東澧塡諱

寄金卿飛學博

野人性迂踈索居自蓬蓽枕書臥南窗亭午方盥櫛軒車忽見

過倒屣延入室坐談若平生神交非一日知君欲遠遊分手復
何疾貽我數帙詩藹藹秀且逸千古詞林中疇能與之匹別來
又幾時秋風鳴蟋蟀君甘苜蓿盤往往還著述陶成士如雲吏
事兼經術聖主蒐英才徵書應在即相思盼飛鴻碧空月初出

贈醫士鄒敬齋

少年負才氣詞賦工三都湘靈惜未過拂衣隱菰蘆青山繞蓬
屋著書時自娛刀圭更通神在在疲癃蘇林間紅杏花爛熳晴
霞敷留客展楸局命僕烹茶爐松風灑榻上白雲來座隅翛然
塵世外不知日月徂即今逾八旬鶴骨清且癯嗒焉已有得可
與天爲徒願言授丹訣攜我壽方壺

寄丁毅菴孫虛日時二子游杭州西湖

聞君相向西湖游酒鐺茗椀一葉舟青山遠近圖畫出碧水渙

漾玻璃浮岸旁楊柳裊新翠掩映桃花不勝媚畫船簫鼓隨波廻美人歌舞逐隊至香風送暖撩人衣黃鳥白鳥交爭飛六橋春光蕩心魄及時行樂醉始歸屈指君去今幾時樓頭明月盈復虧恨我離居不同賞暮雲相望空相思

春日游惠山

招提萬松裏春日此幽探雲氣流孤壑湖光帶遠嵐僧從花底出禪向酒中參醉倚紅亭望漁歌落暮潭

送客之夔州

魏闕承新命清時愛遠遊片帆過漢口千里赴夔州峽勢橫江險人煙附郭稠到來有佳句遥寄慰離愁

西湖晚泛

爲覽西湖勝扁舟同晚過峯盤三竺迴月傍六橋多樹影迷樓

閣歌聲隔芰荷會須載漁笠長此弄煙波

畦嵩年以其太史公文集見貽

詞臣聲價重當年侍從明光雨露偏珮冷鳳池人已去草留鸞掖世爭憐曹劉若在堪兄弟揚馬重來孰後先更喜長公新脫穎可知衣鉢是家傳

初春過賀仲來

狂客相逢近十年東風把臂思依然羨君詞藻真殊衆笑我形骸不似前梅已破顏消積雪柳初搖黛着輕煙山禽解得重來意兩兩飛鳴到酒邊

同夏應初夜過孫山人園亭

樓閣千家帶夕曛偶同詞客一過君黃花開遍秋將老紅燭燒殘夜欲分世外交遊須我輩郢中歌調可誰羣歸來踏盡街頭

月猶有寒更枕上聞

乘月行歌曳短筇露華冷浸碧芙蓉今宵我欲窮清賞莫遣山僧報曉鐘

月夜游惠山

重呼餘酒上層巒月滿諸天夜共看一曲洞簫吹未徹空山風露逼人寒

管鮑分金處相傳即麥塅堰

當年管鮑此分金千載遺踪尚可尋爲問於今天下士幾人能有昔賢心

賀裳字黄公號檗齋邑文生循例入成均爲太學生黄公與吳門張天如楊維斗耽復社牛耳名甚噪一時推爲風雅之宗所著有載酒園詩話史析少賤齋集緋雲齋詩集紅牙詞詞筌錦鱗集尺牘諸書黄公與從姪黄序有二黄之目工古文詞樂府古詩蘊釀甚深五七言温麗博雅亦不失爲才士

擬古雜謠諺

千將雖利不能折薪鳳凰雖靈不能司晨

莫言高飛有隼摩天莫言深潛有獺探淵

廣陵不傳叔夜死琵琶嘈嘈聒人耳何不刺舟聽海水勝向伶倫習菘指

虎憑岡鳥高飛獸淚藏虎已偃豚虎目啗虎腸

揚鞭疾馳不見輿薪注目三年虱如車輪

馬過蟻封辨足力士當盤錯見才識

虎善卜誰問之狻善走誰御之

鸚鵡能言撫首則瘖鴝鵒學語剔舌乃明

無曰火炎鼠或浴之無曰金堅兎則食之南荒有火鼠大浣布即其毛所作吳國武庫中有雙兎食兵双殆盡

浴烏不白湼鷺則黑端始愼終懼卽於慝

鷹虎詞弔漢祖

養鷹逐兎養虎逐鹿日月搏擊家飽餘肉易兎以鼠鷹已盈欲酬鹿以羊虎意未足兎鹿旣盡鷹虎就閒鷹臥架上虎齁室間養者色倦更念昔愆烹鷹殺虎童稚安眠

呂將軍歌

呂將軍如養鷹射戟支謝紀靈呂將軍如養虎反河內焚郿塢白門下水漠漠鷹離韝虎就縛

折楊柳歌

暗藏郞馬鞭郞折楊柳枝早不斫柳去碍郞行路遲耕夫騎快馬未行先恐跌儒生使快刀未動手流血

猛虎行

東峯側去一徑微蒺蔾叢叢虎所依過鳥不停常高飛蕀枝猶懸樵者衣虎食行人人嘶桸人獸兩絶虎亦饑後日不得如今肥吁嗟虎兮汝計非

從軍行

鐵騎合千里矢下急於雨四顧無援兵吏士色如土將軍矜意氣更命陳歌舞解鞍縱馬臥容自修營伍日暮沙塵飛乘閒發强弩赤手縛渠魁帶回將釁鼓

雜詩

淵明耻折腰卒爲隴畝民潘岳望塵拜宦拙還殞身窮達既有命曷爲喪其淳几上有殘書屋後多松筠停午讀書倦嘯咏怡吾神呼兒入荒園荷鋤開荆榛

囊中開素琴膝上閒自看拂拭七絃絲掛壁不復彈新聲吾耻

習古調非衆懽惟當入空谷持以怡幽蘭

蚊蚉喜噆人於人本無讎朝夕何紛紜亦若謀生周叀幕入重幃自喜得所求舉世幾吳猛吾終爲汝憂

人當災患日常慮平時安無疾身閒居忽忽念饑寒衣食苟饒餘惟嘆成名難名成登仕版所惜非達官懷來無止期鬱鬱何時遣

我生無嗜好惟有好書癖饑每因之忘愁或因之懌于旅久無成世遂用爲責薄士訕笑加親知私憫惜我觀枵腹兒何止逾千百既無關史好何爲亦擯斥始知龍門路匪仗兎園册以此不能侮自娛我典籍

過田家三章錄一

村翁向客言君行得無饑午餉已將熟所愧非甘肥草草具盤

飱飯罷仍獻欲同視斗室中遥指壁邊機有女工紡織一冬苦
無衣

懷古

阮公經世才時命固不偶懼禍恐漏言乃自晦於酒偶登古戰
場胸懷不覺剖狂言寄鬱陶聞者掩耳走意本不求明紛數任
衆口

好古遂成癖蒙訓終不回馬遷有霸氣李白真仙才屈杜雖過
之讀之令人哀不若二子言使我胸懷開手鈔置座隅日夕常
追陪平時不敢讀毎以待愁來

治平守經術定亂貧奇計良平與房杜不聞登高第韓彭與英
衛一不閑出世系唐自失河北戰爭無寧歲呂豎援信陵其志亦
非細草澤有英才君相當擢舉固哉韓退之區區語常制

老將行

麾下千金分士伍獨攜長劍歸環堵懶從田賓看歌舞更向田園闢茅塢有客到門日當午家貧市遠盤無脯呼兒汲水且燎釜自往南山射猛虎

文君濯錦曲

沱江曉漲侵芳芷一擔花染暗鵑紫風和日暖競嬉遊約向晴瀾漾鴛綺盈盈笑語臨江涘多是明眸與皓齒衆中姣好更為誰臨邛女士王孫子素影翩躚映清沚芙蓉嫋嫋輕煙裏胡然巫女忽乘流疑是湘娥移錦里行人欲去俄又止女伴垂頭默自耻鷗鷺迴旋未忍飛遊鱗不復驚纖指浣罷江頭拂衣起盧有苔痕污襪底殘霞零落滿波紅莫是機絲遺遠沚緩步歸來力不勝身傭且就曲欄凭隔簾遥喚相如語草就長門賦未曾

放歌

大風揚沙塵濛濛碧翁無言任羣動虎狼懷德避劉昆鸚鵡能文薄江總莫嗟孤潔人憐少楊家墓上泣大鳥世間不習廣騷詞岷江應有蛟龍知張鵾絃伐鼉鼓且看檀卿沐猴舞不須孤憤嗟塵土天上神仙亦姦鹵君不見西郊尼叟涕沾袍王逵更將麟作脯

送人之塞下

右筆左鞬櫜常披白罽袍星下看龍劍燈前讀豹韜倚鞍成露布磨楯試霜毫絳灌徒能武勳名未足高

鈔書

漸覺巾箱重分門更課鈔倦常充作枕飢卽用爲肴墨守吾能發書淫世任嘲呼僮頻曬日莫使蠹成巢

過山家宿

尋幽成遠步忽造野人居犬吠桃花下雞鳴桑柘墟盤中惟有蕨歷外更無書彷彿秦民處淳龐定不如

齋居題壁

耽幽擬伴巢雲鶴愛靜思依入定僧筇用賢醑尋勝地多因開卷遇良朋吟成拙句從人笑借得佳書手自謄寂寂衡門閒歲月應將寥落掩無能

誡子詩

箕裘未忍便爲農法古還宜愼所從縱酒誰爲澆北海白圭端不誤南容銷鎔客性逾調象閱歷人情劇擾龍履薄臨淵誠格語莫如而父又疎慵

吾生憂患歷偏多虎鵠遺規感伏波交友可忘懲樹棘謀身不

獨戒憑河魏收行薄稱驚蝶劉晝文蕪號疥駝日邁月征而輩事莫虛夙夜任蹉跎

答友人見招舉社

寂寂深林對敝廬案無簡牘老無車一編彭澤皆成詠兩部甘陵總不居較力久知輸蝘蜓揚聲寧敢羨蚣蝑朝來落葉門前滿一任清風自掃除

讀空同滄溟弇州三集

元美

藝苑榛蕪久不除瑯琊才調亦難如楊雄本讀千人賦倚相曾窺八索書自有粲花流齒頰堪銷錦臂襲衣裾翩翩濁世佳公子不待同時已起余

于鱗

良友聯翩調不孤濟南身世勝吾徒直看沈約如奴隸肯讓張紘作大巫周鼎商彝當日譽黃金白雪後賢幸小遭驅策旋投檄莫笑雕蟲匪壯夫

獻吉

北地當年亦可哀焦音愈顯碧梧材身攖龍領丹霄墮手拔鯨牙碧海回韓愈文章與八代張衡爵祿歎三臺寄言餘子休驕語此是曩時大雅才

兩賢詩

誠意劉文成

五就高風孰可儔先生蹤跡恰相侔孤臣自灑匡時淚亡國偏從縱敵謀周室後車尊尚父漢家前箸借留侯笑談幃幄華夷定應笑驅糧觸木牛

新建王文成

王子淵源慕古賢雕蟲無意畢餘年高風共惜龍場去寄跡眞傳虎穴眠超石材官趨幕下執經弟子列幃前可嗟素旐還東海閒卻蘆花舊釣船

七哀

拜正學方公墓

雨花臺上草如茵云是先朝殉節臣死後若無拳透爪生時已見齦穿齒斷惡聞湯武稱仁主恥說夷齊作逸民灝氣只今何處去應留霄漢薄星辰

鐵司馬

大將南奔勢不支一呼猶自起瘡痍產鼃沉竈持孤壘易子炊骸禦勁師惟恨射鈎通小白敢將懷節效哀絲家亡國破臣心

謁皇祖應從地下知

景大夫

昨夜紅星犯紫微朝來御史服朱緋荆卿斷股纔傷柱豫子除眉僅擊衣但念君仇終不共何知天意已全非英風飄泊遊何處博浪沙前伴落暉

題太傅于公碑陰

景皇大漸歷將窮黠士乘時擬豎功誰念目夷存宋國爭扶太甲出桐宮彤庭昌歇須斷養盤水氂纓錫上公金齒飄流東市變勸勞聖主憶孤忠

書何仲默樂陵行後弔許忠節

百戰瘡痍寇甫平狂藩何事又邪萌未聞几杖須劉濞徒見髡鉗困白生先是胡世寧以忤宸濠逮戍矣禍隱孰能從曲突許遇害時謂孫公曰早聽我言當不

至此人亡始嘆失長城只今西望看牛斗浩氣猶同劍影横

楊忠愍

放逐歸來又觸邪忍看仗馬寂無譁黄州自矢同葵藿北海人稱似鏌鋣不惜赤身攖虎豹何須護膽伏蚺蛇男兒七尺原如寄一笑凌風躡紫霞

過虎邱五人墓弔蓼洲先生

紛紛緹騎下吳閶清節尤哀吏部郎已歎直臣投虎口更嗟烈士殉魚腸李膺豈屑潛林慮孟博惟求葬首陽三尺豐碑題劫婦寒雲夜夜護松篁

白塔懷古 本朱故宫楊髡發諸陵收寶玉取遺骨雜牛馬骼葬於此上作白塔鎮之

鳳凰山上樹蒼蒼欲訪遺蹤半渺茫誰向春風澆麥飯空留夜雨當椒漿月明鵂鶹來荒院風定螻螢出短牆野叟遊僧都不

見但濕啼鳥訴淒凉

江上對王二漢臣侍御言懷

蕭條門戶傍清渠黑覆琴書佗覆廬避世漫思如曼倩爲郎終恥作相如秋堦落葉題常遍春硯飛花掃未除碌碌窮年何所事食仙空自愧蟫魚

征婦怨

衣寄漁陽去書從馬邑來安西聞又警傳說備龍堆

擬古艷詞

昨夜湖中泛今朝向繡牀不須翻譜看儂已識鴛鴦

嬌女詞

去歲尚嬌憨春來忽自慚堦前開鬬草獨不競宜男

春閨

斜倚鞦韆架回身拔玉笄頻催猶不上牆外紫騮嘶

高士

雖作邯鄲客不入平原門秦兵晝夜急竟無一言

明妃詞

漢使北來聞近事昭儀賜死爲當熊幾年殘淚今朝盡苦不當時賄畫工

漳河曲

曹公東伐暫停驂宴別銅臺酒欲酣曾憶鄴城空殺賊莫教子遶到江南

甄妃詞

公子西園共賦詩酒闌相促出蓮韓筵前有客依希識憶得宸章一撒時

古意

深夜縫衣月影斜祝郎衣到即還家小姑語剪燈花落不覺拋針暈臉霞

眄牧羊者

式何曾瞥簡編初平何遂古巖前牧羊第一人間好不得三命也證仙

殷宜中 字義卿號石麥崇正甲戌進士官銅梁知縣遷汀州司理擢北京兵部職方司主事著有靜悅居集

廿露山房追憶諸友

浮雲蹤跡任飄蓬來往光陰一瞬同城市雄蟠山嶺北風濤驚捲海潮東昌期漫道飛三鳳余與張雲伯鄧晉明同登甲戌進士王水壺太守題三鳳聯飛於本裡盛代猶傳遊駟驄吳文修羅侍御持斧江西世業青緗期共守夜深燈火鑿微中

普覺菴邊塔影敧樹移明月照書帷春光鳴鳥求聲早夜靜遊魚聽梵遲劍石共鋒誰共試研山風雅可相師鵬飛自有青雲路奮翮須從年少時

殷致中 字常卿號巢隱邑文生著有嘯山閣集常卿爲吳霞舟弟子與楊維斗陳臥子吳梅村張琴牧爲文字交同霞舟贈霞居小草文豹謙編

醉石歌和吳霞舟夫子呈黃石齋先生

圖山虎洞傍江邊有石頹落水中霞舟夫子作醉石歌敬爲和之

虎巖幽壑春猶寒上磨其巔下觀瀾瀾生瀨淺波光碎沙際依稀遊客醉醉共眠鷗夢亦隨夢遊歷遍江皋琴我往呼之雲水邊倦眸欲醒影猶顛影入春湖顛更好爛醉何須臥芳草劃然長嘯海天青吁破蒼烟驚五老五老高蹈白雲端見爾應笑醉

時客酣餘氣吸西江水滌盡塵心驕更濃睡濃不敢離竟亂蝶
化脩然雲外遠傳説米老欣雲烟會閲嶔崎狀萬千呼爾丈人
向爾拜爾終偃蹇惟醉眠生公講法散天花點頭未已立傾斜
我今喚爾復故故仁飽朝烟飡宿霧

陳瑶堦遊圖山未過舍見訪志懷

虎洞霞連馬蹟雲胡然相望不相聞山光着意遥迎客蘭草關
情舊識君品石詩聯誰與共聽鶯斗酒未曾分古人命駕期千
里半日車程愾索羣

殷瑞生字元應號覺菴崇正時邑文生著有日省齋集

遊京口三山

逢壺員嶠浮海表我欲從之路杳渺何如京口有三山屹然峙
時青未了壯哉北固萬仞開虬廊丹碧淨纖埃巘運建業縈城

晓浪捲維揚人座來大江東去勢滂薄天氣晴開列峯障中流平劃一痕青更有金焦兩相向山山臺觀排金銀雲樹翠鬟遊仙眞世界浮空出地上碧城十二若為鄰其餘衆峰亦殊絕奎紫翠參差列白雲過處鐘聲來驚起魚龍浪飛雪

自詠東吳襄宗先生

不識桃源路何從更卜居抱疴頻檢藥遺興只攤書古道誰醫俗名山可結廬怡然忘獻賦嘲自笑相如

秋日偕蔣敬公張體存談長益遊鶴林寺

結伴惟知己相邀古刹行周蓮參妙諦蘇竹作秋聲木老龍鱗閃花香粉澤輕歸來山月白一路嘯歌盈

春日集蔣敬公書樓次韻

樓頭滿架鄴侯書地僻何須覓卜居帶雨江潮平岸濶臨風雲

樹拂窗疎坐花分韻開筵後刻燭催詩隣月初休覓桃源最深處古人相對即吾廬

仝胥巢氏集山亭

共踏秋聲入翠微丹楓蕭槭兆寒威林深幽谷疑聞雨烟暝高峯尚戀暉遊子到應携斗酒老僧閒只掩禪扉相看不厭孤亭上衆鳥閒雲何處飛

夏日登圖峯憶招隱寺雨中望焦山

昔遊招隱共招涼此地松深暑亦忘伏虎巖高飛雨白臨江塔傾破雲蒼山行數曲林藏寺樓到三層檻列墻擬欲乘風便訪戴焦君遲我水中央

甘露山房晚坐聞鐘易氏錢六謙先生命作

掩關心在泬寥中蕭寺泠泠起暮鐘正覺暝烟生野徑不禁清

響落疏桐沉思久踏空明月靜聽條來斷續風高枕何人忘世
慮只今塵夢更更窮

擬靜養馬跡禪院柬魏叔子先生

杜門不去記年餘世慮消憑數卷書病臥交遊真寂寞貧居親
戚亦稀疏無官不用辭歸去守拙奚煩賦子虛偶慕僧閒思借
榻一聲清磬與偏舒

送友人官上谷

百里初分上谷城傍臨易水接燕京地偏俠客風猶在日近郎
官宿轉明北闕青雲飛鳥影西山白雪入琴聲知君三載詩當
事何限當年早聲鳴

冬日山居簡杜蔡村

月出林光靜秋心又入冬書聲鄰舍火人語隔溪舂

殷嘉生字元賓號寄菴崇正時邑文生著有四印堂集鶴隱山房稿太極圖說天山外史剪綃集漱芳集

白雲觀偶作東淄子文山

勤學非無暇三餘兩夜冬萬言成倚馬一舉自登龍但使明經術終期勒鼎鐘大人焉用稼至聖薄爲農

詠史

一編著就向空廬遺稿惟存封禪書眉黛蜀山看遠色簪纓梁苑戲長裾宦遊倦後文猶麗消渴歸來病未除千古何人矜絕調風流詞賦說相如

寄吴子漢槎

塞外江南各一天故鄉梅放舊窗前知君牢古吟詩日憶我京華和韻年久别想應鬢髮改後期轉覺夢魂牽隨機好自扶持健秋水神鋒斬俗緣

曲阿詩綜卷之十三終

曲阿詩綜卷之十四

丹陽後學劉會恩時菴輯

明

楊志達字爾成號天玉晚年號隱如又號安樓邑文生慷慨負氣節崇正甲申聞變赴水死爲漁人所援遂高卧李家山架木爲樓題曰安樓葛巾野服終身不入城市留溪外傳有安樓先生傳所著有遯山集

野有馬二章章八句 悔失交也

野有馬曰予騏驥載奔載馳居然天駟營營者蠅顧予則愧附其足矣騏驥隤矣

山有木曰予松柏不僵不仆不日不月有蔓者蘿顧予則獲附其枝矣松柏朽矣

天作元后五章章八句 刺周輔也

天作元后惠此下土雖有聖人不可以無輔饑饉以亟有寇如

虎誰作予股肱允文允武

赫赫元老令聞孔彰行歸於野在彼高岡天子懷之曰助予家邦命大夫以往執幣元黃

帝寐而思惠然其來有車至止奕奕焞焞愛爾輔未老黑髮兒顒正月元旦帝拜汝欽哉

皇皇宰政天子所倚如鳥斯翼如魚斯水有猷有爲百執事所專書告於王婚媾子弟

孰謂木無枝鬱鬱其華孰謂國無材在爾之家大夫非其私福祉孔加汝小子是聽無多言以譁

夏之穀二章章六句 哀二亡友也

夏之穀喪一直秋之穀喪一良吁嗟天兮善不祥

巷之西無與鄰巷之中無與陳吁嗟天兮客之屯

山齋偶興

南山頗幽寂遠隔城市路重林襍鶯聲靜以喧乃著興來挈書卷朗誦每獨步門前數畝田牟麥欣已具雖非已種植樂與課農務陰晴及時宜天道亘不忤

哭湯平子先生

先生文武才學憲而督師兩眼盡奇士一軍靖邊陲功高忌必深自古恒如斯連章乞終養得遂區區私嗟余從學疎雕蟲未能奇一朝入公目嘆息欽賞之謂予當第一大書兩無疑斯言雖未信感愧交心脾肆術誠乃精守患終乖違奈何公遽逝知我非公誰既為國惜才顧影亦懷悲何時豐羽毛不負明公知

從招隱至八公洞

招隱鬱山腹左右如龍蟠下立不見水顛上得江干日暮孤墳

冷秋高眾壑寒山容全不厭後勢更多端絕頂懸微路危崖目
俯難情知必有異不暇變盤桓梵宇四山下結搆隱峯巒眼垂
無百步足歷乃千盤指示憑樵子臨歸仔細觀

偕蒼公步至雷轟石時深夏坐久覺寒用寒字

神工好奇甚不厭奇多端諸壁狀貌殊尤者行江干巨體本渾
淪加之斧鑿難何時忽分解支撐互盤桓中空設平几潮滿容
波瀾喜得沙偶開攀扶足猶乾四面三面石欲墮能自安大暑
失所往天地皆爲寒風濤故驚人坐久乃得歡峰頂不可上恨
未生羽翰

下雷轟石復行百步看羣石立水中亘行遂返同遊吳人

鑑僧靜修

兀坐見羣石門向羣石開不敢戀一隅遙看目爲催沙滑足難

立濤奔騰欲來襦襪受沫侵波光淨塵埃叢石牟立水傾敧列亭臺身必俯僂折而後前境推客駭憚不前吾方樂徘徊不能歷危險焉得心意愜前路巨壁横尙然抱恨回

懷睢修年

昔年遺我石石篆古秦書一字後湖子其一名隱如後湖者蘇君宋季甘樵漁肥遁不就詔得以全眞初吾嘗舉爲說而兄會識諸比來爾我違人別如鬼疏獨有此石存珍重同瑤璵舍弟托麟澗麟澗傍君廬家兄遊鳳山鳳山君迴車我望山與澗麟鳳皆成虛頓恨天地間山川不能鋤

贈東西侯

君家本疎姓自昔去其足廣受二子榮赫赫著芳躅所以古人羡文章畫圖續偉哉其會元賢者數更僕餅賦笑廣微靜觀樂

懷玉迂潤學道根沉潛耀幽獨前代旣膺籠今朝亦騈錄如君況文武才氣遠馳逐詩成馬上槊筆急化綺轂時名果無負一舉謝羣族翱翔及英華炤耀在耳目追念同學趨蕭條迥今夙上天下淵執所喜共心曲夔龍與巢許相知甚骨肉顧影亦無慚持杯慰園菊

贈周仲純先生

夫子存吾心五年失左右常懷其老至不獲示矇瞍是日余告歸入戶驚尚有宛然五六十非七十六叟髮短已自然衣敝亦露肘笑語不停唇酒杯時挂手坦然遊世界絕不辨美醜家兄每朝夕雅諾惟恐後舍弟坐如愚耳聽不開口冥然感道心惕息見塵垢遽棠許大儒小子其負否懷抱入山曲慎獨誓無負

懷印雪浪公祖　諱司奇以廉直忤上司罷去

讀書不讀讀生嗔如公足法公胡艱剛柔各用火與水平反自以民無冤下車正値寇繹騷我城翼翼如嚣氛不畏高明虐鰥寡古人鐵面方公顏公廉不忍吮膏血公正不顧要權津晨年吏酷民欲死今日吏苦民得安豈知禍患便萌蘖循吏臺官如弟昴索垢求瑕論眞假搆成大獄君能翻蕭然散髪挂冠去欲行不得民塡門猶憶姑蘇就首羈士民依媚何間閒忍饑忍寒薪米絶猶自歌呼山水濱公歸扶櫬不得留我民南望瀟湘寒萬里九閽呼不應天耶命耶夫何言民錢易索民淚難況歷三年寒與温昨聞老翁顲靈府哀號氣竭將垂涙我子我弟藉公活吾父吾母何時旋至誠動物乃至此聞者不感眞愚頑

贍葛蒼公

少年葛子號狂顛行行止止人爭還性耽山水走百里義責神

鬼揉鬚髯手會斷蛟如搏雉格鬬大盜刃瘢具但識粗豪血氣
人何意潛心考時務昔年名列國賢書孝行貞廉果不虛人天
大業久期許富貴鄙事庸區區一第不難聊自矢歸坐焦岩對
江水有時面壁獨靜觀几上何曾著書史漢末君家有臥龍隆
中蹤跡將無同臺官片檄索吾子蒲團豈得終其躬慷慨形容
人不少邇用精微罕能了別君欲言不欲言獨向蒼波看杳渺

蒼公自白下還有中秋徵詩啟實爲感憤之篇讀已而悲

賦荅

是處中秋月能白小林疎竹迎寒魄烽火驚餘藉少休主賓兄
弟聊相造酬歌嬉笑襍悲啼歲歲月明殊此夕酸辛有耳不能
聞故人歸說金陵節金陵龍虎舊蟠踞鍾靈大聖直奇崛開闢
規模自不同武功告罷文臣協承承列帝宅燕京德沛江淮浸

吳越萬姓歡娛盡四時花月山川齊歡懌聲名文物具原本不類繁蕒之汨没今夕何夕中原燼鬼哭神號光欲絶妖氛黯黑煽且吞衆星無數揺明滅臥薪天子正焦勞吐哺宰臣方怵惕何圖哭兀兀太平來簫鼓紛紜喧帝力馬上繁纓介冑行閭曲低唉女郎列宴樂公卿荷聖明酒酣將士志征代畫歌玉樂蕩銀河翠袖金貂依緑雲寶塔風濤火樹紅琉璃露濕燈火碧終宵歌舞頌金甌比屋謳呼瞻玉闕自是新朝增氣象不同故國餘輝澤聽罷欷歔驚喜并毋乃昇平太倉卒大地山河仍廓落萬里乾坤如洗滌復讐雪恥真迂儒樂事賞心偏善畫中秋自古月恒明但願君心比明月

大樹行為鐙山銀杏作

大樹生平古日月身橫一丈縱百尺中開戶牖通遊人對弈不

敢營窟穴衆山環抱風雨餘四面東面缺其一故爾西者枝枝垂世俗謬傳爲揖佛老翁翻作小兒色鬱鬱芊芊自怡懌盤旋一樹衆樹成旁窺問種他枝葉昨朝秋老全如滁溪水飛黃山石白自是浮華不可留仍斂精神聳幹骨縣官處處搜山澤水師十萬須舟楫銀杏貪其年壽多但以空朽全天質乃知自古莊生達不肯逢時遭擯折無用之中有用存君子奉爲養生訣

哀五義詩

丁亥戊子之間陰僭於陽天多淫雨洲田潰江久雨江潮潰發麥禾溺死田無粒遺於是洲民大率爲盜遍掠山野官不能捕是時閭有貧民夫婦暨二男子忍餓五日不肯從邪乞又不屑死夫語其妻曰今再一日不食必死子將如何妻不能應夫又曰與其坐而四口俱盡

無益曷若脫子於他得所地而以數金贖二子如何妻不欲則又哀求之妻忍淚應之夫出果以其妻轉之他氏得八金以還妻既行夫則持其金拔二子以哭曰奈何去而母而養其子二子索母不可得亦哭曰奈何去母而養我予之食終不肯食夫亦尋悔曰吾悞矣吾悞矣與其獨生何如同死吾何忍見二子之不食而獨食乃堅扃其戶先縊二子卒自縊死其妻去之二日憶其子請歸視之比歸啟視而前夫與二子俱死婦則哭曰吾之忍棄夫而喪節於他氏為夫與子也今夫與子死何以活為亦自縊於其旁其後夫聞之則曰是為我故也我不納其妻必不死縱死無恨今使其一夫二子相恨以死我獨何以生為亦自恨縊死嗚呼彼五人者何

曲阿詩綜　六

其義也因作哀五義詩詩曰

曷不爲盜盜可爲殺人奪貨身無危曷不爲丐丐可爲忍羞蒙耻餔餘施曷不爲傭傭可爲奴顏婢膝飽且嬉而乃空守節與義坐使一門骨肉同死饑一日二日能矯然三日四日猶支持夫鵠面妻鳩形眼看大男小男一朝盡欲哭無淚枯睛垂夫忍其婦携雙兒前抱厥婦哀致詞求人不可願求汝欲語不語頭漸低自我與汝初結髮但願白首長齊眉豈知今日遂有此欲汝救我須如斯婦方怒而獨悲如君言可從之妾身不足惜苟全一夫二子三命惟所爲夫出門語所知有妻不能養自媒夫何疑果有東鄰子多錢而少妻一言爲作合更無輾轉私挈之微禮還以此代汝歸結束無薄贈中心徒忸怩是日妻起行一步一回啼義無相嚮更有夫不捨二子行遲遲既愧爲人婦中

道旁行路更愧爲人母六年懷抱墮兩兒送母還昔父輙含哀
母在兒苦饑兒飽無母遺以兒致無母寧餓欲母來父亦爲不
食轉眼計失宜欲死同日死柰何生共離妻作他人婦不堪更
回思相活雖有餘空帷寂無依思之不能忍欲號聲已微先斃
其二子旋自懸其屍可惜行者生一門死者齊是夜妻見夢中
心自懷猜遠白新主人夜者夢何奇既身侍君子理無更還期
暫得假須臾感恩誓無涯門庭猶宛然閨房扃難窺扣呼杳無
聲拒我得無非告之鄰里家到門驚且疑毀垣無一存三屍相
嚮門白鏹猶在手所扃因我違且給鄰里還衣衾我自支閉門
更無哭四日仍相隨新夫盼新人本圖即還閨不妨自迎接喧
動道路岐新夫爲一號四命皆我貽不合妻人婦使之含恨滋
爲告鄰里人全家死依誰幸有聘物存葬埋更相資歸家寂無

言我畀難可辭暮夜高梁懸一命相從地下明無欺

八公洞

周環山四面曲折徑千重旁澗籬皆竹連峯樹盡松定僧知閉戶遊客但聞鐘戀此心難舍何時得久從

古陵石馬

富貴聲施重由來死亦同百年䰟已盡千載騎猶雄屹立無寒暑縱横任雨風獨憐荆棘裏誰是主人翁

項羽

覇王氣蓋世柔婉如嬰兒貪受沛公璧輕蒙項羽欺老臣生見逐美女死猶隨貽笑沐猴耳安能逐鹿爲

叔孫通

權變叔孫子幾投虎口危短衣從楚製緜蕞襍秦儀法戢羣臣

劍功先四皓眉當年儒第一肯效兩生爲

寄蔡具舟

五十明經士熙朝曠典掄幸除文學譜不藉宰官恩富貴見曹事儀型父老存悠然三徑在何用謁侯門

題二兒新隸別業

兩村相望接只作比鄰看雞犬疑天上烟雲繞筆端追隨賢子弟過從古衣冠曾一遊精舍參天竟日寒

書燈

兀兀窮年夜熒熒伴讀深得觀經史迹因見聖賢心藜杖人徒誰螢囊事漫欽何如繼晷照風雨惜分陰

沈山

入山初問寺無寺更無山路盡偶然見門深常不關出田僧種

作立樹鳥緡蠻烟霧彌城郭何繇到此間

弔眭嵩年葛蒼公

棺闔論乃定眭公大義傳項強殺不折髮短白猶全孔廟今無燼會師古未賢繇來風烈在但有草書顛

傳聞死湖上畢竟命如何殺賊恨無盡勤王功未多忠魂走天地血淚滿風波愛爾不忍信高蹤能再歌

玉龍泉上茅菴

偃僂尋泉盡欹斜數木支雲飛橫過耳水濺上侵眉天小近能見僧閒亦不知每來眈坐臥歸恨失心期

弔張毛郎

張毛郎者余室人胞弟以拳勇爲義兵所推卒以先登死於陣不知所在後一年其同事得脫爲余言其所死

之地爲潭溪云時室人毋年七十毛郎一子已死矣竟
無嗣余因弔之以詩以傳後焉
發憤竟何益心雄勢不齊微忠存草莽薄命盡潭谿母老兒先
死兒亡婦獨栖蒼天難與問竊自慰山妻
歲朝
天地有千古斯須在此身柴荊安歲月稼圃足經綸春入山爲
主家惟婦是賓日中長醉卧豈復識君臣
弔太宰張赤涵先生
太宰脫然活吁嗟豈大臣平生邪黨誤一死美名眞門靜無閒
客堂空看老親後來靑史上未辱曲阿氏
六月曬書
陰雨各含濕藏書遊蠹魚况因人懶讀遂使物安居甲乙翻親

手丹黃拂素袪欣看編帙正夢去亦清虛
階日衆苦畏惟茲畏最宜文章通骨髓字畫見鬚眉去垢祇全
薄無家蟲盡饑名山眞可托檢點付諸兒

看丁山怪石

無路信所適峰廻波浪生石如天斧鑿人學獸遊行深洞不入
暑寒泉未有名偶因儈廹至力倦體猶輕

弔江陰死事諸臣

江邑孤城急周遭萬騎催不降寧共死一戰果成灰天地爲風
雨衣冠盡草萊嗚呼忠義沒不禁野夫哀
忠勇動天地曾令十萬傾尸陳人哭騎謀出鬼神驚志士寧忘
死英雄偶不成長江如抱恨波浪未能平

齋居

斗室能容膝有餘荒園數雨土宜鋤曉鶯啼樹催兒覺午燕喧巢伴我居任意楊花飛入硯忘機小犬至司廬轉悲世界無如此閉戶從今且著書

二兒由湖廣下江防道調任賓州寄贈

河干執別月分明漢廣傳來風節清守道有餘刑盡省防江無事水俱平一琴翻負千金債萬戶爭傳老佛名（人稱為老佛子）近報遷喬君莫訝奇文端待柳州成

金山秋霽

柱低中流此日存海雲歸盡見山尊不隨世界同依傍但與焦巖作弟昆兩岸人烟深窩現數帆風影往來乘只今東望波濤速笑剩僧堂筆墨痕

賀中泠先生枉顧止宿明日從遊經山寺贈別

獨惟夫子飲神奇出入風塵靜主持四載不窺鬚盡白一燈無語夜將移竹林遊戲山僧悟漢代衣冠古木知望斷崎嶇生感激誓將鄙志效追隨

白鶴山懷古

白鶴孫公自古邱降靈特異我神遊一江火赤奸雄壁二女顏紅故主樓大爲漢朝增氣色尤於吳國衍春伏東南險阻今何在剩有瓜田起暮愁

丹井

井在人之心丹者身之液試問丹井名愚夫指圜石

感懷

金陵宮殿膩如脂燕火秦烽總不知千載苧蘿人莫訪君王余自買西施

贈平心和尚

平心本故家子隱於僧工詩問其家世祕不告人

自從和尚到人間買酒街頭賣藥山更笑破衫無不袖牽連詩稿索余删

賀儒修 字悟希號天游性穎敏爲文振筆風發光采爛然天敢辛酉舉人崇正辛未進士館選日南直人推公與馬素修公服素修品節甘讓之授成都令抑强藩璽奸弊調繁巴縣性直不肯媚上官直指劉宗祥以同邑張捷薦公書糾之罷職周延儒屢召不起南都立補上林苑丞馬阮門客有汚公顯秩使甘心於黃道周張國維者天游曰二公乃心王室吾職小恨不能薦奈何反陷之即三公不易吾介也謂補國子助敎知時不可爲乞病以老所著有蜀絃集放吟集辭後有詩集

萬里橋 忠武送費禕入吳處

橋横流水急風日落平波塔靜長星射舟停漁火鬧古人感忠義壯志在勞還慷慨醉離樽焉肯惜間關尋歲初牽别錦月幾

回灣衾枕即鄉縣悲聽語作蠻蜀天何終窮波底照愁顏

塗山禹廟 巴人旱則禱焉

氤氳母羣象塗山所以傳積氣本深靜以此發大賢我行景高風美蹟在八年鞭龍走石碣鑿道得原泉今古共衣被而不獨一川追維四日離塗女殊卓然只今何所存惟餘高寺煙白狐古穴濞畧有山薄田老稚多不耕俑匐古聖前皆曰百王主假我驅龍鞭鞭水活黍苗神功頃刻圓陰陰松柏徑赫赫廟貌虔碧氣飄英靈日月照空巔

雜感九首

新聲綠玉磬漁陽鼙鼓應至尊寵蛾眉國家失權政治亂有如棋賢好不爽枰吾學採芝翁元旨執無剩

秩崇典制誥縈辱理相召碧落歲星隱玉虛通元道雷從雪夜

生氷自爻天造消息此中寄浮名豈所好
知死可與諫知生可慮患國事畏讒張神明惡妄篡聖賢非槁
枯英智絕荒宴尺蠖卽神龍鶩戀耻在棧
雨雪乃先霰知微可察變執象玉爲衡圓璣珠走濺獨負不違
時衆射憤處媥鸚鵡死禰衡聰明未可炫
山雲靜來去何處容浮譽俗見皆捫盤時技同削鐻富貴死鉛
赤英雄狗刀鋸昂首觀太虛紛呶竟誰據
千金便拜侯只用點錢籌高蹈欲東海感懷悲西州巨鱗非可
網天馬不宜鞦手持內外篇誦之聊寡尤
得句紫殘夢醒作旬日諷韻高世眼憎絃冷知音慟令君坐餘
香供秦誰呵凍不識天下才放梟而囚鳳
賢奸不相共分門各推奉可痛黨人碑常懷酒德須寗同拙者

啞毋爲詭者用養智貴以恬寧謐得眞種人囦不可測奇才縶繩墨太白書赫蠻雖陽氣吞賊大道在通元至人常守黙戰勝始能肥所貴神明克

八陣圖 圖有三一在新都一在漢中此在夔門卽陸遜迷騎處

地水三師合天雷中有變化神鬼走列石成營八面威石如驃騎長空吼北風淅淅勇士馬數雖八令用還九旌旆飛光發丹曦轉換如環不見首方圓棊布法有三六十四路鳴刁斗飛噴江濤日暮摧吳騎迷蹤今在否陸家都督鬭智輸妙算幾於危虎口夔門之外堆星星呼吸風雷堪拉朽

薛濤井 墓在井後

莫怪詩書賤能通伎亦名花前歌意懶夢裏句還淸落膩融箋色餘香爆水情迷離塚上草悲弔值淸明

文君井甕

絃聲鳴水靜壚外小風徐浸碧芳凝錦涵光粉膩書酒香帘引
月琴甕鬟爲居點滴芙蓉艷風流尚自如

錦江樓在錦城上

翠閣聳城巒溪光一帶蟠塵從物外滌錦向畫中看月散煙橋
碧風生雲樹寒莫教歸騎早幽興待憑闌

浮槎亭在草堂浣花溪中

一航海渡望橫參織女機絲憶佩簪棹入星河隨月遠路經天
際入煙淡溪橋水駐遺仙蹟草寺苔封動客心玉壘消盈時未
定浮沉不任到於今

張　夬字廷決天啟甲子舉人崇正辛未進士由諸暨令歷任濟南知府以平李光兆李汝樹胡奎揚之妖黨定武定州之亂陞本省監兌參議歸後補授福建副使陞本省按察使

九日

秋光開遠眺攜酒上層巖霜落水澄影木凋山露尖黃花還自插白髮任新添苦欲題糕字吟毫醉復拈

即景

湖頭一片夕陽開寒碧溶溶上釣臺枯柳殘荷秋自好白鷗無數復飛來

萬壑煙光雨後開獨攜笻竹一登臺秋來黃葉都飛盡只有青山入眼來

葛樞字居所號中環又號錦闈崇正庚午舉人辛未進士授行人司擢戶部給事中偉貌敢言己卯因星變上書語侵執政放歸南都立召入上林右監知時不可爲不赴任卒

贈句曲令李仙芝 仙芝蜀人

仙李盤根逼上台華陽名勝迴塵埃午庭花暖一彈發夜月詩

豪半醉來漫卜東吳長孺隱合憐西蜀子雲才况兼遺業青蓮舊天際蛾眉對舉杯

題賀仲來新成草堂

曲曲迴廊短短牆白雲深護讀書堂林藏修竹多成畝檻擁名花半是王草賦不殊開府秀卿杯時露步兵狂知君最愛留朋好幾共清言到夕陽

於之亮字隱湖號藥圃邑文生嘗幕遊史可法軍中同爲左翼參謀乙酉後隱於醫邑人賀抑菴爲之立傳

郡城書懷

萬點蒼山遶郡門大江如綫界中原路從黃葉村邊問家在丹楓樹裏屯未到水寒歸正好便乘春小候猶暄飛帆洩起三千里楚尾吳頭水一痕

姜廷梧字桐音邑文生

京口讌集賦得江山風月

暮景江山麗風吹素月明清輝敞廣除爽氣溢中亭颯颯羣木動昭昭天漢横靄靄揚薄霧輝輝映列星獨飛鶴不止棲烏驚且鳴晚蟬寂無響早露倏已盈目分織毫影耳悲萬籟聲憑欄矚潮汐當軒飄素螢幸協素心侶握手歡笑迎值滋芳景善靡知離思縈空懷良夜永睠睠遊子情

荆本澈 字濂之一字大澈慷慨有大志毅然以天下爲己任督學熊廷弼以傑士目之天啓甲子舉人崇正甲戌進士忤烏程相抑爲建昌司李旋罷之烏程罷臺省交章薦起以職方郎中監下江軍命甫下闖賊已破京師左兵南下史可法謀於大澈折柬曉以大義左兵遂斂軍歸馬阮忌其才誣以謀立潞藩禍幾不測史可法劉澤清申救始免加兵備道仍監下江軍大澈至浙屯兵舟山總兵黃斌卿有異志夜襲大澈遂被害二子沐淋妻于氏皆死之郡中張文貞公爲之傳著有大澈制義行世

初秋雜詠

鼙鼓中原競長驅薦豕蛇衆謀徒築舍時事盡搏沙刺滅英雄偎金縻士宦家一枰殘局勢叉手欲長嗟

風烟臨白下居住斗城限斷木支門卧荒雞破夢廻擲殘卅斗劍倒盡勸光杯不待逢搖落悲秋自有才

雜懷

萬山落木下滹沱大漠風烟卷白波上帥授分新節鎮何人砥柱舊山河火旗夜送龍堆遠金幣秋輸馬市多底事各州兵不解敵人還報日來多

三春風物七陵收多病多愁駐石頭著作虞卿逃相國亂離王粲苦登樓平時人面還如鬼濁世衣冠僅自囚赤手借交真歷落不知何處覓菑邱

荆象衡字南瞻崇正己卯舉人官江都教諭病免家居所著有春秋書法瑕易齋詩古文集易經辨疑世稱南山

先生

自題書齋

蕭蕭風䕺滿林荒敗葉殘書亂草堂野鶴偶隨供故事梅花相伴典專房山人欲識觀衣白師表爭誇問姓黃慚負昔年稱祭酒而今驚拂紫髯霜

葛麟字蒼公號瞿菴爲諸生時走京師擊登聞鼓雪鎮江太守印司奇寃崇正壬午舉人甲申之變欲糾客赴京師猝無應者雖與史閣部可法黃將軍得功善南都立有薦蒼公材勇者授中書舍人銜前後上便宜十二事又請練兵江北皆不報因與盧象昇弟象觀同起義兵殉難於泖湖所著有葛瞿菴集

遠遊二首錄一

居則萬卷讀行則萬里遊藝林苦棲息高步懷九州老儒問我云方寸羅荒陬陳言亦有理雄心未可收囊裝海天月劍割吳雲秋豪傑意欲訪仙佛不屑求登山搤猛獸入水探元虬每闘

虎心善鳳慕龍性幽龍虎亦可馴胡必非朋儔

言志

猛虎受風縛獰龍被雲纒達人悟無爲一嘯空九天放浪鴻濛野揮斥元化先浮邱肯且聾紛紛佛與仙

捕蝗歌 譏邑令也崇正十三年事

官司出示催捕蝗設法勸誘多良方蝗當贖鍰罰偏重蝗抵鈞金談盍倡捕蝗得受錢與穀脂膏畢飽豪胥腹大車小擔輸入官不滿歸來煮飡粥官司督理如督稅饑民鞭朴傷肌膚薰天穢地跳自較無者爲有有爲無田祖有神畀炎火古法相傳豈不可貪汙官吏一奉行便作災殃移閭左君不見魯恭昔作中牟令四國飛蝗不入境又不聞趙公清獻守青州風吹蝗退隨波流愷悌精神天可格厲氣生妖和氣熄入海爲魚須昔賢九

江泗上傳先哲爾爲掊克吮民脂胚胎螟蠓因緐滋以貪濟貪
理應爾以賊捕賊將誰訾爾旣尊嚴不可捕爾應洗滌心肝腑
下民易虐天難欺稔惡終須伏刀斧峩峩鄉弁喓喓虫翩翩遊
宦趯趯蟲一蝗冠帶坐堂上諸蝗以類來相從祥麟威鳳不可
見饑豺餓鷹相爲雄吁嗟蝗類盈朝野唐帝吞之咽不下坐令
盜賊滿中原九邊又聽斲斲馬彼蒼假手戮巨蝗善良貽禍悲
岌罔聖朝洞鑒誅此輩蟊賊螟螣皆消亡民康物阜歌虞黄

遊金山

拳石柱江天僧廬亦渺然潮分南北渡山護往來船海氣朝含
雨嵐光夜抹烟中泠不可汲誰與品名泉

春日偶成

毎欲吟春景吟來又是秋江山偏我異風景獨予愁花發長扃

戶雲生偶上樓那堪調鶴罷忽聽雨中鳩

贈志士

吳山不避虎燕市怕逢官依肯迎風瘦雄心對月寒文蔡春欲盡舞劍夜將闌醉後開青眼中原時一看

邑東三義閣關張二像與昭烈並坐以其無君臣禮賦此

天啟五年

已變龍蛇位還同虎豹羣不知誰作俑豈爾欲無君炎漢尚如此孫曹安足云不禁予髮指叩闕篤彈文

湖上晚眺

遠峽歛江霞蒼茫映水涯魚飛煙接岸鳧宿石連沙響枻疑無地聞舂知有家堪憐白髮叟帶月入蘆花

小艇烟雲夕微風散綠蕪樹光交斷處山色漾平湖慘夜白蘋

面傷秋碧藕鬚溪清孤月泠予意自踟躕

乙酉四月登金山

金山一片石獨矗大江中萬艇依崖渡千僧入寺逢潮生漁父亂日照海雲封借坐應無處徘徊向晚峯

題友人山居

山骨冬來白石脂寒更紅老猿深穴底高寺古巖中清夢一廬雪長歌萬壑風春來都不覺但看老梅叢

夜泛練湖

一葉漁舟泛練溪橫吹鐵笛晚風淒且看翡翠巢邊石莫問蛇龍灘上泥數點寒星疎網滬千尋斷岸短帆低連天暮靄迷春草賴有殘霞認海西

送荆宗瞻昆季

宗瞻同弟南瞻文行懿美荆氏二白眉也其尊人官蜀忠清激烈殲賊而没二君匍匐奔赴時流氛梗道水陸俱絶二君號天泣血踰江右越閩越過兩廣由黔溪而入至性純孝里人亟稱之因作此以送

萬里崎嶇冒雪霜雁行相並渡衡陽麻衣濕透思親淚金劍長磨滅賊鋩忠孝格天神自護精神貫日魅先藏蠻烟瘴霧終無恙指日綸音鄖典光

山中寄友

寒溪幾曲繞山廬九畹蘭畦半畝蔬性癖自歌招隱曲情疎不著絶交書三年抱病時調鶴千里懷人偶跨驢梧柳蕭然情欲盡可能無意伴樵漁

上史閣部

金符玉牒世相傳仗鉞威稜靖海天許國有心同旭日趨時無意任秋煙龍鈎光冷鯨鰲化虎帳風高雁鶩眠莫道東南撐半壁還期唾手向幽燕

秋興十首錄二

江上飛濤破石磯葦蘆還覆一漁翁青箬半世多豪氣白帽從來有古風海嶽摧殘書笈破乾坤蕭索酒杯空思鱸張翰歸來晚鶴唳華亭落照紅

丹崖石壁鎖蒼煙湖海縱橫二十年走馬九關空草疏騎驢五嶽未先鞭曾聞豪傑皆爲鬼漫說英雄即是仙醉落鐵冠無覓處手提長劍問青天

甲申九日題清涼山臺

不忍登高望帝京相攜戰鵠聽銀箏園陵消息一聲雁淮海道

遥十萬兵落帽早悲冠冕裂囊萸休覩劍光明今朝馬首皆東向惟有書生念北平

狠石

孝廣當疑虎初平可叱羊誰强與誰弱頑蘚自蒼涼

宮詞

妾在深閨未下堂老璫相促入椒房年年春冷流蘇帳不夢君王夢阿娘

偶成

江島春寒雪尚凝攢眉蓮社骨稜稜家中寄得梅花釀小杓分香餉老僧

眭明永

字嵩年號懷麓由拔貢生崇正壬午舉人石之子官華亭縣教諭乙酉國變衣冠拜辭聖殿被執諭降不屈遂題絕命詞於明倫堂下曰明命不永爲祝何年生愧祖父死依聖賢自經以殉嵩年先生書法具體鍾繇草

書尤獨步一代黃鶴樓扶乩呂純陽到壇曰我在丹陽觀眭明允寫字愛其有一二仙筆故爾來遲因是而訪求其書者不憚千里而至同時畫華亭亦言其超邁扳俗恐非人力所至所著有世經堂詩文集

作書偶成

揭來喜學書腕中固有鬼淵源運肘餘揮灑滿箋紙或謂得右軍日敢則吾豈

夏夜詞 七古

月色微茫山館幽殘花頻落恰添愁半醉起向庭前舞空城伯勞鳴獨苦

河上吟

西沂東泗奔長淮一綫中橫河之隈驚沫飛騰千仞雪洞湍訇輵萬鼛雷風挾颷濤勢如夾入夜蛟龍恣騫擊或如萬馬啣枚馳峻坂又如三軍酣戰研精鐵驍鑾遙望車馬喧腰纏十萬高

乘軒長年相勸歸去好黃金賣盡長安道

臨江觀古意 即今懷關樓

煬帝飛樓屆紫霄檻拍長江接海潮三千殿脚南巡汴百萬舟師東下遼晉陽戈甲從天起仁壽宮中泉作醴檻外花光依舊飛千里桑田隔江水

湖亭和東里師韻

八窗懸磴綴林邱片片飛帆展底浮檻倚嵐光來木末尊虛日影瀉湖流頳霞騰向山隅照高鳥還成雲外游數里松陰看薇帯琴觴小憇足千秋

金陵懷古

山河百戰幾盈虛雲樹蒼茫六代餘昔日春傳王謝燕今朝水勝武昌魚蓮花有恨秋風急桃葉無情暮雨疎澤畔誰憐彈鋏

客乾坤入眼獨躊躕

華嚴寺晚眺

淚竹懸崖接上方登樓千里色蒼茫瀑飛遠道雲常濕花落空山澗自香漁火一江星夜湧嵐光半嶺月秋涼往來欲作孫登嘯鸞鳳音餘遶石梁

即事

鶯啼山館曙鷗散野塘春村醪時自引恰到問奇人

七夕

機械紛紛可奈何憑誰隻手返江河無人郤向天孫乞莫與人間巧太多

呈董尚書思白

玉壺七尺貯清虛拂拂毫端足起予唐室尚書傳坐位我朝畫

學復兼書

擬古艷詞

學擘朱絃纖甲輕曼雲飛入綺霞明郎爲儂唱俞兒舞儂和郎彈估客行

金掌枝枝壓鬢絲玉釵不定舞蜂兒閒書一角烏盤曲賸譜三絃紫玉詞

眭思永字修年號身壹明永之弟邑文生工詩尤善畫竹隱居曲陽山終身不入城市著書以老所著有和秦淮海梅花百詠夢麗齋詩文集易經疏註補義

秋日閒居

爲愛秋暄好荒荒影一林雲蒸天色相風捲葉聲音閒自書前憂貧催續故吟何須對知己岑寂自堪尋

卽有蕭條意清池沒可娛歸鴉巢別樹落葉護寒鳧事往隨流

水與來攜酒壺三杯醺自樂明月已高梧

秋籬

旋取條枝編徑門晚來時課古籐根殘霞泛影參山黛寒蝶棲
香返桂魂岸有霜楓時獨往誦將秋水自忘繁直斜窗外粼粼
處碧漲平溪落葉渾

別梅

珍護應教契以神特令避遠爲藏眞瑤琴空鼓清商曲緣草偏
傷南浦人逸韻難同棲澗戶賸遊暫得拭襟塵何須共待游元
墓隨地頻來趁早春

半開梅

榮枯良足爲驚神生意全於蘊處眞造物原無全美事識微須
仗會心人含風淺淺初舒瓣弄影輕盈未積塵憶得杜陵詩句

好才飛一片便愁春

賀炌 字函仲邑文生以子士昌贈嶧縣知縣

漂母詞

王孫未豹變垂釣淮之陰窮愁東英雄跨下聊浮沉卓哉此老嫗眼明識獨深一飯寧足奇知人古所欽胡爲王孫貴報母張千金感恩徒區區無乃非母心我來仰高風四壁多謳吟荒祠羅燕雀雙柏空蕭森緬懷垂釣者太息淚沾襟

觀鑿湖氷

大凌堆車輪小凌砌魚鱗千篙試凍手鑿破玉一痕似煩人工力幻出石淚雲練光刺時日氷齒如蝟立須臾漸模棱融結團圞雪今朝風色好乘茲挂片席直達百花界吹簫聽明月

舟泊高郵小雨

纖雨沽衣濕不收杯傾琥珀識高郵畫貽荷葉憐耘老亭建鶯花憶少游對酒夜呼童擘蟹推篷時拉客看鷗湖邊韻事真堪數城角樓頭處處秋

滇陽峽舟中

揚帆遡水借春風曲磴盤旋怪石通拉枕青山隨鏡裏推窗紅樹落樽中乾坤羈客悲南北風景他鄉識異同病裏不堪歸思遠水寒煙沒月朧朧

木棉 出粵東一名攀枝花仲春開至暮春盡高十餘丈大數圍色正朱狀如玉蘭而巨麗勝之爲百花魁

燒空焰焰曳紅霞獨占朱明殿百花似妬江南霜葉醉繽紛天際鬬奇葩

荆廷儀字汝望號山威崇正壬午副榜第一准恩貢甲申廷試特擢推官著有格言輯要讀史手鈔朱子要語隨意知止錄栖居漫錄自怡集以子振日封鉅鹿知縣

送張柏亭之河南

張衡工作賦嶠嶠氣連虹仗劍游吳下看山入洛中黃河寒卷雪嵩嶽迴連空莫道音書滯南飛有斷鴻

同李山人城北泛舟

相將郭北蕩輕舟宛宛蕖風正麥秋花墮嫣紅經宿雨樹交新綠蔭芳洲百年書劍慚吾老五岳煙霞羨爾游一笑殘樽歸棹遠亂峯迴合暮雲稠

賀元封 字漢年號萍菴崇正壬午副榜以子寬贈湖州府推官

首夏聞郡伯遭璫螫閭巷罷市生徒聚拒勢甚洶洶同羣

友人赴吳門道經五人墓下有感四首

豈有門庭到野人血花斬斬護孤臣九關虎豹紛難制三木鋃鐺痛未陳霜筆久推齊太史冰銜鐫定宋安民鋒林劍樹都遊

戲誰繼吾鄉秘閣塵

函飽蔫䵎骨化塵不稱功德號頑民惟將白褡當椎擊祗有青燐帶草陳半幅斜封戕烈士滿天香雨灑逋臣驚鱗到此才寧帖猶憶當年借冠人蘇守冠公保全善類甚多

祠遏垓蜒俎豆陳兒孫若個敢書人手鋤媚谷當門種可少傳香左袒民北寺鋃成公媪獄南冠洗盡北朝臣豐碑奕奕誰憑弔淚墮貞珉未忍塵

子求予取不關民質得金錢委若塵士人貴盡有寒儒貸修脯貧兒質襌袴以飽豚者

悲到塡膺身忽賤憤深刻骨語難陳墨斜如可空朝士兵諫何妨殺使臣爲說冥鴻無弋慕鬢眉壯盡是吳人緹騎自此不復四出

姜紹書字晏如號二酉以曾祖寶尚書蔭生崇正時仕至南京工部郎中後托黃冠以老所著有易義補疑無聲詩史書法䆗瓊韻石齋筆談續湖考所刻有玉蘭堂法帖二酉工古文擅書畫凡古今名蹟一經品題價增十倍

與董文敏陳仲醇輩唱和
爲忘形交本傳載明史

和唐六如孫南山石壁題名原韻有序

外大父中書七峯孫君吾陽高士也負雋才一時名公鉅卿騷人墨士靡不樂與之遊相思命駕羣賢畢至往往見之圖咏流傳人間孫氏所居之南山石壁奇峭屹立江湄正德戊寅歲七峯與諸君修禊於石壁之下題名巖表鐫之以紀勝遊其首爲懸崖揮翰者乃楊文襄也從而和之者陳茶山殷石菴張掌教馬紫溪鄭虛舟方棠陵與七峯凡七人其後孫曲水有七言絕句謝梅岐有六言短章復題雲壑二字於其額唐六如圖兼題長歌於其首雖西園雅集不是過也余追慕渭陽遺人搨之其磨崖之刻已半漶於風雨惟六如圖詠尚焜燿

於天壤間七峯之藉以不朽者不在金石而在縑緗矣余因和六如先生韻二首以俟桑梓之彥如葛常之著韻語陽秋者採之以登邑誌焉

石骨嶙峋露蒼壁一點芙蓉天外立江濤遥浸翠微寒雲氣長封苔蘚濕七峯高士嵇阮儔四座琳瑯偏好客客星毎動太史占雅集西園欣灑墨飛梯懸磴記芳名黃鶴靈芝鐫鐵筆六如仙子染湘素五百年來扛鼎力畫圖三見歲庚辰曾希磨崖傳正德千秋應有六丁護玉躞金題存舊跡只恐夜深風雨中虹光射斗蛟龍泣

浪瀲雲根鷲峭壁靈鷲飛來江上立霜凝危岫薜蘿寒露墜空林松桂濕南山小隱眞奇士北海清尊俱上客燒餘竹瀝祇烹茶磨遍松煤堪潑墨伯虎前身願虎頭與酣盤礴方留筆斵管

迅如風雨來驥瀉鴻驚憑腕力石淙墨興垂琬琰風雅不泒徽

有德紀元前度是庚辰鶯喜百年傳舊跡雲鬱幻出蝌蚪文蒼頡書成鬼應泣

題山水清音圖贈菊溪許邑侯

百里遙聞水鏡天閒情相屬遡漪漣蒹葭萬碧有圖畫楊柳千番人管弦鳥聲嵐光僧磬外雲隨帆影客尊前莫論往事桑田幻今昔專城巨浸遷

西出城臯挹水光萬家雲樹障廻塘琉璃倒浸虛涵碧翡翠遥開幻作蒼烏宿暮煙山有侶花迎朝日浪爲香行來自欲捐塵意靜聽漁歌羡渺茫

劉元裕 字康甫布衣

舟次京口驛

一江春浪叠烟嵐倚棹閒來酒半酣柳色隋堤瓜步北鐘聲蕭寺甕城南飄零到處心偏遠汗漫同遊性更耽自是風帆占利涉榜人無事恣叢談

姜大珞字和仲邑文生詩見明詩遺稿

和翼庭姪咏雪用蘇韻

千林風急墮棲鴉却冷無端思麪車堆積已同梅破玉顛狂還似柳飛花蓬茅尙閉高人戶鑪火初銷學士家試看寂寥江上艇魚潛水底不能叉

賀繼辰字玉叙號黄序邑文生

次楊驅山先生次日不再得韻

此日不再得瞬息更滄桑南窗朝旭升暮色俄蒼蒼嗟彼秉時者促景無留光人心異晝夜大道含陰陽無爲多役役所如嘆

乖方世態有得失相爭儻微茫河清壽難俟黽勉圖所臧寸得或自縱百端已來戕攻玉貴抱璞及米先砥礪上農勞播穀良賈能深藏術業苟有恆久之自芬芳浩氣爰屠害至大亦至剛胡爲轅下駒岐路空徬徨廢置感時迫憂勤歎日長應須策高足努力馳康莊伊周炳事業班馬雄辭章二者宜誰從超超各登場侯王炫千駟宰相屠萬羊身沒名隨之掩卷人仍忘百年同須臾弱植當自強搖搖風外旌泛泛川中航神明固依托奄忽何能長升恒積日月愚聖區存亡下上啢禹陰蝇聲誠足傷達人順物化點瑟寧爲狂

夏日雜興和同菴韻四首錄二

疎盆小石映簾櫳耽睡疲吟日已烘茗熟暫開書蓋卷香添如坐蕙蘭叢閣寒鳩送深江雨塘暖蒲生隔浦風拔扇不因塵拂

地醉鄉依約過無功

微步庭前積雨消北窗遺得美人蕉劇談徒憶彌天釋灌園還
如蓮燈閬初月鉤簾空院靜夕陽明滅一帆遥自嗟岐路尋遊
少塊壘應非酒可澆

瑞鶴詩代吳梅村送陳卜五總戎

一道旌旗萬目隨沸空笳鼓擁靈輀九皋接響閶闔七聖飛
身到具茨不似蘇耽但書屋應邀李白更題詩君家盛事堪圖
畫金管流傳獨此奇

偶成

三十年來老健兒剛被郎官遣作詩江南花柳從君詠塞北烟
塵我自知

萬里茫茫天塹遥秦皇底事不安橋錢塘江口無錢過又出西

陵雨信潮

賀儒瑜字美斯號璞函少角藝於復社名噪一時宏光乙酉
拔貢生

書感

浮雲不可常白日亦何遽紛紛繁花落獨對幽禽語幽禽有靜
音繁花無素心各自不相知春光穆然深

名士吟

名山無世情名士無俗心人山同一氣千古資情深薄俗好繁
響栝生懷素琴碌碌者誰子定知非所欽

還金詩爲譚義士功甫作 功甫邑人

古者幣三品金貝無錢刀中世出一途白金用始高金粟不相
權綳民常磬磬況乃先時征人情若沸濤自從兵革興瑣碎煩
牛毛浚膏並及髓終焉飽老饕紛紛罔利徒射時踰桔槔一或

操其贏龍斷遂爲豪不憚白晝奪狐羣而狗嘷惟此阿堵物坐使風化澆胡來此譚君慕義根心苗拾金誓還人懸標以爲招徠兹數金者其名曰折漕得者出分外失者心煩勞甚且一家哭性命不自聊何如上之官廉明與除消無何失主至驚喜重相邀君出懷中金拂衣恣遊遨吾方耻名譽何用陳酒醪卓哉介士心誼乃感吾曹吾陽本善俗近者頗喧囂錢愚與錢神栩栩各自驕宛彼市井態還爲市井描高門蕃匪類下士隶貞操試看譚功甫神情淡一瓢傭書供日夕生業同山樵仁心及胞與義氣芳蘭椒何似逐臭夫編名存楚檮寄言采風者愼勿輕蓬蒿

贈無黨兄

十載賦初衣相看有少微滄江雲意冷空谷鳥音稀事業存元

草行藏問釣磯一樽聊共把吾道未全非

柳色綠於酒鶯聲亦漸嫺詞翻青玉案人帶紫芝顏閱世如占夢忘年欲掩關寥寥千載意未許共追攀

婁文龍 字飛九因父贅入金沙史氏遂家於金沙

覩演鐵冠圖

妖氛肆毒滿皇畿賣國何多殉國稀養士百年恩已重報君一日念猶微不思節義垂青史只博功名掛錦衣遙望燕山頻黙弔愁魂化作杜鵑飛

賀傳錄 字武受邑增生

省墓二首

馬鬛新阡嘆式微絲絲弱柳未成圍金魚蔓草賸朝露石虎山阿卧落暉白璧貽箴嫌有玷青箱世業已全違傷心罔極黄泉

遡腸斷層霄盼鶴歸墓門奄歿正須謀仰睇秋雲靜不流風景百年情態異松楸一旦斧斤收冀沙白磧埋翁仲春草青燐照菟裘明發有懷饒積恨令人搔首問丹邱

賀迓衡

字牧公原名麒徵字天石隨父嚐雲宦遊浙東占嘉興籍邑文生後隱於僧改名米衲著有牛舫齋倜存草牧公少負異才與兄烟叟有二難之目

力士行

五丁豈異人洪水成底事蛟龍與蝘蚓行遊本無二分山瀰切肉擊電輕使吏閃見天地心擘開萬世利醜彼項重瞳叱咤矜贔屭𢍰有項氏子舉鼎奮猿臂氣入芒碭中猥以大言試縞素一軍驚虛支攘神器兒既願分羹翁敢勿擁彗剛柔各偏用都爲我所棄中道上昆崙五岳揩平地山川一身耳五官代修治

蠻觸逞奇能浩然徒外費閉户問天丁天丁不識字

輓徐州海烈婦發尸舟中猶密縫百結不可解尸四十七日不朽面如生常人立祠塑像於龍嘴近死所云

之子嗟行役孤鴻痛履霜匆傳鵑血碧陡起鴿風狂心死衿裾結魂消翰墨光只今春復夏色怒氣猶香

正氣歸巾幗寒風一夜舟明河應洗恨滄海漫填愁字跡磨崖入身形刻餓留那知同烈節丹管炳千秋

艤舟亭懷古

城東高堰砥中流昔日坡公更泊舟去國有身方偃息報君無路且淹留蕭齋古刹松雲護吳札荒祠暮雨收惟見碑亭遺址在年年花草自春秋

漢將歸田曲

犀甲全還功已成玉門生入世情輕鐃歌幾曲箜篌引半入東湖欸乃聲

拜疏辭朝遣繡帬猶開宣室宴將軍君恩山重隨瓢笠不受黃金受白雲

荆廷寶字賓君天啟甲子舉人崇正癸未進士授兵部武庫主事告病回籍隱居不仕所選有歷朝傳文舉要分初盛近三集、

遊練湖和菊溪許邑尊韻

長嘯林泉契古人樂郊魚鳥亦相親寒生雪海成秋水香滿花城有逸民一片波光堪問月三年琴鶴卻隨身幾回夢醒松蘿下濯魄冰壺疑未真

賀兆元字守默布衣

泛曲阿後湖

湖上秋光好頻來興不窮村烟黄葉裏山翠白雲中跳躍人間
事蒼茫造化功蓼花開滿岸處處颭波紅
平湖秋漲濶汎汎此中行水淨雲能瀉舟輕鳥不驚寒山烟外
色落葉岸邊聲懷弔千秋事滄桑代幾更

葛晟字日升邑文生　日升年少才高負氣節從蒼公殉卿湖之難

久雨

溉處舊業半蕪荒燕啄芹泥憶謝王空釜汲泉來煮茗山童戴
笠去樵桑滄淵何處風初亂巫峽他年夢正狂幾樹梨花栖曉
月暗香猶透竹方床

秋暮憶別

半天涼月落霜林簾卷挑燈入夜深知已每尋窮巷迹故人不
識布衣心秋蛩泣露驚幽夢征雁悲風動客吟劍老匣中饑欲

死交深非必在黃金

眭不字古農一字允亢號務菴明永之子邑文生後以永歷以中書召事發自題絶命詞云父既死忠子當死孝千載而下不愧名教與同邑賀王盛同殉節所著有務菴詩集

悼葛着公迎湖殉難宏光元年

欃槍忽犯斗禍亂適先後百六歲丁厄乙酉月在酉蒼公力戰
時迎水已失守我父殉初六我公殉廿九奔跣扶柩歸煢煢方
在疚灑血向旻天冀公能獲醜傳公雄水犀制勝壯湖門初聞
伏巖邑戎馬地深躲復道渡閩關納約已自牖及有寄輓詞始
知前否否今秋逢韓僧目擊怒濤吼血戰落日黃利劍双自手
慷慨同盧公生氣猶赳赳我父遇九原同籍同心友我愧身未
殉終天罪自負痛憶幼追隨豪飲兼使酒志不可一世心一無
所苟落落狂與狷江上期不朽我今嚴父死哀號載稽首痛公

復痛父良喪莫能剖百痛既荒迷招些望喪輀英烈麥雲中大節招九有彗星入斗四月初七日葛公親見之

晉徵士祖諱夸一諱旭載北史隱逸傳

我祖古逸民遯焉南北季寄情在邱壑趙郡系家世浩然於物表高尚而不仕崔浩莫逆交奏徵累不至逼遣入京都延留數日辭飲酒敘平生晷不及勢利浩每論屈之竟不發言議詔書投其懷遂爾太長喟桃簡浩小名爲司徒何足勞國士吾便於此別內驢相維縶謬託輸租者御車歸相避或謂大有才必當居貴位子何獨桑榆人各有其志乃著知命論釋之以見意誰更容駐生浩沒知已淚素服受弔唁死生情無異一身慎出處千古重友義悠悠仰前蹤小子庶其企戴天忝所生耿耿終寤寐

病中作

殘暑侵深病蛩蟄惻惻鳴月臨書榻影風裂紙窗聲酒爲多愁
減詩因無恙成此時身不有何物可關情

題杭蕭亭來爽閣

遂閣來秋爽松濤撼晚風窗邀纖月白逖映落霞紅嗜酒狂爲
疾顛書醉亦攻頹然恒未醒朝氣没長虹

和袁昺文白燕詩

瑤海春深舊壘非水雲漠漠望依稀雪中曳縷飄紅去月上窺
簾傅粉歸莫以處堂怡玉羽豈將巢幕語烏衣故宮別殿今何
向冷落梨花影共飛

北山秋行

屐染松雲石徑斜晴峯歷歷殘烟遮不教荷鍤秋行遠且許攜
樽酒自賒放跡湖山須縱鶴寄情邱壑可廬蝸醉窮野色過湖

寺一葉霜楓散碧霞

任　立 字立人邑文生

弔葛蒼公先生泖湖殉難

焦桐聞試只孤彈懷仰忠貞思渺漫氣節獨能全大義英風當足挽狂瀾門前榆柳烟横暗架上詩書月照寒回首昔時重感觸邻憐同社半凋殘

顔　仲 字華平

弔葛蒼公先生泖湖殉難

祖道都門挾筑彈悲看易水浩漫漫自君獨往嘉從事天下何人作砥瀾月没參横𩿨野晴烟深慘澹閉山寒閻公死節泖湖小嵋山一門爭死多高誼公殉節後二弟復死義愧殺人間留喘殘

道士

何守元 字煕仙號桐江嘉靖時仙臺觀錬士

奉和楊相國中秋月夜自金山放舟至焦山韻偶疾不果

侍

玉帶朱衣映碧流兩峯吟眺興難收鯨波吐霧開蛟室海市凌
宵結蜃樓星斗回杓凉影動乾坤疑晝曙光浮可憐咫尺仙凡
異未得追隨杖履遊

王素蘭 字佩芬萬歷時凝眞觀錬士

落花

昨日層岡今曲堤纔看誰信舊成蹊僅教拂掠隨鴉陣怪遣顛
狂伴燕泥蔡琰忽驚歸異域西施空自憶耶溪人間離合渾無
定兎去烏來到處迷

一憑風勢自徘徊吹墮東籬成錦堆無語對人羞棄擲有情留

別向莓苔掉頭猶望君。王幸舞袖還隨歌扇開，誰道楚家身似燕，不飛金屋委塵埃。

繞向詩人又酒人，半留窗屋半鋪茵。自來妓好根多薄，卻爲輕狂轉盼頻。任是穠華迎淑景，也應飄泊到殘春。春陽若得常如舊，子建何須賦洛神。

金粉漫天曉日曛，韶華憑爾寄殘痕。沾衣不濕風如霰，點案無聲蝶亂翻。日在紅塵心戀樹，朝依綠葉暮歸根。人生聚散雖春夢，覺到拋離更斷魂。

僧

洪恩　字三懷，本上元人，出家於長干寺，明初居丹陽嘉山寺。著有雪浪齋集。

登焦山訪郭次甫

萬壑齊馳海，雙峯對此門。盡東廻地軸，直北走山根。沙市商人

集樓居蜃氣昏桃花臨水岸莫是武陵邨

蔣墅曉行

曉發渡金壇星疏月未殘三峯知句曲百折訝嚴灘楓葉凝霜
捲漁燈隔霧看吳歈多苦調併入櫓聲寒

郭山人舍宅

疎竹高梧種始成斗壇新出梵音聲山銜落照低雲護溪擁寒
潮陷岸鳴石上舊題真白字井邊猶勒葛洪名他時猿鶴如相
憶咫尺巢居一蓋輕

與定源過雲西別館夜坐

一水雲西紫翠陰爲園雖小亦成林徑饒黃菊聊供采門掩青
山豈事尋明月半殘今夜色寒燈猶吐十年心坐中且莫言搖
落世路浮名總陸沉

秋日過吳氏經閣

誰向空門學布金新開龍藏樹祇林衣裁薜荔頭陀製八數蓮花不染心簷影到溪成梵字經聲出閣響潮音氤氳細靄香散識得諸天莫外尋

楷一 住普寧寺

登焦山訪文甫

爲訪餐霞客桃源一塹過壺中春色老洞口暮雲多傳命呼青鳥挂瓢援綠蘿平生馭風志相對意如何

子熙 住經山寺

早春經山

幽徑草初青賞心雲外行衣穿花露濕瓶貯澗泉清殘照同峯影微風引磬聲遲留深樹裏拂石記閑名

正顛字不顛善劍工詩明末太監隱居李家山沈山寺

李山秋日

何似秋山艷樹頭紅滿林遊人若相問不啻在春深

怪石疊爲樓雲山滿目收滄桑雖變易吾道不曾休

閨秀

姜舜玉丹陽人自號竹雪女史善歌工詩兼楷書

花源樹逢顧何二使君口占

仙源凡幾曲夾岸桃花開忽漫逢劉阮殷勤勸酒杯

泊濠曲

芙蓉帶結紅鴛帶楊柳牽絲紫燕飛獨掉蘭舟何處泊年年飄泊待郎歸

祁德淵山陰人都御史祁彪女配丹陽邑文生姜廷梧

送黃皆令

西風江上雁初鳴木落寒塘一棹輕遙徑黃花歸故里滿堤紅葉送秋聲片帆南浦離愁結古道河梁別思深此去長途霜露肅何時雙鯉報柴荆

金氏吳門進士兗東道赤城長女賀奕照配少通經史工楷能詩年二十五守節生二子年十餘始就小傅有以經史相詰者輙能舉其守尾師驚問何以致是則皆金氏平居所授也

寫懷

敢從人世論榮枯入志蒲團甘茹茶識破浮生眞亦假削平幽恨有如無春歸不逐泥粘絮秋到還驚葉落梧往事縈情消未得好將白雪點紅爐

補遺 諸葛朱方字奕張號漢石邑文生所著有何懷堂集數愁吟詞

雨歇喜何大石粲至

曉霽破陰雲山光入窗几鳩鵲弄晴聲寂聽深林裏何茲素心人攜筇忽至止彈碁勝固欣敗亦殊自喜酌酒啖柔椹烹茶試梅水相對澹忘言歌呼熟後耳

寓寶臺觀望蒼山

開戶接蒼山蒼山來我室崇卑體勢殊近遠情形悉月出有無中煙橫來往易晴開衆壑明雨暗層巒失草色忽青黃山容時紫碧人欣山學欣人寂山與寂而我獲周旋翠湧光搖壁

褒山道中

蹇策步平坡得嶺乍孤斷山從絕處齊險妙在中半鳥道繞山斜連峯去無限石塔忽前逢褒山應不遠

題褒山寺

荒寺盡頹垣山僧樂田畝拙朴愧焚修塵垢若相守泉流出其

旁未知名所有顧瞻寺後山石亂如蹲吼光生發紫黃雲暗留
青點情形怪誕中坐卧惟人叉拾級上岑巔老樹根盤糾煮茗
憩清陰禮塔辭岡阜

閒步

遣倦知清暇閒庭清滿苔雲深山欲隱樹淺日能添燕舞教雛
習鶯歌遥友催凉風修竹裏得句且遲徊

陳德論字西垣號 恩貢生知德平縣歷知阿迷州有德政阿迷州民立生祠祀之

寄題焦山瘞鶴銘

滄波湧出青芙蓉枝葉蓊鬱蒼顏濃徵君心迹久寂寞花宮仙
唄傳晨鐘何時鶴骨坎山麓瘞魄不受洪濤春長留刻石俯蛟
窟頻供好事搜奇蹤蒼苑世代巳莫辨銀鈎鐵畫知誰宗或言
右軍與魯國終屬疑竇縈心胸吾將鼓枻伺潮汐手持緗素驅

游龍所得或可飲六一細思剔抉求中鋒意嗜水枯石裂雲根
封顧景稟烈凝嚴冬

賞心亭舊址

名勝依然說舊都秦淮遺事問當壚山臨粉堞龍蟠躍浪拍芳
洲鷺有無近焉疎花露宿雨隔籬輕燕掠平蕪六朝綺麗塵鎖
盡猶記袁安入畫圖（周昉畫臥雪圖眞宗以賜丁謂張於此）

曲阿詩綜卷十四終

曲阿詩綜卷之十五

丹陽後學劉會恩時菴輯

國朝

吳贊元字汝修崇正庚午舉人順治二年由中書舍人擢監察御史巡按江西奏免袁瑞二府浮糧人德之建祠以祀

登凌雲亭有感

北固巍峩枕碧流白蘋紅蓼滿江秋凌雲亭上徘徊望不見荆州與益州

中秋

危欄十二逗銀河坐攬清光發浩歌最是今宵明月好浮雲不似去年多

秋閨

曲阿詩綜

流黃機上月如霜寂寂深閨夜轉長織得迴文三百字却愁無雁寄遼陽

荆鎮 字茹嶽崇正己卯舉人順治初授長洲教諭以詩薦歷肇州推官轉台州海防同知

愛長洲齋前奇石醉後登頂上

愛爾齋頭石翻疑畫不如勢含千尺迥天賦一峯殊特立我能上空明性欲俱雲霄倘可近肯借作梯無

中秋過桐廬

秋江無恙布帆開瞬息桐廬鳥未回兩岸青山隨棹送一溪明月照窗來石闌吹氣發樵徑海鯉迎波向釣臺他歲秋光知更好重經應暢紫霞杯

看桃花

一池春暖綠含風滿樹夭桃亞水紅獨坐小橋傾一醉不知明

月到墻東

孫廣翁 字景疏雲翼之子崇正壬午舉人 本朝知贊皇縣

春興

雨葦安石屐舟泛伯倫甌隋纜牽汀柳秦簫動野鷗古祠蒼檜老曲徑翠筠稠隨地繁春色青娥莫浪求

天際露奇峯遥觀情更濃花間喧百舌雲腳掛雙龍綠蟻直須倒青春不易逢氷霜經歷盡和煦若爲容

東時泰 字茹吉號瞿先崇正壬午舉人順治丁亥官高淳教諭陞澄城知縣

郊行晩歸

適意尋花徑山村日復西歸雲封遠樹華月下清溪野鶩光初動平蕪望欲迷側思龐處士獨傍鹿門棲

崇正巳卯游茅山

振衣仙嶠俯平坡恍若翻身入大羅谷口桃花迎客笑殿中香氣興雲和建康御苑通胥漢貞白丹房隱薜蘿幽澗碧泉堪洗耳靜聽鳥韻雜笙歌

賀萬光更名晦字見處號菊存王盛之子以祖世壽蔭生崇正壬午副傍本朝官江西萬安教諭署萬安縣知縣見虛兄弟原本太僕以堅渾之筆發奇偉之思足稱競爽

剡川寫黃川圖贈長句報謝

剡川風流接季真前身摩詰筆有神興來畫雲雲似起畫水輒令水有聲衡門綠波宛如舊黃鸝坐對鳴清晝三徑叢深客不來主人蓬鬢苦詩瘦憶昔東皋極清娛當時競寶輞川圖高臺忽傾陵谷變平泉石去花焦枯人笑文饒久齒冷金谷繁華只俄頃鑑湖澤邊流風長一曲依然放魚艇人生待足更何時烏帽花落願獨支長日閉門書甲子茅屋自覆終棲遲荷花滿池

竹滿地闌入呼酒有評事愛我蕭齋傍魚磯爲寫滄洲沒生致此身如入剡溪中短棹縱横蒲葦叢披圖一看一嘆息往事惆悵誰書空君家書畫富充棟黄川圖燬尤所痛今日溪山繞筆端十年彷彿同蕉夢念余雖未種桃花老屋居然蓬蓽遮尊鑪爇與君所戀百追經過莫我遐

簣山草堂落成移居有作

時危耕亦苦樂志在寬閒十載漁樵夢三生邱壑間衰年悲種柳病骨廢看山官路烽烟滿何人識倦還

西湖感舊

太乙宫前瑪瑙坡夕陽西下少人過地開百粤層峯起潮帶三江湧浪多南渡君臣悲白雁中原風景嘆銅駝只今莫上西興路恐有餘哀漾碧波

即事述懷

乾坤落落轉愁予井邑蕭條漸已墟白髮尚須朝種菜黑花姝若夜攤書窮思知已曾何補老欲謀生總是虛況我舊交零落盡全憑春夢慰蕭踈

題畫

丹崖繡壑冷江楓道是山中又畫中怪殺秋霜能作媚從前只解愛春風

蔣濤 字汵生號容菴崇正時邑文生工詩文與邢昉陳維崧及本邑湯志遠湯寅賀復徵等同以詩名著有容菴詩文集

戊子閏四月登一碧萬頃亭望練湖

閒心事幽討行行憩小山愛此百草薰時鳥聲間關密樹隱空翠遙天窺蔚藍茗飲老衲供蠙殿何處閒泉古無汲道臺圯罕

躋攀練波天際明鷗鳥依輕帆羣峯屹五州九疊成蒼鬟山林自深阻猿鳥愁險艱川梁靡靜鱗觸石爭潺湲招攜度橋去大隱在市闤

思武德 見詩源

陰陽有殺戰聖盜乃並起雄力吞八荒頭觸天柱圮亦有盧山騷阻亂不可弭軒轅挺神武作兵威不軌命將法文昌握機知我壘成謀在兩楹應變提千里坂泉功既定萬國績克底鑄禹荊山崖乘龍白雲裡萬姓悲莫從抱弓號不已

題賀仲來新齋

城市囂塵滿欣餘數畝宮曲廊延好月疎幕護春風業用文章大朋招賦頌雄湖山有別墅留此得毋同

春日偶成

竹溪深處刺船歸自藝蘭畦土脉肥楊柳始舒千縷態伯勞恰送一聲啼笑持茗椀風生腋坐近梅花月在衣寂寞不知春社到簾前燕子已雙飛

寄賀仲來湖亭別墅

幽人擇勝在湖媚古木蕭森繞淥漪辭賦昔傳文帝蹕烟嵐今對偃王祠青蕪欲没雲欺岸粉堞遙臨雪滿陂殘月斷霞應更好知君朝暮有新詩

秋蟲

涼夜淒淒絡緯聲征夫隨水繫閒情牀前燈火籬邊月都盡長更與短更

馬宇陽 字夢白號盧菴崇正時郡增生著有易極及夢白詩草溧陽馬章民爲之序

秋興

秋氣淨無極烟巒樹色着因風知鐸響聽雨想蔬長石壁篠蘿
古山田粳稻艮陵哉久貧賤對此忘憂傷

秋懷

陋室無人過苔堦碧又滋桐陰移晝影蕉雨亂秋思富貴由他
好濤狂任我癡欲澆胸塊壘斗酒百篇詩

贈給諫陳臥子

江滿烽火幾迴旋頗有名賢着祖鞭閱世兵戈雖滿地籌時經
濟實開天蓮生抱策誰嗣響賈傅持疏漫自憐萬里九重勞四
叩千秋姓氏已高懸

吳子錫內兄邀飲甘露望江有感

削盡芙蓉媚碧空籐蘿芳樹互玲瓏江聲泙湃魚龍上山影追
隨烟霧中人到秋來偏有感詩乘豪興自然工欲凌絕壁追天

問幾度驚看破浪風

紀事有感申酉年作

問說長安淚欲枯黃塵蔽日紫宸孤燕山月暗諸陵泣冀野烽烟萬馬嘷遂使至尊悲便殿忍看宮監珮瑚弧侯門猶是歌舞腸斷忠魂哭閭湖

悲歌終夜泣思宗神武英威駕沛公止恨諸姦多誤國遂令劇寇獨稱雄殍沱勁旅方傳箭淮泗驕藩未奏功二百餘年培士氣曾無一旅向關中

特拜嫖姚聳廟謀頻川難强寇恂留節移南國雄天塹帝簡樞臣駐石頭點寇勢過鍾阜過雄師復向大江浮萬年珪皀公須計謾道威名駕武侯

秦淮天闕舊會過鍾阜龍蟠近若何桃葉歌聲連紫禁雨花秋

色擁鳴珂健兒戲稍調驄馬宮女臨妝學畫蛾聞道曲中漸樂
府只今猶似後庭歌
建牙新駐大江濱面面風烟疊浪紋江色欲浮瓜步汎角聲遥
羨海門雲琳宮梵唄僧初定畫舫笙歌日又曛幾處幽冤悲夜
月一時同指鄭家軍
逐逐萍蹤非浪遊荒疇蔓草總堪憂薜蘿寒入琴樽夜鴻雁秋
深稻秫謀作賦舊曾悲屈調索居今擬問滄洲霜花紅葉西風
冷白石歌成恨未休

聞崇明捷音寄贈荆大敵母舅

奇才偉畧足匡時念念高皇泣誓師氣邁羣雄鞭虎豹身經數
戰震華夷千峯月色明干戚萬頃潮聲壯鼓鼙韓范英風今再
見淩烟首擬勒鬚眉

山中寄懷吳襄宗內兄

滋滋獨世儘横戈變値滄桑可若何獨立孤峯霜雪少啼殘春鳥百花多商山好覆綺園拙箕水惟容巢許過經國嘉猷君自遲白雲深處有樵歌

歸茸舊廬

江河日下手難援歸卻名心學灌園爲愛綠陰堪挂笠偶依黄石便開門流泉遶舍供薪汲插槿編籬補舊垣似此畢生差傲俗隆中事業付空言

草元居仝朱雲子錢吉士諸盟兄夜話

竹聲送響逼人鳴共坐蟬聯話友生星聚臨阜勞太史月來瀛島映天人柳韓徵逐推東野管樂茅廬臥孔明人虎文龍誰識取且懸綵筆待賢君

秋興

木犀飛散菊英黃短笛高山月色蒼永叔有才須作賦嗣宗無嘯只餘狂浦深蘭蕙飼鳧雁岡冷梧桐叫鳳凰欲譜商聲資鼓吹直希晉魏不師唐

燃藜閣即事

西風莫掩元規塵書展風簷見古人詎謂名山寒賈島豈容滄海失濠淳志清江漢誰為共手摘星辰孰與倫惟有南軒飄桂子飛飛為我卜佳鄰

秋日放舟練湖

一水蒼泓漾小舟冥濛暝色片時收杯邀明月吟佳趣帆引垂楊拂碧流梵響遠從天外落禪心好向醉中求蕭蕭白髮驚秋老壯志當時未肯休

過中丞湯參亨園亭

壁様池塘竹似屏緑陰環繞小花亭梁園賓客今多少柳絮經風盡作萍

楊柳枝詞

風柔柳嚲草萋萋隋主行宮汴水隄歌館凄凉成廢苑春來惟有鷓鴣啼

姜志教字叔子更字敎敷號愚溪崇正時邑文生著有修竹吾廬詩稿　愚溪性孝謹而臨事侃侃不可干以私嘗有述懷句云敢云素履今無咎未有平生不可言其品亦可見矣

和客過吳詹所兼葭莊韻

乘興泛滄浪茫茫千頃白結廬蘆葦中宛似伊人宅遠樹影微微環山凝淺碧主人慨隱淪客也耽泉石芳逕曲仍迂搆離行轉亻詩亭紀勝遊倡和悉詩癖

溪邊偶坐

一水護柴扉紅塵到自稀烟籠深竹暗風遣落花飛有耳聞喧寂無心問是非低回不能去只爲惜芳菲

夜起有感

夜起步中庭蕭蕭不耐聽踈砧敲落月清漏滴殘星我愧才非白人誰眼獨青可憐身是客回首淚先零

雨阻

何事倚依依言歸未得歸開簾風拂袖傍砌雨霑衣地濕蒼痕滑天寒酒力微客心當此際引領望晴暉

題焦氏半山園

遍覽收全勝何嫌只半山澗流雲欲去林靜鳥知還石色侵松冷苔痕映竹斑遊盤情自好誰說是塵寰

舟過烏龍潭

此日龍何處潭空水獨流平沙常落雁短棹不驚鷗雲度千峯雨風生兩岸秋在淵疑已躍閒坐對汀洲

野望

人生行樂何須擇散步林臯情自適高鳥依雲未可羣野花滿逕良堪摘山銜落日半輪紅水浸長天一片白健在百年能幾時忽將好景成虛擲

秋日偶成

絲絲細雨弄斜陽一片輕陰度晚凉秋入閒庭梧葉老風來隔岸稻花香殘蟬依柳鳴還咽倦鳥投林去亦忙此際郊居情自好醉吟復到黑甜鄉

花朝後四日山公招飲余已返棹書此寄謝

未曾囑別意匆匆君約看梅我已東半世居停孤嶼裏片帆行李夕陽中吾廬竹在還邀月客路花飛不待風多謝相招情甚厚詩成還復托鱗鴻

賀武若 字羨中號立山崇正時邑文生

哭畦嵩年馮培卿兩廣文 見詩最

嵩年諱明丞丹陽人東蒓太史長子工眞草書法年六十後以明經中崇正壬午舉人授華亭縣教諭值國變題於明倫堂云明命不丞嵩祝何年生愧祖父死依聖賢遂自經弟思丞字修年善畫竹亦工書能詩子本字允立後復遇害臨刑時書云父旣死忠子當死孝全忠全孝不愧天道馮培卿諱敦厚以明經授江陰縣教諭城破日死於泮池

難將濁酒破愁城憔悴江南百感生豈惜千金留駿骨漫勞七尺戀蝸名魚腸須湧悲胥相雁羽風迴哭子卿試看杜陵今夜月可憐蘆荻漾餘明

彭棟字西美號需如別號海屋山人崇正時邑文生詩見周賡明文選

弔葛蒼公次友人韻

棋逢敗着亦須彈憐采飛天眞瀚漫也曉空銜堪不死惟圖洄轍可生瀾支淵未待馬皮裹正則先埋魚腹寒失却此人天太忽讀書種子已傷殘

聶政新字子硎號宗陽順治乙酉舉人丁亥進士官行人司行人著有聶會魁傳稿大易傳稿子硎美風儀工時文爲會試同考官於落卷得熊伯龍文魁本房時人服其精鑒惜回籍早逝享年未永

姚廣孝姊

與門驫跡志修眞有弟猖狂歎不辰披剃已經歸佛祖兵戈何

事亂生民讀書有種方爲士和尚無終豈是人仁傑有姑羞武
氏姚家此姊步芳塵

徐中山王次女

中山後起盡忠良次女崢崢骨亦香竊喜有兄甘守墓每嫌阿
姊正招陽手麾幣聘寧終老義薄宮闈在振綱四十餘年來大
內天姿猶且共稱揚

孫知本 字簡民號盧白長子順治丙戌舉人任天長縣教諭

過友人山莊

別墅青山裏飛泉繞舍鳴花開知節序鳥語卜陰晴松月夜堪
讀石田春可耕蕭然君自足不復羡朝榮

游靈谷寺

十里長松合雙林積翠間雲深僧不見清磬落空山

東　京 字鎬成號當然少與復社幾社諸名士頡頏耕牛耳順治丙戌舉人知山西猗氏縣卒於官

九日登高

古人韻事隨時覓佳節何須作意工得趣全因詩與酒重陽只任雨還風花逢我輩如迎笑榻有名賢始弗空定欲何山堪落帽正冠杜甫不雷同

荆子周 字希旦順治丙戌舉人

題梅隅送秋圖

三月燕都別楊柳十月吳鄉見新酒江楓映水失青青霜菊沿籬不堪久天河夜逝聲如瀉桂影森陰曉方逸敗葉山村椁臼雲人如奔騎秋如驛君不見涼風蕭瑟季鷹尊寒雨泥旋孟博輪且將滿把浮蛆甕醉此江村高隱身

葛元瀾 字　號　順治丁亥邑貢生

休園修禊

今日天氣佳結伴遊西園班坐列水次素心共盤桓鳴鳩時鼓翼遊魚戲深淵桃李自芳菲夕陽淡無言勁值適所性聊復得自然嗟彼簪紱儔動爲世網牽息心觀物化緬懷古聖賢山陰與洛水千載垂人間

荆其惇字五思號勅五崇正壬午舉人入本朝任南陵縣教諭崇文講學法紀秩如順治己丑登進士知郾城縣銳志堤防禦屹如長城人名爲荆堤備兵節費爲治寬嚴得中融洽不幸死於盜南陵郾邑均入名宦勅五傳極羣書尤深理學工詩善書遒勁中時露風態爲世所重所著有宛吟集

長相思

長相思思何長隨風搖搖似垂楊暮雲朝雨不可忘一從送別去不見轉還鄉綠波冉冉天欲盡孤帷明月揚清光長相思思何長

烏夜啼

棲烏啞啞驚未息繞樹孤飛兩三匝思婦房中夜月清征人塞上秋風颯千里同情聽未休一聲一點淚先流

望泰嶽

五嶽寰中峙尤傳泰岱尊海紅搖日觀雲白護天門封禪碑猶在求仙策豈存大夫松色古鬱鬱結盤根

彭城道中

當年覇業任縱橫風土於今未肯平山勢西來分兩界河流東注遶孤城雲龍峯瘦霜天曉燕子樓空夜月清歧路徘徊人不識悲笳吹起故園情

束貞 字西侯號倚天帛長子順治戊子舉人官銅陵教諭歷知資陽縣

書晉史謝安傳後

東山當國隱奇謀勁敵長驅泗水頭借箸若無全勝策投鞭難免斷河流棋輸不係吾兵怯屐折當因素願酬別墅題評經巨眼夜臺應爲豁雙眸

孫允恭 字堯表號莪園順治戊子舉人己丑進士授戶部主事累官浙江廣東按察司使所著有孫水部文集

偶感

幽懷寄觀物變化從權輿日月頻更遞卉木生乘除蠢動息以蕃河漢歸於墟剥復有至理天地藏其餘下士且大笑狹智矜黠驢勃崒不自已飄忽無寧居在昔張子房徐泗供躊躇但了納履事詎必讀素書役車倦休歟歲晚守蔽廬茲茲宇宙間吾道當何如

偶然

浮雲不自有吐納任山澤萬木非得已當春受驅迫榮盡異凋

空盛德歸水脉相彼天蒼蒼一氣互因革旋轉無停時渾沌養其魄

汶上諸泉有序

草橋跨汶水其下流則蜀山馬踏水櫃在焉栢浪爲邑中諸泉入汶之總蒲灣泊在其南受潦水而注之城濠曾溝則在栢浪東北而濼灊泉之出坡當山者與雞爪薛家老源出水皆會之又有三泉錯出如甃之兩耳合龍鬬泉入曾溝以達汶而龍鬬其大者也

汶陽今日田春事在川濱土膏不敢秘奔走出林麓使者東方來與臺共馳逐傳舍晨光生微風吹樸樕攪轡西郊外交衢襍茅屋河瀆見草橋衆盞茲聚族運道將分歧兩涯亦韞匱斯地實要津譬之車有轂遵彼栢浪渠與溪跨短木稍南爲蒲灣潦

盡沙停蓄瀰言往曾濟平野繁花簇坡當山下澗泠泠向郰攸
郰曲尋荒徑雜距儼攫䶵伊維薛家泉老源據其北紛拔如擋
堯三隅自洞瀴長河不擇流强弱忘遲速顧瞻石亭前雙龍來
相服轂洛乃記異而爾獲收録高揚映清沼騰躍動輕轂役夫
試測之澄波浸修竹我思此中都尼山昔教育遺風邈難追俯
視但水澳

戴村壩

壩之名古未有也其亦治水之霸力歟不善用之何以能久宋司空逆汶於戴村而用其就下之性以分趨南北是爲漕渠繫命之區至於今汶亦自忘其逆矣因其勢而導之則順也身履其地遂不能默

乍浯逹紫汶汨汨成巨川遏之使西向人定乃勝天蘇彼陸輗

勞擇地惟前賢蜿蜒亘五里臥護森雲烟驚湍不自主善誘如轉圜古今用民力得失胡炯然蒙恬塹山谷公劉相流泉淇門道云遠溟渤非桑田會通未鑿時何以安千壘扼吭計已就迴瀾受旬宣謀國貴羣策野叟無拘牽宋尚書用老人白英之言乃築壩吁嗟狐子宫鼈馬祈重淵

坎河口

治河如治兵圍師必闕之苟能制其命猛將有怯時戴村既乘隍坎口灑餘支奔溢不終錮漕艘恒於斯我來聽濤嘯汶水聲相隨靜觀元化理胡爲行所疑

江濱有感

入楚已一年覥權愧無實草舍臨大江水濱空問詰渚宮百萬家荒址多蓬蒿野外淒風生蕭條動感栗雲帆三峽間商旅音

所出遠連渭與涇清波自蕩濁宿莽不可搴長鯨姿奔逸杳冥
白浪翻仰天信凶吉時事屢變遷小民患得失我思古之人詩
書化法律

讀西漢史

漢王奮義興關中戈矛匝地無雌雄崎嶇勃鬱得三傑養民致
賢成厥功征塵四合烏騅死鴻溝欲劃無西東高鳥良弓竟同
盡沛宮慷慨歌大風孝惠仁柔歷年少諸呂封王封未了臨朝
太后一婦人王陵平勃空爭擾須臾黃屋自代來未央前殿龍
樓曉除刑免稅非治安洛下書生憂悄悄夜分宣室還咨嗟千
秋鵩鳥悲長沙馮唐能薦雲中守鄧通亦憚申屠嘉如何絳灌
不相信坐看名士流天涯祇遺晁氏佐新主紛紛七國兵諠譁
漢家令辟號文景冀安中外無災眚建元御極舉賢良仲舒三

策天人炳且說平津甲第成夫矣江都隔朝請君王神武兼好文曼倩恢奇飛將猛吁嗟漢興功最高守成正復資英豪人才麗雜不足道宏羊卜式輕鴻毛天生醇儒固未易柰何棄擲同蓬蒿馬上只知戶口籍遂令刀筆稱蕭曹百年禮樂今已矣過此眞成禰衡耳賈生慟哭稚且狂董生春秋覆瓿紙有才不用存空言九原安得伸其理獨憐赤帝非闇君西京功業如斯止

武林吳裕如以卷索詩走筆應之時裕如寓居濟上

我聞錢塘多怒潮奔流突兀如山搖今來任城見濟水重梁複峽無喧囂晴光瀠蕩自縈互淸風習習成久要夾岸垂楊狎閭井蟬鳴斷續連昏朝南郭先生倚虛牖劃然長嘯干雲霄少年豪俠亦何有千秋浩氣歸吟瓢只今素髮映顏色嶧山躡屐乎王喬夷惠之閒見儔侶詎須遺世談逍遙此地曾游謫仙子知

章尊酒相歡招鑑湖一曲竟誰在樓頭銀牓懸高標清看東土伏流者不與行潦同宜騎化日扁舟兩峯下湖邊蘆荻風蕭蕭

贈畫士莫道冲

古人觀象開洪濛傳巖維肖誰良工悠悠行路那可識冉青浮潛貢夢夢頻上三毫豈無意傳神況在阿堵中滄洲滿壁難再見吳王擅場今復空我聞探微一筆畫伯英草聖原相通僧繇點曳及斫拂筆陣圖法施靡窮始知書畫共三昧天花散落舒霓虹近見莫生更奇絕箋光映徹倖青銅意像經營在俄頃興酣振迅追長風人心不同有如面況從生面窺其裏蔡澤頷頤忽談論子房美好輕羣雄至人無相戲之耳取人以貌還曚龍昆明刼灰今已盡橫海樓船行向東　聖皇神武善將將指揮長劍除枯蓬麒麟高閣出霄漢待爾濡筆圖元功傳聞露布獻

輦下五雲深處賡歌同鑾旗遠駕告　陵廟千官禋薦篁鏘璁太平盛事越隆古繪天晝日光昭融吁嗟莫生今老矣彩毫安得親重瞳紅塵物色固未易勞勞寸管無時終請君勿嘆辱吾技茫茫宇宙多冥鴻

江干客舍

酒樓歌向暮客舍一樽遲山色僧歸處江聲月到時戍烟侵磴石夜火接旌旗惆悵啼鶯路春風入夢思

衢州道中逢　大軍南下

北風吹客去盡日到符離野燒分微徑人烟隔遠畦單車隨驛駐萬幕擇村棲寂歷荒山道行行聽馬嘶

同徐默菴夜飲

我亦非無癖憐君獨好奇論交存傲骨聞道託新詩且酌鸕鷀

杓相忘烏鵲枝寒郊歸去晚何日更追隨

同徐默菴聽沈山人琴

邂逅難爲别江天暮色寒醉歌酬濁酒静坐感微官詩思容人暇琴音入座寬仲宣樓下月應惜此宵歡

寧陽晤何三巖

相逢不暇緩策馬向斜陽已信孤城近翻疑古道長麥苗平緑野柳色入滄浪此日行吟處同君即故鄉

彈琴峽和魏蔚州夫子 時夫子應召入都

自與諸峯異寧爭萬壑妍謝安重命駕鍾子乍聞絃雲護哀湍静風回爽籟傳移情何處好古調獨鏗然

竣役北還登舟漫咏

傳餐是處只爲賓日買西江五寸鱗捲幔館中看碧草艤舟波

面隔黄塵喜於歸路親遊子恥以荒厨累候人漫道片時輕似葉多情藥裹便隨身

夜坐

數聲鳴柝隔重垣獨坐空齋客思繁徐子亭前風瀇瀉滕王閣下雨黄昏携詩自咏天難問把酒誰同我共論恐是離愁吟未了好將歸夢近江村

荆南司榷登署中樓

乾坤隨意置吾曹漫道層樓百尺高幾日運殘陶侃甓何人佩久吕虔刀江邊兵氣迷芳草郭外人家没野蒿賴有清風能好客憑軒無處不相遭

和賀拓菴旅嘆

予亦浮踪類轉蓬共君揮手送飛鴻幾聲畫角吹人將老盡一卷離

騷讀未終臺上黃金傳舊壘天邊碣石識空宮鑑湖今日知何
似漠漠荒汀有朔風

仲冬親訪鴛湖烟雨樓舊址仝家仲容暨及門諸子至暮
始返

籃輿東郭外喚渡出橋邊近水多雲濕臺空境自傳半陂寒浸
雨極浦遶藏烟浩渺渾無地陰晴別有天望中香霧合行處玉
壺懸竹篠分漁界波光隱釣船碣殘留往事僧老記當年霸國
開圖畫王孫奏管絃朱甍非舊址銀牓亦依然邪更理荒草長
教念昔賢燈懷越絕表遐覽逈樓先幻化翻能久憑虛似欲仙
杖隨遊子屐槎認客星躔乍喜風生腋還慚筆湧泉笙歌人去
後詩句自吟便暮靄歸來晚閒庭月影圓

孫允讓 字子退號寄堂允恭之弟邑文生

都中送別

故人今日歸客思憂迴結匆匆驅馬來日光半明滅相見遇尺書不忍更言別

紅葉

花時會屬伴花枝豈料經霜色過之自覺鉛添娛我老非因綵染動人悲飄颻不畏風吹速艷冶偏宜日照遲始嘆天工無限妙從來君上竟如斯

吳謐 字安士號贊元之子順治辛卯舉人壬辰會試副榜任昆山教諭陞知商水竹谿縣

長歌行

驅車四方不如閉戶烝也友朋不如同父解一莫高匪山亦涉其巔莫浚匪泉亦測其淵解二世事傾危彼太行矣人情反覆彼彭蠡矣解三榮名似羶羣蟻附之錢刀如穀野鶩趨之解四韋布章身

何必軒冕菽粟充腸何必珍膳五解杖求無厭蘧篨蝸河淡焉寡營無懷葛天六解人亦有言不貪為寶我荷靡爭雷陳可保七解

吳門雨中還棹

薄暮輕裝束匆匆解客舟淡烟迷茂苑疏雨別蘇州闔閭帆檣擁山低雲岫浮麥秋晴日少歲事動殷憂

張灝字元若號　順治戊子舉人壬辰進士授中書舍人屢分順天鄉會試房考

揚州早雁

漠漠邗江白露清蘆花初白月華生參差雲翼風前度依約寒文天外橫夢斷衡陽秋信早影隨隋苑夜涼深遙知次第賓南日先占維揚第一聲

賀雲巘字紫翔號　順治辛卯副榜官絳縣知縣　紫翔父繼登為資陽令一門十七口死張獻忠之難紫翔日夕啼泣欲赴難死或勸之留身以待乃止令絳縣後調官兩浙驛幕會西川已定棄官入蜀求父遺骸徧天山中

聞者爲之流涕故入蜀詩多悽楚之音然詩境雄渾卓立足步少陵後塵

棧中雜詩五首

馬首蔓青山百里不盈幅馬足馱岐路夷險習生熟嵐影盪征光悠悠如泛鶩畦町經緯間折旋入於轂雲物秀以明神理靜幽獨天搆安可思彌縫竟林屋白日工遁形霽色存霡霂潰髮傍清光叢以奏奇礸崩迫不餘咫四壁窘遊目接武約而變徑延地彌縮木石相因緣勢盡人事蓄我行學蛇蟥戒心此焉假久之輟前恐險至俄踏敞高下隨奔流驚風起廻澓千響不一名入碉化其旋因見萬古情雷雨資滲漉荷蓧或來憩萬物紛鬱郁雲端指雞犬聲邇形難濆

深谷變天地冬夏共一晤猶之隙降閒胥淵呼吸期林谺骨自顫炎熇忽如遺或有伐木聲丁丁來何之目翳耳觀澈叫嘯千

峯奇周身各有役得意隨所私驚愛亦互用况均延攬資崩崖
斷復綴醫溜空支離馬啼驚危湍衝波急轠持彈凭倚孤壁云
實方社司虎跡過縣門睨視徒嗟咨弱息落全棧艱阻誰能夷
荒程無節次所投隨拱揖瞋色况復催疲翰亦知戢薄變如太
美相勞瘵而立謀慝庖湢閒舉茅藉沾濕踈離用衛風縈星竄
馬人饑罷上登藥失意向人泣挾羣蚊蚋遊血肉僵不給宵迫
魄愈微重裀癰如蟄鷚思杳難控厦庇夢爲葺蹉踦踞踠鞍鱗
石蹤求集
欸段不任馳取路如柄鑿又如阻沿洄推挽費前却因之羨澗
泉彖如魚赴壑渴泉亦何慕晨夕驚磅礴前後迭逢迎利導情
所樂恬衍固有時觸石怒則攫衆流非共源欲速無煩約一徑
緑奔吞一身躬岞崿玉石不可名千澗辨琭硌既奏太古絃相

悟在寂寞

宿雁厭征旅飛飛激濃露沾濡未及肌凉冷心先悟物感亦有幾神瞰亦有數大覺不在境愚智同一度昔人跡已陳十載惜其誤䇿緯一不自恤百悔待遲暮震世推高明多爲詬所聚習險得前資約身當顧步奔流積安瀾操楫履厥素樵子狎傾危坦性忘驚俯我行非意期天至興之遇是以麋鹿遊飲齕動無忤

諸葛武侯墓 在沔陽東數里有碑有廟

獻帝失人馭漢事遂不振中山沒室胄皇皇挾餘燼狼顧無前蹤九州孰遺憖南陽一布衣指揮立雄鎮委蛇出處間履約審而進跬足在素期粱益坐觀釁羣雄若蒿萊刈之不留瞬意中惟孫曹經營費羈靮義旗先正名奉辭理則順謀定天亦從鬼神避英迅赤伏兆非誣成敗豈行陣小心見高光自許惟謹慎

將星墜前營秋風雪先髩灑血望五原鞠躬果相殉定軍虜未
夷寃魄猶堪訊

扶風班孟堅墓

班生宗國彥龍虎齊奇姿著述起盲腐簡書變其辭聿維天地
英寧止漢羽儀十世肯名宿或云不憖遺嗚呼殲此良坐以黨
逆治竇憲雖不道視莽惡有差豈其在左右矜情無足疑刈彼
芝蘭秀肯從薉與藜廷平匪張釋連類共芟夷憶昔北征日文
章誠禍基朝右互推擇由此書記司策遺亦有命珥筆理實宜
貞珉表漢烈詎曰媚所私麗藻攝權雄弭耳納心知所嗟未鴻
冥乃並目鴞鴟振古悼才士愛忌成履危所以墓田樹鬱鬱猶
低眉

定州

中山存旅蹟深涉馬蹄寒甸服仍周野通侯削漢官沙明鶡雁

帀秋集野漁灘疑是經過地誰令風月殘

渡滹沱河

一泒黃榆影遥分曉渡烟井陘扃大隧馬頻繞東壓櫂動青蘋

外深空集鷺邊蘘亭如可問倉猝主臣緣

渡漳河

落日下漳河方舟一葉過潞城經帶盡晉賈冶陶多水立岸還

偃沙鶩山亦波祇今東逝處應聽鄴臺歌

涿鹿道中

高城百里俯荒疇片片明沙遶亂流戰壘棲霜銷折戟魚梁照

月繫空舟崎嶇草樹牛羊徑蕭瑟菰蘆鴻雁洲聞道東南鼙鼓

動少年爭學臂雙鞲

易水懷古

變徵聲驚萬里秋蕭蕭落木照寒流自將短劍尋仇血敢借長虹耀客眸督亢不還餘舊恨浪沙初擊匯前籌即今西渡衝波急荒雨淒其接暮郵

過保定府晤司李張元吉

藩開右輔擁神皋迢遞雙龍欲下壕星列周閭西極迴山連紀塞翔雲高千村耕穫成農市萬里車箱輓陸漕倉卒故人攜手意長歌寒色照綈袍

武安道中

幾程山色向西看忽訝津塗歷磴盤風急草消人影瘦水奔石滑馬蹄難數家柿葉浮朝火何處樵歌動隔巒遥羨老僧趨磬罷閒縫破衲待冬寒

登太行

何處名山足勝遊登高逈入白雲秋峯來大漠全分冀地脈中原更帶幽千里高寒禾黍晩十年生聚障亭修奚童解意時簪筆到處停鞭索唱酬

渡潼關

一葉遥從天際看嚴關鎖鑰舊長安星源帶繞華夷界雷首支分晉隴蟠鸛鶴摶風爭絶壁魚龍吹沫作廻湍朝氛欲散秋如拭又照西來舊笠冠

望西嶽

舊憶名山夢未殘重來空向馬頭看金莖遥擢巨靈掌翠邏還浮司冦冠萬古風烟常一氣幾年蹤跡共孤寒只今細指青柯外未覺當時拾級難

驪山懷古

巖巖西影渭川長指點雄圖廢敢傍丹嶂不消秦歲月青林猶繞漢風霜鴛鴦畫掩芙蓉砌翡翠秋高禾黍鄉只有溫泉温未歇時浮灝氣洗滄桑

遊五臺山入孫真人洞

真隱名區帶郭看扶來驛騎不須鞍林藏大藥松俱老路激雲泉石亦丹閲世烟霞留影靜入雲雞犬落聲寒懸知深穴垂燈處抱魄驪珠照自安

耀州太守唐木凌齋玩古帖

齋開寶晉散香芸刺史還叅學士勲自有星辰通灝氣肯容雷雨妬元文牙籤舊擁縹緗帙彤管新題白練裙老我問奇湖海客覊威他日總傳聞

公署雪霽仝傅午侯祥菴吉雲

不知縣圃向人開昨夜飛瓊戲玉來海漲驚濤天地合山封匹練日星迴凝花蝶粉旋成笋擁樹虬鱗併是梅爐火半銷圍冷話宜陽何處貰新醅

新豐道中

何處咸陽辨故宮幾家村巷說新豐朝烟一帶枌榆影記得從來漢臘通

温泉

不及若王賜浴時恩波東逝漸成澌琳宫舊是長生殿鎖向迴塘問綠漪

匙　昌字聖澤號叔菴著有雪窗存稿

檢書篋得嵩年兄草書

兄年過六十骨老堅如鐵從來面君王終身事卷帙華亭王士
壇倅首化清碧草書重南邦於今不可覓

閒吟

不識閒中意誰知靜裏天捲簾面修竹閉戶理殘編姤雨花情
澹喧晴鳥語妍館童無別事燒茗續新烟

賀　寬　子鷺度號拓菴晚號岑居順治戊子舉人壬辰進士授潮州推官內陞大理寺右評事性至孝奉母家居五十餘年好學不倦丹黃評騭寒暑無間詩古文辭為國初陽邑之冠所著有五禮輯要讀易偶象左國史漢序事今抄分國分年史斷本草傷寒摘錄日歷月令廣義歲華錄萬姓考訂驟山響齋詩集岑居居士全集燕山制義近草　拓菴工山水善書法房書尤佳歸田後一時在位君子如湯斌張伯行陳鵬年輩皆敬其人品學問而名士與之遊幾遍大江南北今秋江贈詩云八代起衰文以振三墳能讀學何專其推重如此

讀夏小正戲為集句十首

正月方啓蟄雉呴雁鄉北祭來先緯來負冰魚乃陟負風吹圓

韭凍塗去寒滌獺祭鷹化鳩均田田鼠出公田必初服良農及
雪澤參中斗柄下梅杏杝桃飾枯楊發其梯采芸以薦食蒲緹
鞠亦見桴粥鴳飲翼
俊羔助母粥蘘黍被禪礿中春綏士女丁亥萬用學獻鮪供王
祭剥鱓助興樂倉庚鳴樹巔元乙昴華閣昆虫抵其蚳堇繁或
巾藥有稊豈匱椰芸菜復榮蒻
參伏惟三月條桑以時攝羊羒楊亦萎桐芭正堪拂須冰及大
夫執蠶先子妾鵖鴽並緣化螻蛄啼晴穴小旱雖無畏采識當
祈奓
昴星見始旦南門正初昏寧蜒鳴於樹杏實登於園王萯榮其
穎茶荼幽其根大旱匪蟝蜮攻駒伏華轎
參星别昏旦仲夏有養日蜉蝣雪華羽良蜩炫奇賈瓜期詩新

衣藍蓼亦分列蕃蘭資沐浴煮梅供豆實鵙鳴歇百草而不害
蓺植蜩匿伏且鳴須駒辨才力斗柄或當尾氣序自茲別煮桃
次於梅化鳩始鷹摯
霖雨灌荼葦毯及蘋花秀淳潦生浮萍根爽曝其覆明河斕微
波織女軒羅袖裡子遂厥步寒蟬當野奏斗下天始旦是惟孟
秋候
剝瓜惟八月留人服元校剝棗先零栗丹鳥羞白鳥鹿人從君
為駕化反其兆辰伏參中旦後賢窮研討
內火火已入主火火乃出鴻雁隨南遷元鳥向北蟄熊羆貊貉
類穴居蓄蠙賁榮菊做祟飲樹麥儲康食季秋日在房負裘裁
元黓雀蛤化何奇飛潛理難識
初昏南門見織女向北寫烏浴羽於室豺祭獸於野化雉如化

雀養夜等養夏
王狩惟辜月利用陳筋革嗇人畢農事而敢從田役飛戈鳴在
天寒盛乃肆伐元駒貢於地卵蒜納於室角解始入梁虞人豈
竭澤

次阮嗣宗詠懷八十一首錄六

佇望銅雀臺遠在鄴城外鄴城何迢遞漳水相縈帶緬想芙蓉
池公子登高會蕭葉還豆萁歌咏胎戕害骨肉既以原詞章安
足貴

祥麟遊大漠田父乃敢傷宣尼驚南服狂士歎其旁天氣東西
變晷短愧枯梁朝槿非不榮未敢辭嚴霜如何高山松獨立歲
月長

高山無險巘跛羊躋其巔元冥有階基愚夫上窺天所授既有

定安問憎與憐夷嫫並千古後世區媸妍駿馬日騁馳駑駘棧下眠朝菌容到夕閟日眞長年

百丈章春花兩岸青浮浮臨流開廣面云是舊道俟高閣瞰崇岡揖彼崚高邱門前古時水長作萬古流不見古時人應知麋鹿遊

嚴霜亦已舒芳草何不榮驅馬出國門莽莽儼層城風過坎坷滅風靜輪蹄生一息備消長茲焉識人情安得絶塵埃躡影凌上清

遷延憑短轅涉水隨輕舟日夕進跬步道遠不自由百里半九十躑躅多煩憂跋涉催朱顏我與我何仇滄洲四壁滿高枕長臥遊

咏史四首

相如天下士未肯依平原豪舉不求士匿跡官者門捧璧易秦城九賓列廷軒懷璧竟還趙秦臣惜無言趙王旣鼓瑟臣亦奉缻盆一擊屬史書勇氣軼孟賁願避廉將軍獨與御者論將軍肉袒謝結交逾弟昆薦賢不受賞長守邯鄲閽

擊柝城東門侯生久避世信陵勁其朴一朝枉車騎迴轍過屠門公子躬執轡賓客盛冠蓋市人多睥睨交歡在樽俎設奇到牀第老將衰軍中生也今日斃殉名稱烈士實亦同徇利高蹈仲連子逍遥漆園吏肯捐七尺軀代人不平事

直道古所敦委蛇豈云詭不見嗣稷君讒言脫秦死短衣終侍漢屢進跅弛士長樂朝功臣綿蕞定儀軌法酒罷九行俯首不敢視拔劍擊柱人一朝畏天子易儲能死諍功不專圖綺剛柔運以時大知若流水亦有魯兩生抱蜀終沒齒

桓桓李將軍不數程不識才氣葢無雙簡易能愛士射石歿漢羽臥奪敵人騎帝曰不遇時老當封侯志所居藍田下呵止亦何異怒形千里伏一尉又逢醉徒羞故將軍福心竟深忌淮陰昔王楚胯下不留意殺之實無名大勇胡輕棄

汪晉賢碧巢書屋落成次沈山子韻奉贈

鄙居近市壓墻東除陋室營堂未及寢悉索琴尊質奈何灌莽盛荷鋤忘罷樹卒艱辛已免彈指若無術吾友詩驚人擬築青山宅修禊想蘭亭行觴倣梓澤筆墨憑心胸誰爲討尋尺圖成草堂就晉不煩區畫軒楹踞高敞懷㭊洗金碧北窗聽風開東牖待月闢空庭鬱嵯峨兀立黃山石傾欹怪雲頹歷落怒雷劈曲廊屢延佇磴道藉扶掖桐川非一流溪漈滙几席秋英娟娟疎竹響策策郤埽距絕交下帷肆著述塵囂闃然静疑是仙

源隔剥琢時有聲門外問奇客坐擁萬卷書任客從心擇

戲咏搏土爲瓶者用昌黎石鼎聯句韻頗效其體 有序

製瓶之法規木爲圓板以柱承之有機焉一人坐而足運之旋轉不定又一人製泥燥濕得宜板製之相若也因其機之不定也陸續昇之坐一人以右大指蘸水入泥中央一轉而爲薄兩手引而伸之得長按之得扁握周而圓之得大以繩絶其底得全大小不混也坯成刻許浴以黝水又曝得千百枚即内窰中窰如今庫室相次比數十間依山勢爲高下若重纍然其内器有序先下而後上有隙則以木支木即其薪也不使欹少欹則用瓶之燒裂者負之既負乃施火如内器也彌日火足矣足則去其最高之墼使透洞洞囑囑如金在冶也待

光熄即成矣司火者雖冬日如盛暑也汗霖霖不可止
相率汲水沃缸中水猶齒齒也乃取負瓶之破敝乘火
勢投其中則沸久之方可浴也冷則又投之其瓶直二
三錢狀粗醜甚而浙東西人資焉盛菹千萬也一器以
名其器而器復不精以是知業恒之可久也雖劣猶售
也覘此可以悟學之不恒雖材不獲奚咎哉

洪爐如大造鑄冶同一烹熄茲塊然土徵具金石聲觳觳一頎
叟賦齡軀彭亨負墻運圓機迅疾殊若驚百千守一式歷久意
彌貞藉我數指力不使斤斧爭屏氣示嚴冷幾欲絕冠纓懸拇
爲其規切繩約使平躋拳強櫛匏引臂綫抽萌豁然而中空渾
重無欹傾東來茗溪水縱橫漾澄清長艑復短舸推垛極豐盈
坐令萬家聚緣器名乃成春遊慰迴龍雨過天微晴攜屐走村

落坏積連屋撑既非宋公冎兼愧景山鐺渾沌如樸滿坎坷中
藏坑甫云離糞壤胡遽齊瓶罌野簌供午飯濁醪聊可擎清茗
不足辱庋幾酌甓美抛擲傳瓦礫取値固微輕羨彼執業鈍俯
仰得充盈譬如嶺蒙士兒園册常横嚼嚅不憚煩乘時亦飛鳴
悲歎顏倍子窮經媿專城顧盼頗自豪紛華輒移情組繪非不
工夫肯寒暑併翻令秋縫售譽㖂竟難呈我願篤志士鑒此時
鏗鏗瓦甑遇有時瑚璉詎埋名下帷重不窺毋俾異見攖切磋
復磨礱光芒曜天精寶器非脛走胡乃萬里行

早秋

秋氣幾時集青蘿忽殷紅灼灼芙蓉花弄影摇波中反嗤桃杏
艷趨時媚春風不見屈宋徒騷賦爭天工

大雨上虎頭灘

虎頭灘頭灘水逵懸崖千仞絶跟迹舟人肘行待雨應邪許百
聲進一尺陰風呼號雷雨劈浩浩洪波走墜石停舟摩蕩聲磔
礫蓬底嗚嗚索寃魄

門促織歌 張横山先生談吳中門蟋蟀事甚詳括其語爲長歌

蟋蟀蟋蟀近我牀引脰微吟何不平明月皎皎增蒼涼勸爾羣
族依吳閶琳宫露井廢苑傍啼風泣露聲琅琅黄頭稚兒及老
尫俯首帖耳趨且翔如聽琴瑟調笙簧熒熒燈火千絲囊乍起
乍伏風悠揚觸手恍惚同驚獐忽爾兔脱不及防尋聲復獲身
首强納以象管湘妃筒不然蘆葦成笱粱雕鏤古篆摩鏡光百
金買得遺宣皇明軒静牖如華堂肩攫爲糜沃以聚分門列戶
居倘徉自誇得材賁育良菓園雕盤黄金城兩雄小試聊拍張
優劣未卜齊詡揚紅牙鐵足雙斧斫各各自萬將軍行秋風懸

瑟傾吳城吳儂何惜千金裝明珠朱提釵鳳凰貪子摒擋褫衣
裳囁嚅老儒擲縹緗駢肩脅足緇與黃牽車負擔紛遑遑粔籹
粻粮充餓糧廣武鉅鹿古戰場壁上觀者非侯王赤旌白幟風
微飇豪者爲誰展兩廂辛毗枝節威軍營兩軍寂寂無周章不
用兜牟繡兩襠不用犀甲綠沉槍袒臂徒搏時絕吭掀翻騰擲
先一爭振纓却立前復抗拉脇斷脰厥角崩旅進旅退各重創
兩旁觀者如堵墻卷舌瞠目神色喪意欲趯趯同螽蝁忽聞軒
翥振一鳴其誰跳免如投荒急進窮寇猶力強拔幟奪幟分輿
亡須臾歸人如沸螗大半輿尸悲浪浪葉金作棺送全昌葬之
高原歌詠章封侯蟲達依西京僄輕屢提稱老蒼依飛射迹名
辛藏盧兒厮養不敢當主人歸來樂未央黃金滿籯帛滿箱善
珠曳綺搖明璫華鐙明缸酒炙行愽徒胥集局筵張呼盧王孫

守曲房功名橫草終茫茫番頭脂胸誰褱瘠幸逃葅醢如韓彭不如草間求活附其螢長依君砌登君堂彼獨何辜陷哭閒擢殘同類分低昂兎死猶令狐悲傷

觀番鬼希思吟等旋舞歌

廣州海外東南隅海島蕞跡昆崙奴髡頂鬈髮攢蝟鬚貝齒黑類目愁胡潛踪崖隙捕鰕組賀蘭誘致充臺輿航海大舶趨番禺遝來此曹千百俱眷城摐攘知歡娛朝霞袜首齊彤弧橫披十幅紅氍毹鏤銅纏絲貫細珠華縧振鈴厮琅如聯臂蹲轉狂歌呼嗎嘈咽啞聲糢糊脂腿飲血生雞鳧丹靑曹覇曾見無曾嘗寫入王會圖乃知異域尊卑判自黑翻笑此間衣冠靡麗難區識

鶴林寺重修陸丞相祠堂敬題 有序

覽備員湖州每歲祭諸先賢名宦因得拜公祠下外又有十丞相祠祀唐宋以來宰相謫居或始遷而後秉鈞者公亦與焉當厓山國變從公投海者三子其一子名鉌以晥遊獨見逐得留粵中子孫散居島上公所居青牀園址蓮花石碌尚在天井皆櫊如故墓道在南澳山青口而無定向疑其葬衣冠也獨不知公爲吾郡人從閲郭青螺湖中雜記知之獻詩以弔云云迨今三十年矣公賢裔甚章重葺黃鵠山祠來索詩并示郡伯王公碑爲賦長歌一篇兼書舊聞以補公家乘未及公既從帝溺海元時磨崖石書元鎮國將軍張宏範滅宋於此明成化時御史孫公瑁改書宋丞相陸秀夫死此故有崖山片石之句

厓門山頭海波立丞相從君棄舟檝六宮不動委洪流千人萬人不敢泣此時大海波濤翻黿鼉徙窟蛟龍奔陽侯天吳盡慴伏一空水府滋精魂丞相見君不見水正笏垂紳等冠履一人鼓勇衆義成吾君吾相先如此吁嗟乎古來慕義大有人孕胎雙骨枯千春彭屈沉身不沉族閩門塡海無其倫家國乘除如轉轂搓枯助餒何促速弃忠非孝聊斡旋人笑彼蒼徒碌碌張公監公如遠逃燕山信國尤酸辛累朝理學維國是千秋俎豆存君臣潮陽攝齋聰賜額書館麻園渺遺宅澳山青徑埋衣冠不敢摩厓一片石招鬼曷來歸故鄉乘龍駕螭蒞新堂奠桂酒兮陳椒漿翩然叱馭還大荒珠宮貝闕依君王敢令溟渤遥相望

望海行

黄木灣頭風力堅落日射水生紫煙紫煙吹不斷天地均茫然
連山走軸向西逝洄瀾覺未還東旋女媧補石不補水共工觸
天難觸淵神禹乘四載神龍負舟如蛇與蜒亦不能躡雲蜺上
碧落通其源元虛濡毫以作賦傳望乘槎而鑿空我生浩浩洪
波中長江天塹險且雄放舟飛去淩天風亦嘗泝清淮上黄河
涉濟水過衡漳厲滹沱沿泗濱溯沂流度汶水之洶洶又嘗宿
彭蠡考石鐘乘玉女戲天公艅艎千丈如飄蓬而我對之獨長
嘯從行徒侶多忡忡奈何乎走南徼禮祝融捫岣嶁碑擊漢銅躍
蝌蚪藏蛟龍俯扶胥之口上浴日之峯洞耳駭目不敢正睇蕩
滌鬱塞磊落之心胸下浮地極上應斗杓弦朔晦望子午分潮
南通占城日本西津荷蘭之異域東接甌閩北連瀛海萬里千
里浮筏而徃渡可以蜿祥雲將逸星鏕日月爲兩目崑崙爲頭

顱四岳爲手足嵩高爲心膂九州之壤爲脂爲膏惟此大海爲嘗衛呼吸吐納四肢百骸得以運動澤潤無枯焦五岳四瀆非不廣且大以海觀之如鵾鵬之與鷦鷯我生其間九牛一毛拔測潮汐玩弄波濤仰天不知天何高望海不知海何遠我其轡雲虬而拾海月又將餌犗貫綸法任公子之釣鰲

梁洪灘

梁洪之峯峯峯插天穿峯走壑聲轟然舟舟人呼水倒立白石齒齒攢戈鋋我昨放舟上石罅忽聞千夫怒叱咤洪波潑石盡分流左突右擊瞬無暇此間狂夫晨渡河生平不解愼風波羣漁集網共惆悵何人爲作箜篌歌

睦叔成贈余印章古勁得漢人法長歌謝之

老夫雙屐類椅桷楚遊不敢上衡嶽百錢買得岣嶁碑侏儒詰

屈誰剜削托平曾踏燕山塵岐陽石鼓澤不鳴摩挲遺文半苔蝕羅列參錯如星陳有吳君子出其後煙霏霧豈更難究穹碑其識延州來聖作物覩萬年壽我生促刺無所求抄謄蠹簡老未休自笑腕中疑有鬼春蛇秋蚓聲颼颼何暇探奇到金石仰窺斯籀窮波磔驚心瞠目終嗒然練裙晝被亦何益毘陵陸君入洛年典墳丘索時討研昭鉞戈帶手摩勒詹琥紀甗搜根源當年新息溥章句伏波成皋辨訛誤乃知古人學力極該博後生鹵莽輕書數我聞陸君猿臂射法奇中石沒羽石不知願君努力事韜略變化崔列兼魚麗憑將斯籀搜奇筆勒取天山絕妙碑

黃河清

漢津迢迢不可渡崑崙掃天莽迴互積石龍門時往還東盡諸

山復東注水波入立色正黃下趨淮泗上衡漳高岡千□倏而
走何況百尺之危橋我行初渡黃河濟爾時幸未逢吼怒連雲
排雪擁寒流蕭蕭白草悲風聚再則新決金龍口居人盡學不
龜手淇園千畝不復生榆楊荁莨苑如山阜今來放舟自淮安泝
波冉冉生微瀾明霞閃爍散金縷晚雲宛轉飛輕絮澄澄萬頃
如與玉蒹葭夾鏡俱含綠帆廻檣轉映波流夙昔驚顏換欣矚
我聞黃河千里纔一清翠嫣元漚符采呈古來大瑞不可再諸
公勉力酬休明

題吳子遠畫影圖

西潭先生生異秉丰神沒遠追箕潁少年遐跡東西湖濟踪直
躡雙峯頂九點齊州九點烟何云三萬六千頃如雲出岫隨風
去北窮燕冀西襄郢黃鶴樓前瞰洞庭仙踪倏忽君偏省勾漏

砂融般寶光月出庚方涵碧凝一朝棄置歸去來故里經過等瓢梗空山斗酒臨波濤噌吰鞺鞳中宵警月中靜觀鼻端白有客洗影圖其影先生一笑懸壁間紛紛舊影俱除屏良背之學知者誰客何人斯獨能領或云先生不肯持面向世人此語雖奇亦逕庭相君之背亦異人行庭不見全吾真冥然面壁如大椿

吳子遠寫晴雲出岫圖贈余因賦此以謝有序

十年前西潭過白雲齋出小像索余作歌歌中有求君筆墨之句久且忘之丁亥十月下旬五日值余八旬誕日君先期寫晴雲出岫大幅以是日囑其友郭子來張余廳事賓客觀者如堵畫不可及信尤不可及也今年仲夏過其江干寓齋言謝君留余飯兼索余畫因作扇

頭小景復系以長歌一首俾交圻余君知兩人論交逾
六十年而不渝也

西潭先生園綺徒夙生應是來清都南界山河無不可耆齡即隱東西湖縹緗鉛槧不去手金箱玉笈列坐隅有時潛蹤凌崎嶇莫釐縹緲連椒夫千山萬山指端出粉本不惜臨與摹飄然過我未二十自晳不見鬑鬑鬢縮帶相逢遂分手只擬會友在須臾睽隔忽然閱二紀猝逢燕市當交衢細數平生聲欬潤家山拋擲幾窮途先生交臂不釋手試來看我筆底煙雲驅重山復嶺頃刻就劍門棧道形非殊我時正苦行路難怪多險絕生艱險青門信美非吾土竟捲襆被歌歸歟懸君之圖念君厚却笑少文四壁曾有無一夕六丁苦搜索赫赫烈火摧肌膚石礫啣口不得語圖書盡絕子女俱回祿之日妾二子女四盡殤焉餘生較死懸粃

粹學仙學佛徒區區先生遊屐不可測風車雲馬不止燕與吳
西過匡廬憇襄郢朗吟黃鶴得見鐘石平黃金不成不歸去歲
棲何異黃公壺我年日增乃日減苦無大藥來相扶學書不成
腕有鬼學畫不敢稱小巫先生一諾同季布手揮蓬島來吹枯
滿堂賓客盡起立相戒不許指點污寶入懷寶喜不寐欲報愧
之琅玕珠揭來江皋探清閟再拜敢惜山徑紆先生屬我且安
坐江風浩浩吹短襦馳書每囑加餐飯一簞豈便虧山廚山蔬
野菜只常供手劈庞脯參伊蒲餔然黃髮無稠語各各善保千
金軀自茲相見勿嫌數年年不變山澤癯臨行囑我試皴染怪
君筆墨何遺吾我聞此語啞然笑雷門布鼓良非誣我歸賡與
荆關筆含毫吮墨謹步趨待君八秩長筵啓有鄉再蘇老公權
浮嵐潑翠果學就來報晴雲出岫圖

中秋夜鍾嵩招飲西湖上因病却謝

不敢怨搖落秋風吹病生異鄉人易醉今夜月偏明高臥動歸思登臨無俗情酒酣復何往古澗聽松聲

雄州道中

明月淨秋夜微雲度絳河臨流雙濯足倚棹獨狂歌欲說開關苦愁無鴻雁過滄江鄉思切聊以托清波

同吳江徐耀翁過柳汁菴贈三開學士

初地依林靜蒼然映古墻水清能浣俗花靜不飛香點易承朝露翻經送夕陽竹參新經曲還繞讀書堂

浙回夜泊

水國程難紀秋帆夜不停遠山隨日下孤棹破煙冥雁過蘆花白洲迴漁火青更闌依古戍空澗落寒星

宋陸丞相祠

潮郡古荒徼先生曾謫居墓田留海上饗室近城隅母子聚魂魄君臣光史書不知先哲在慚愧下南徐

江聲閣

九派來京日三潮到海門有峯藏澤國遊地即桃源最喜巖巒靜不聞車馬喧夜深憑眺遠漁火點江村

淮陰道上

參差楊柳映茅檐細雨斜風接暮煙十幅蒲帆遮故國一聲長嘯落江天人醒寂寞離居酒夢遶羈栖載別船山盡樓臺渾欲動淮南雲樹已茫然

釣臺謁嚴子陵祠

萬山迴會貫清流樹老亭荒野上頭漢室再經文叔定桐江一

任故人留縱饒薇蕨還餐栗即過巢由且飲牛千尺弄綸豈無
意先生不答水悠悠

喜得五代孫口占

高光重慶昔賢陳五葉俱稱第一人孫已抱孫年未艾祖猶侍
祖老安貧願依居士無災難敢學王家比鳳麟處約謹遵蓮社
約未儲雞酒會親隣

重登滕王閣

絳闕鮫宮奕世聞唐家帝子獨平分文章自足留臺榭山水偏
宜貯雨雲漠漠空江帆影亂離離芳樹浦煙紛檣舟遠上徘徊
久不羨韓公僅勒文
甌粵南通引百蠻峯圍湖面曲如環春來水漏遥侵閣雨後煙
生欲亂山楊柳青迴歌管歇梅花落盡酒盃閒五年風景依稀

變只記深秋到此間

重至濟寧

種種顛毛愧勝遊偶尋陳蹟暫淹留三周戰士華不注七子詩篇白雪樓帝力有田疑歷下霸圖何地畫營邱惟餘濟水源頭在終古涓涓不斷流

余至都下始知以潮郡醮事削秩戲呈孫莪園工部

閉戶正搜高士傳忽驚驛使爲開緘敢云水部交情淡却笑參州官味鹹棘寺豈能容枳棘柴門從此老松杉政成許爾尋眞去親向茅峯叩石函

古竹枝詞

妾歌落梅花君歌折楊柳花落不離根柳入他人手

誰家輕薄兒折我楊柳枝枝枝接到地是妾夫歸時

拜虞仲墓

脫屣商周古逸民從來採藥未違親兒童不願留名氏也識千秋避世人

孫發祥字麟仲號雪舫宏孝之子順治甲午舉人官儀徵教諭補懷寧知縣著東園雜咏

懷人

極目懷人遠秋高色倍踪衆山依樹杳一水抱村斜海岳虛傺杖琴尊伴晚花寂寥歌伐木鴻影傍殘霞

題獨樹軒

神奇惟此樹官舍一亭幽幹聳雲方礙枝橫月欲留撫琴喧古雪命酒醉庚樓花縣千年蹟詩瓢是處收

旅懷

白露橫幽素窗寒竹色侵衣覺驚體瘦蛩語報秋臨骨月音書

彝家慰問深憂來時卽席展卷復長吟

雨中吳同年攜酒草亭

連旬涼雨數霏霏滿徑苔新人跡稀門掩秋光裁奕譜鬪惂秋水對漁磯樹觧殘葉供茶竈酒載良朋坐翠微談到漏深猶未倦傳觴促膝興還飛

遊焦山值雨

帶雨扁舟過幾山蒼茫頓失古焦山掛帆足爲遊人興載酒何辭去路艱壁插半天朝霧捲松吟江上老龍閒相逢知已宜傾倒不盡潮聲雨岸間

美開卜招陪李宜中夫子遊北岡山

攜樽直上一峯巔極目平沙幾疊煙千里風帆天際出十洲雲樹畫中懸坐深逈若鬢眉古對久翻如襟帶仙半是夕陽留影

處醉翹泉潤憶當年

楊志遠字爾寧號西印崇正己卯舉人順治己未進士歷刑部主事出爲下江防道尋改汝南道河南布政司左參議

早發高橋集大風

寒空飛曉雨木落更蕭蕭客子衣衫薄孤村煙火遥草依日色冷山湧浪花高躑躅荒途裏嚴風槁鬢毛

遊惠山寺

閒侶尋扶石橋外山谿歷亂信步前汀蘆花白風瑟爾霜寺葉黄人悄然松閣推窗最宜淵瀨舟隔浦疑真仙爲憐勝地客來少獨有老衲談枯禪

訪潘江如隱居

風雨數椽託山楚荒郊煙火幾人家夏雲入坐看卷潤江水到

門竹木嘉烏啄櫻桃落胡豆畦翻苦苣栽寒瓜小橋穿徑望非
遠好趁明月採青霞

別錢礎日

別何微吟愧未豪長琴短席一丁操梧楸披暑螿鳴懶葭芠思
秋雁夢高劍氣初分天上影霜花忽染鏡中毛如霞閣外溯流
遠直入深溪不可招

荆柯 字劍盟號忍广順治甲午舉人乙未進士初任延安府推官改授叙浦知縣

九日遊湖心亭

萬頃汪洋湧練塘參差亭閣峙中央初培桃柳繽紛發新築沙
堤蜿蜒長把酒漫希彭澤醉臨風不讓孟嘉狂當年漁艇今何
在試一停杯問夕陽

賀王昌 字君開號祥菴順治戊子舉人任五河教諭乙未成進士授嶧縣知縣 祥菴氣象昌偉奇瀾之致如江

濤海端足令觀者奪
色所著有緒𦈏齋集

別朱俊民

悲歌燕市地當年與子俱春路桃李花攬轡驅南垂關河香無
極寒月照衣裾復此來京華執手慰所思飲我牀頭酒讀我架
上書滚滚長安塵焚香玩案居賴子慰蕭寂遺言吐瓊琚獻賦
仍未售顧影徒唏噓入籠醜放鶴樹水散遊魚古賢不可作仁
義委榛墟夢夢久不開天心定何如搔首向白雲夷險還太虛
風俗終不改倩子躬樵漁

光武廟

斬石還遺廟當年乃劇秦洛京兼創守麥飯削君臣點淡赤符
跡荒蕪白水人秋風嘶鐵馬村社繼明禋

山村

逺谷寒花滿洞源不辨名石奇争怒立槎幻故斜横溅賦狙公
餌聞臯鶴子鳴他時貞隱處幽事細堪評
秋喧村社遍野廟倚巖斜壁鏁含雲氣鐘敲飩上花石羊攢谷
口山鵲乳人家甲子誰遺歷星霜是歲華

謁西嶽祠和紫翔叔

絳闕俯秦川秋高西顥天時巡虞典備秩祀漢儀傳靈籟江濤
迥星文玉珮懸壇虚森眺聽明月上峯蓮

澤川同羅修仲賦

幽香巖畔出芳草半藏名谷斷雲容見泉飛石骨明夕嵐紛野
鳥夏木坐流鶯古驛殘煙裏空懐問俗情

定州

回首長安沓靄間披圖初紀古中山日高壕變黄雲色秋老城

圍碧樹斑調馬按鷹當大陸哀笳清笛過嚴關何年風月餘雙店一路楓林照客顏

眞定府

百尺高城千頃波嚴關自昔險如何提封右輔神京壯俠氣諸陵劍客多山接雲中窮朔漠河通津衛下滹沱出車井牧猶遺事聞道南征已凱歌

潞城道中

鎖鑰神州絕險開雄關極望鬱崔嵬天門高向雲中闢地軸平分日馭迴萬疊邊城排鳥道斜飛澗水抱龍堆古風不減陶唐舊儉俗還歌蟋蟀來

山行

先冬點雪作輕寒忽訝梅花向嶺看猿穴半崖依澗立鶴巢孤

木受風安溶溶碧乳雲根落疊疊蒼烟天杪盤身在極西飛鳥外不知何處憶張翰

望西嶽

削成華嶽是何年突鎖秦關半壁天掌出巨靈擘日月盆從玉女濯雲烟三峯灝氣分蒼壁千尺秋空插碧蓮指點靈蹤高鳥外振衣空欲攝飛仙

驪山懷古

驪山極望翠烟籠依日寒花輦路通千級芙蓉還繡嶺一池菡萏舊離宫幾朝石馬秋風裏何處金鳧夜月空惆悵周京烽火後只今興廢盡圖中

長安懷古

武功太白數峯明萬古晴雲舊帝京樹歷隋唐成詰曲碣開秦

漢尙縱橫崢嶸雁塔誰題字指點麟臺半入耕韻事雄圖俱寂寞梅花笛裏落寒聲

易水懷古

祖道衣冠白已紛悲歌西指氣如焚披圖秦殿懽迎客擊筑燕郊泣送君短劍自能酬國士長虹還復動星文蕭蕭易水餘寒在古戍荒烟極目分

仝張登之宵采潑曹持原眺古南池　杜工部南池詠卽此

誰家亭樹闕城邊秋水明波好放船小沼雨餘看鬬鴨高枝日落聽鳴蟬一區菡萏紅雲宅八月蒹葭白露天辛苦拾遺曾此暇錦堂容醉臥曜靈

賀王尙　字古修號　邑文生

讀鄧長曾先生奉高載筆有誌

百代詞人孰比肩先生大筆號如椽吳門白馬非真說泰世蒼松是妄傳雲檻風寮增曠蕩晴巒雨岫助鮮妍從來封禪皆河旨稱引前賢識更淵

荊振日 字仲艮號和齋順治戊子舉人乙未會試副榜歷官鉅鹿嘉魚榆次三縣嘉魚榆次均入名宦內陞兵部職方司主事

荅石臣書宣問

正見榴花發低簷簇小紅遠書今日到尊酒去年同晚學心難細孤吟語未工有懷緘不盡片席待秋風

庭梅

春風昨夜發簾櫳暗香入薄暮天無雲人與鶴閒立

夏之謨 字陳夏號祗菴順治丙申郡歲貢生官江寧教諭

司空八景和李百嶼先生原韻錄二首

丹竈蒼烟

桃花源裏境非常中有真人斂藥囊玉液餐餘泉尚碧靈砂煉就色猶黄蒼烟靜鎖迷幽徑明月高懸照草堂仙去千秋丹竈冷長松謾謾弄笙簧

三島流霞

孤嶼霞流映碧泉恍疑杯酒樂前賢衣沾紫氣通三島座對薰風拂五絃吾代亭臺留曲水習家池館鎖蒼烟劉伶悟得無生訣願乞舉頭畢暮年

張仲馨 字朗我號堤之子順治丁酉舉人

醴泉

詞源傾倒拂縑緗北斗新看挹酒漿天近東南趨瀚海水歸江漢得汪洋葦來鐘乳三千兩不數銀瓶第二湯僕有烟霞時抱

辯一尊可否僉膏肓

鄒玉成字茗文號　順治丁酉舉人官上元教諭

醴泉

至治光華旦山靈競降祥休徵推建武瑞應紹初唐琥珀珍同色邪簡遜異香甘泉能獻賦簪筆紀來王

丁　鄒字又孟號五百順治丁酉副榜邑庠鄒生所著有半日堂詩稿池璧堂合稿

古友十九首贈三水王黙菴夫子

人尙知心士尊友德窮處五交之一猶高於勢貽之倫貴居三揆而三定薄於長賢之輩乘馬未下乘車未下繄壇之誓空存苟富無忘苟貴無忘耕隴之言安在域袛視璞三獻寧棄於卞和騏驥等駑一顧肅希於伯樂衣衣我食食我慳縑粟於千鈞風風人雨雨人惜齒牙

於九畹此邱成分宅愛猶及於異國之妻孥而羅尉砦門恨無解於當時之賓客今之王子獨佩鋤符昔與丁生同穿鐵硯霜晨月夕研芸編者已廿年雪曉霜月敘蘭譜者如一日生於蜀長於蜀知蜀道之行難官於吳學於吳知吳人之未達飄蓬萬里余敢驕人借樹一枝卿還憐我屬在風波幾於同覂相救同病相憐猶存故舊至是乃見交情乃見交態徵祝朱於今難免庶孔邇在吾可方三十八人表素水青松之色一十九首曾可雞白犬之文挎七雄而遡春秋何多烈士立兩漢而沿唐宋迄少良朋如之何未如之何高風誰紹無有爾則無有爾古道焉存

左儒　杜伯　西周

宣王欲殺伯而非其罪儔力爭之王曰汝逆君而順友儔曰君道友逆則順君以誅友友道君逆則順友以逆君王怒殺伯儔亦死之

法不加非罪攖鱗義敢辭讜論陳順逆知己豈怕私聖明如轉石悔悟倘在斯笑從九原下友臣兩得之

管　仲　鮑叔牙春秋

仲與叔牙賈分財多自與叔不以爲貪知其貧也謀事多困叔不以爲愚知時不利也仲薦桓公問叔牙可屬國乎曰惡惡已甚不可以爲政

人嘗不得志知我並生成分財多遜嫪時屯意繫更周旋貧困外提挈立功名屬國疏其短明哲保友生

公孫僑　吳季札

札見僑知舊識與之縞帶僑獻紵衣

古人重神契越國僑所欽偶然貽縞紵因之將素心世議紛投
報藉以結黃金未聞遺玉使多儀享德音

惠施 莊周 戰國

莊周著蒙莊惟施爲知已

流水調彌高成風技更絶知音苟不存琴破斤亦輟漆園洸洋
詞千載庸稱說當時索解人不得即捫舌

張敏 高惠

每相思不得便於夢中往尋但行至半路即迷

意氣可僞作夢寐得其眞但恐晝未思入夜自相親神至境亦
造非果有蹤循結交何用多寤寐只二人

羊角哀 左伯桃

聞楚王賢同往謁之道遇雨雪計不俱全乃併衣糧與
角哀伯桃入樹中死

樂願世所希輕生寧不苦凍餓意自甘往哉力須努衣糧計萬
全同行兩無補兩雪天何爲激之成千古

廉頗 藺相如

頗肉袒負荆謝相如卒遂定刎頸交後漢廉范慶鴻效
之時稱曰前有廉藺後有廉慶

面交屬文士爾我相詐虞刎頸矢靡他眞性在武夫聲氣樹私
黨正朋爲國輸後有廉慶者尤效及此無

王吉 貢禹 前漢

吉字子陽與禹爲友世稱王陽在位貢禹彈冠

締交藉梯榮已非道所安況有高鶱翼故卯舊侶翰嚴陵都帝

聘故責今人雖但得紙汲引塵冠不須彈

尹　敏　班　彪

每談常晝不食至暝夜徹旦曰我輩久語爲俗人所怪

如醴飲甘詞正論窺遺跡豈知同心言唱酬互領益不畏俗人

怪忘餐溢朝夕析疑共賞奇高蹈悲彭澤

公沙穆　吳　祐後漢

穆遊太學無資糧變服爲祐賃舂祐與語大驚遂定交

杵臼間

飛鳳翔寥廓四海求其鄰倦遊遑太息豚廝輩難親恒情忽所

近矧又賤而貧寧知杵臼間一顧有賢人

雷　義　陳　重

義舉茂才讓與重刺史不聽遂佯狂披髮走鄉里爲之

語膠漆自爲堅不如雷與陳
朋友合一身章服如桀已同心稍不堅成名背讓彼車笠雖有
要易言寧終始膠漆力能開誰能解散此

范式　張劭

式謂劭曰暮秋當拜尊堂及期設雞黍候之果至劭葬
日柩不進移時見式素車白馬號哭而來即喪執引柩
乃前

亦有登堂約及期誰憶茲耿耿設雞黍于里果不辭萬一邅不
至兩心仍諒之素車來終事故日告無虧

羊祜　陸抗晋

祜與抗對境使命常通抗遺祜酒飲之不疑抗疾祜饋
之藥即服之人多諫曰豈有酖人羊叔子哉

忠信麗甲胄君友兩無訪諫徹亦用亂坦懷寫無隱言莫獲矢
石王事仍肅將庾斯虛發矢奉公道未將

謝瞻　范泰　南北史

瞻不營當世與泰爲雲霞交

濁交多塵滓消融卽徑中水雲了無競行坐意俱空望衡歡情
義庶繼此高風無爲北山笑雲霞契不經

魏元同　裴炎　唐

二人交能始終時號爲耐久朋

舜華過日中蜉蝣生及夕不似今人交終朝數變易置壞濃淡
間百年保無隙白首愈新知晏嬰嗣在昔

李白　杜甫

甫懷白詩渭北春天樹江東日暮雲又夢白詩落月滿

屋梁猶疑照顏色

天生才並世見姣似蛾眉如何春天樹夜月總相思乃至夢魂間情惻前致辭眞才吾誠愛性命以爲期

韓　愈　孟　郊

郊窮而介愈一見定忘年交詩云吾身化爲雲東野化爲龍

兩貴交相易下賁良獨難豈無靑雲友偏愛此郊寒窮士謳文詞不忍布衣看羣蟻知羶附寧解雲龍觀

元　稹　白居易

稹鞫獄梓橦時居易在京與名輩遊慈恩寺詩寄稹曰忽憶故人天際去計程今日到梁州稹果及褒州亦寄居易夢遊詩曰夢君兄弟曲江頭也向慈恩院裏遊千

里神交君台符契

人不相知心面靚意或背一室千里遥安用此時晤深州慈恩寺兩地如五在風流後世傳庶免俗交誚

韓憶　李若谷　宋

二人貧同赴試京師僅一氈一席約分之每出輒更相爲僕若谷先登第赴官自控妻驢憶爲負箱後憶亦登第

窮交有眞樂樂在無別離一旦雲泥判反勞兩地思饑食同擅席更僕出入隨徒步亦自足奚事乘馬爲

寄家書

千縷相思尺幅中歸雲莫謾去匆匆丈夫聚首麋鹿賤子离家如燕鴻看到燈花今夜好想來月色兩圓同雙魚若解人亦

事往復平安一日通

東　廣字疎先號雲菴順治丁酉副榜著有百花樓詩文鈔詞鈔又與同邑吉士劉肖練溪二子制義

別壯永清

纔得相逢日胡爲竟速奴持杯心已亂握手意難違芳草迷村徑和風試葛衣離懷奚得慰極目送斜暉

劉　斌字錫予號允軒考職候選府經歷　後學東澧填諱

登焦山望海門

焦山岌嶪摩青空勢聯浮玉疑天工古壁丹青座怪石樓臺縹緲如珠宮江水滔滔去不息焦巖兀立居其東東瞻滄海杳無際目力欲到安能窮潮來一綫如白練浩浩遠天山盂眨望中萬里盡空明海門應有蛟龍變潮去潮來那可測直疑精氣遠南極波濤朝夕浮天根江海茫茫同一色當年江右屬吴孫今

日江濤尚吐吞危亭拾級登高望但見江流出海門

漁父曲

水之涯山之麓蓼花行蘆花宿不脫簑花曬酣足曉起散髮撑孤舟江波浩浩千里緑得魚换酒笑向天月落空江自歌曲

燕子磯夜眺

空磯無復燕呢喃怒被江濤日日鑱樹擁高峯映山郭烟籠廬閣隱松杉應憐暝色還携杖待聽潮生好挂帆卻羨巖僧片雲臥一聲淸磬落塵凡

湖中曲

小艇過迴浦停橈一逗遛前朝擘蓮子曾墜玉搔頭

蓼灘

白蘋洲上夕陽中千穗花開映水紅撑入釣船看不見一聲漁

笛起秋風

朱昌緒字子述號纘菴順治乙亥拔貢生始從休寧遷居丹陽官至武昌府知府

春柳

長亭亭外野橋邊冉冉垂條百五天若爲落花低拂水卻因啼鳥亂浮烟濯來細雨含新翠扶得輕風怯舊眠謾説永豐坊更好風流是處總堪憐

桃花爭艷李舒英輸卻含烟態自輕影拂春風飛燕燕枝留晴日語鶯鶯征人短笛三更淚少婦空閨萬里情多少關心離別處春來何事故相迎

呂城懷古

笳鼓銷沉旆纛空猶傳遺蹟此城中危橋早市孤城外更有御人問阿蒙

曲阿詩綜卷之十六

丹陽後學劉會恩時著輯

國朝

姜志珏 字公符號靜宜崇正癸酉副榜順治丁酉歲貢廷試第一授沭陽訓導著有易說訂義春秋內外傳訂義正史約參杜詩纂註遊我園詩稿靜宜制義清籟刻摯詩則秀骨天成清音自遠

秋海棠

忠臣血化碧思女泣成花心根滴入土不死終自芽花花紅是面葉葉緑粘蝸涙血漬丁畏幽懷祇自嗟切切秋蛩語縷縷爲花想天地一情動微物各有故胡爲江上妃涙洒竹如膏不見黃沙積獨有青青墓

歲云改矣距春朝十餘日風雪霏霏花朝莫問漫賦短歌

歲華已換臘未同花信遲遲春不來雨絲牽雪霏片片溜聲滴

癡心如摧風欺裋褐門常掩酒敵重寒樽獨開撚鬚高咏少生意欲問橫斜屋角梅

除夕

日月了無異闃然一歲除黃金偏傲我白髮故愁余碌碌此難遣悠悠爾自如何時山裡臥寒盡不知餘

天津

瀚海千秋鎮雄藩一水連悉掩蒹荻岸沙沒渾雲天國計籌鹽筴鄉書隔樹烟戍樓空百尺不障祖生鞭

夏日泊舟登城霞閣

煩暑不可耐登高且繫舟橋虹落當面墻影倒中流霞散城如晝潮平寺欲浮微風入窗隙倏忽似新秋

中秋夜仝潘遠公前溪歸棹

一溪遥隔舍雞犬暮烟中碧水印新月輕舟蕩細風菱花入夜静蛩語到秋工知已同歸去良宵應不空

舟泊大壩橋寓宿村舍

薄暮上橋堅孤燈小店明交門槐樹幹壓坐豆花棚月出天如洗村喧秋有聲主人不相識茶竈見烟横

暮宿七里橋小菴

危橋斜日落維纜晚潮平艇影掠人影梵聲雜櫓聲一龕同臥佛雙眼伴燈明地窄偏容我身安夢不驚

夏飲吉和姪孛園閣上

修竹干雲一徑開曲池環檻興悠哉坐對烟水齋題舫幔捲空明鏡作臺馴鯉窺人吹白浪野禽呼雨趁黄梅觴行莫謾辭沉醉回首斜暉樹杪催

題元暉姪讀書精舍

柳巷朱門帶夕曛，別開三徑護元文。高林壓屋仍多月，密竹圍廬不礙雲。砌草著花分筆綵，書床經雨對爐熏。屐痕恐印青莎上，且自端居諷典墳。

早秋

雨過衡皐人迹稀，綠苔封逕晝遲遲。風將荷氣清文簟，日轉桐陰覆曲池。天上橋凭靈鵲渡，人間秋到草蟲知。倦來拋卷虛窗下，一枕羲皇夢亦宜。

遊馬步寺即延壽寺，明萬曆朝張太后建

梵榆穿雲樹渺茫，南朝舊寺甲諸方。門搖黍綠高低色，院落槐黄歷亂香。古壁畫禪呼欲出，老僧說法石爲狂憨僕和尚。層樓更上頻依檻，眺望空濛接帝鄉。

韓莊弔韓昌黎墓 墓近湖山

竹籬茅屋日斜曛客路蕭蕭此弔君攘斥異端明大道崎嶇謫宦有孤墳湖翻白浪源歸雪山送晴嵐悵嶺雲象教只今猶未息九京還欲草彈文

抵家

半載離愁悔事非携材旅進亦旋歸小兒近喜爭呼拜老母牽衣認瘦肥蓼蓮風波驚未定心忘得失倦相違一身去住飄如葉自幸還山好息機

垂釣

一笠衝烟趁曉晴柳堤花岸好逃名熊羆人斷溪頭夢魚鳥偏增濠上情得失原從塞翁起是非不向釣臺生持竿盡日機邊坐鷗去鷗來共結盟

過陳商玉宅

夜雨偏偏對一樽曉窗秋氣入樓新竹稍直寫湖州勢松頂翻傳狂叟神座集王賓過象緯巷分南北隔風塵前溪聞道堪垂釣何必桃源好問津

夏日述懷

閉戸攤書興未衰扶笻散步倦方回竹經夜雨干霄上松起秋濤入枕來十載京華成蝶夢百年世局付蛇盃先生擬買青山住泡畔閒鷗莫浪猜

珥陵集上尋潘澹公不遇賦此寄之

幾度相招過酒壚我來君去跡偏疎門懸巨筆非關鳳壁有狂歌不爲魚徛閣夜孤徐孺榻花鄰蕭掩子雲居欲尋片石獨儀渴笑看如狂國似盧

荒中獨梅

雙螭擎得最高枝蜜釀幽芳百和奇花朶與梅都不似清寒於我是相知冷親爐火推愁去香帶霜華入夢宜好伴吟窗破岑寂銜杯對爾欲支頤

題中郊姪村居

爲愛林泉偶寄家同看隱隱白雲遮晴溪魚暖宜垂釣春水磯平疇紗雨過麥勻千頃翠風來香散一庭花鄰翁招得前村飲伴我歸途有月華

謁崇眞宮 宮在興濟縣破城旁明宏治張太后誕降故里

昔年曾祝呈祥地不委荒城洵可哀砌草不知門久閉花開猶向步虛臺

荆克堤王事字凱音號問方順治庚子舉人知南郾縣行取候補

書海忠介瑞公事略後

主長瓊州氣吐虹，俯看權要若蚍蠓。聖顔屢犯身顚死，屬吏頻懲法本公。清且有爲方是介，廉而株守亦非忠。可憐後世無能者，聞說剛峯頰已紅。

潘之彪 字文山，號退菴，順治丁酉舉人，辛丑進士，授溫州司理，奉裁歸，知逢溪縣，著有琴態堂詩文集。金沙蔣太史虎臣超爲之序，稱其清脆爽豁，一氣傾吐，聲情並到，有珠圓玉潤、波委雲屬之妙。文山四川分校，己酉、壬子兩科得人最盛，識拔寧張鵬翮於寒微，課以詩書，噓植成立，爲當代碩輔，知人巨眼，世嘆莫及。

社征大捷恭紀 集詩經

皇王惟辟，照臨下土。世德作求，先文允武。奄有九有，適觀厥成。無思不服，媚茲一人。懷柔百神，王猷允塞。敷天之下，莫不震疊。自彼氐羌，大邦爲仇。俾民不寧，我是用憂。維彼不順，蠢賊蟊疾。職盜爲寇，自貽伊慼。有嚴天子，整我六師。桓桓于征，惟能惟鼉伐鼓淵淵旂旐央央修我戈矛弓矢斯張乃叀侯堡突入其阻武夫洸洸有力如虎於爍 王師赫赫業業執訊獲醜一月三捷 王奮厥武蟄之維之既伏其辜肆其靖之屈此羣醜四方既平羣黎百姓既安且寧 王曰旋歸亂庶遄已矣其文德載櫜弓矢允也 天子無競維烈蟜蟜虎臣在泮獻馘卒見昭考以享以祀四方來賀百辟卿士宣昭義問秉心塞淵受天之祐于萬斯年

登玉甑峯 峯在温州府

峯形如甑高峙海濱歷十二盤而至絶頂星辰歷落如挂檐前東望朝曦紫綠萬狀雷雨出其下界登之可以眺山外之山海外之海真奇觀也

我愛雁宕奇冥搜問靈泉中途怵荆棘蠟屐別有緣回首眺玉

飫清興忽高攀透迤入翠微突兀凌蒼烟行行百林杪俯視鳥
去還瀑布從空來萬丈水簾懸欲落不肯落隨風散珠璣巍峩
十二盤振策臻其巔忽見大海橫蓬壺指顧間白雲滿石牀拂
拭天上眠凌晨眄東曦紫綠態萬千雷雨出下界陰晴分各天
黃冠去不返丹竈猶宛然攝徑覓西際喧豗浩無邊側聞蛟龍
吟腥風鼓重淵窮覽若好古探討還鑽研安能謝塵坱結廬旁
雲壓

陳拾遺讀書臺 臺在射洪金華山頂

李唐一作者遭時苦蓬藟千緡市胡琴手碎宣陽里散盡百軸
文才名貫入耳正字非美擢上書竟忤旨解組賦歸來終爲墨
吏死至今讀書臺巋然江上峙

奉和茂衍先生登平都山詠

我愛平都山枕江聳峗屼洞壑既縈紆林莽尤蓊樾雙屐入翠微俯視已超忽振衣躋其巔樹杪懸金闕拂蘚讀遺碑捫蘿覓仙窟試茗汲石眼題詩劃山骨狎人麂鹿群林間時出沒諸峯盡環翠拱揖如搢笏臨風浩歌發襟期曠若揭坐聽林泉音無琴亦清越興盡薄言返斜暉在殘碣

登太白樓

濟上有高樓縱睇曠天宇雕甍俯層城朱闌落清滸山遠青屏開天空白雲補不知何年建賦盡烟與雨相傳李賀儔醉月此飛羽來游浩胸臆所懷在千古

讀前五代史五首

雲裹湘宮寺煌煌金碧天落成瑤佛地歛盡賣兒錢紺宇夸新搆鐘簴已暗傳當年驅殿處人說侍郎賢

趙鬼何人斯能讀西京賦芳樂擬建章麝蘭充丹墀金蓮湧地
生乃是妃子步宮成蕭鼓入愁殺涪陵路蕭鼓謂蕭衍兵也
長鯨雖授首短狐未革面一朝被山龍談元集朝弁鉦鼓動地
來尚御龍光殿圖書竟何辜灰飛十萬卷
宮人妖且閒賦詩多麗藻妙選付新聲酣歌達清曉長江忽飛
渡玉山正頹倒可憐麗華血遂赤臨春草
西苑鑿池臺規模陋仁壽春葩發霸柯宮月回白晝曲中清夜
遊馬上嬌歌奏至尊太上時回首濕衫袖

多景樓晚眺次壁間韻

步出北城門攜羣探勝蹟崇岡亘山椒迤邐歷雙屐直上淩雲
亭寄懷頗放適雲影與天光萬頃同一碧嶔崎矗孤峯磊砢蹲
怪石鷗鷺三兩飛帆檣去來織層樓引遐矚多景姝婉澤遊人

身樹杪網戶傍巖隙商風送海潮兩岸驚濤拍烟開淵渚清寰
映江天赤金焦若雙鬟微茫挾於腋縱目盡不如茗椀供甜息
披襟對晴昊俗慮爲之抑繁華六朝事滄桑動悲悶流光逝駛
鬢心曷爲形役羨彼漁樵子綠簑臥苔磯游久不揚頻年辟
火熄霜鬢臨清秋良辰倍珍惜坐嘯復行吟徙倚向日夕興盡
薄言返攀條下絕壁

懷古

子長辨李陵蠶室終不悔司戶得嚴譴鄭虔供奉棠放廢白李少陵
悼二公遺詩有淚在丈夫遇坎壈不幸成玉碎生死貞不渝慷
慨見前輩嗟哉晚近交反覆雨雲能青松落顏色此道竟蒿萊

弔費宮人 崇正甲申年事

費氏才人年十六窈窕盈盈貯金屋香輦初承雨露恩翠黛含

鞏違山感一朝流矢集銅駝玉釧金鈿零落多才人翻身赴眢井如泉涕泗交滂沱蒼天欲顯宮嬪節鉤出胭脂氣將絕悲啼宛轉不欲生斷郝柔腸肝作鐵賊見無雙洛浦姿向前爭奪何其癡紿云身是長公主若輩無禮無相施羣賊擁之見賊首內官審視曰否否遂與部校攜出宮佯言願奉箕與帚但佘實出天潢肖欲偕伉儷必以正將軍擇吉婚禮成妾身生死一惟命詎賊置酒飲極歡醉時勸進杯未乾矣然懷中利刃出斷賊之喉復自戕可憐明主蒙塵日羣象猶然知飲泣世沐君恩豈乏人二八蛾眉報仇急

石虎殿行

石虎作殿殊奕奕大武高懸金字額瓦縫參差灌漆成甃以花紋龍鳳石黃金作禺白作璫明珠爲簾玉爲壁流蘇高頂青蓮

花七寶珊瑚象牀飾下穿伏室通明光五百羽林森衛戟超舞
燕歌隔絳紗千門萬户開閶闔誰知神器別有歸轉盼銅駝在
荆棘至今襄國宫門草戰血年年染成碧

登岱歌

巖巖自昔表東土拔地崢嶸作天柱肩輿行過萬仙樓若拔飛
翰空際舉何人歇馬丹崖前古洞飛流翡翠懸（山下有歇馬崖水簾洞）秦
松漢柏幾年代至今捉霧還拏烟歷盡巑岏須更上直向天門
策筇杖千巖萬壑盡附肩脚底白雲如白浪白雲飛去復飛來
爾時上昇何有哉紫霄帝座金爲闕洞府真人玉作臺玉臺金
闕真縹緲置身不啻蓬萊島憑空一嘯剛風長抱膝孤吟山月
小丹房石枕睡夢清耳根喔喔天雞聲披衣起見海水動朱盤
浴出八表晴此際去天僅尺五捫蘿更覓登封宇磨崖唐蹟今

尙存無字泰碑待誰補玉檢金泥事有無明堂朝會憶當初七十二君輦道在姓氏剝落莓苔餘我今覽勝一延佇呼吸將通紫虛府欲叫天門訴苦辛恐驚天上神仙侶

趵突泉

濟水濫觴自王屋其流常見更常伏東過陶邱至歷城淸池突出三堆玉三堆玉立淸池中無冬無夏長淙淙彷彿蜀劉與吳魏一時鼎足相爭雄晶瑩如冰皎姓雪噴出聲聲不能咽誰穿地脈生波濤倒射靑天落瓊屑我曾看盡天下泉中泠玉乳自涓涓水簾瀑布多就下此獨直上干雲烟何人布置當泉流樹石亭臺事事幽十二朱樓傍雲起紫府眞人居上頭憑欄一俯見心賞與玉噴銀絕塵埃我欲取試蒙山茶只恐蛟龍亂飛上

峩嵋伏虎寺可闇上人攜華陽先生所修山誌並山中茗

笋見訪

蓃蓃扣門驚睡起何人剥啄到吾耳啓視乃是峩肩僧瓢笠東來八千里相逢訝我元髩改熟覩知師碧眼是手携山乘作者誰云出華陽蔣太史贈我蒙山頂上蓉玉版烘成竹胎美老慈一見笑不休祇恐茲緣仍夢裏獨憶携琴蜀道時問關問疾常至止（王子季秋問蔣太史疾於伏虎寺）窗臨古雪摘星低坐入空青去天咫雙飛橋瀑濺奚囊欹鳳臺苔印屐齒掃榻留我雲中眠眼底繁華如傲屣杖藜入去峩山空劍棧風烟連越巂（王子冬先生卒於錦官明年冬滇黔亂作）前蹤成後猶遥望蓬萊隔弱水（言峩山之不可到）一朝迅掃清蠻烟萬里還歸語桑梓別後花開十八春屈指流年疾于駛忽聽空中飛錫聲來爲故人探生死飯炊脫粟藜作羹說法還聞四歡喜追遥拄杖復何之行將南海禮大士計程雁至返芒鞋

定約重過吳霜盡

錢塘觀潮

浙江九月錢塘潮，雪山擁到青天搖。勢如萬馬爭騰超，不周觸崩怒不消。老龍吐沫腥風臊，勁弩失鏃天吳驕。長年逆浪競喧囂，蛟宮出没同飛鰐。觀者如堵江之皐，砰訇不數三峽濤。須臾潮過都回橈，津頭但聽舟招招。

蜀道坦

吁嗟危乎蜀道難，連雲石棧高嶻屼。上臻無極下無底，行人郤步多蹣跚。劍閣峩峩並七盤，青天道路生飛翰。當關虎豹蹲桓桓，磨牙吮血人作餐。聽說邛崍九折坂，王陽心悸旋征鞍。陸行峻若茲，舟行膽益寒。岷江東下吼千灘，砰磅訇磕雷轟般。上有瞿塘巫峽赤甲黃牛萬仞之峭壁，一線竟失高天寬。若非亭午與夜分不見烏兎雙跳丸下有盤渦瀺灂之驚湍腥風鼓浪蛟龍攢艷瀕水痕分象馬榜人上下喘息嘽啼猿兩岸尤凄酸一聲慘人意二聲消人魂三聲客淚傾闌干吁嗟人言蜀道難蜀道之難難在險今日人心險更奸管鮑交情臭若蘭乘車戴笠輸肺肝一朝失勢易失權翻雲覆雨興波瀾舌鋒腹劍不可禦九嶷對面驚相看張陳蕭朱自膠漆凶終隙末堪長歎人情屼嵲若此極縱有五丁拔山之力誰能攤鸞叢且作坦途觀嗚呼鸞叢且作坦途觀

弔淮陰侯

淮陰釣時亦碌碌胯下曾甘少年辱進食王孫只自憐仗劍從人每蹙縮國士無雙物色成登壇上將一軍驚還定三秦只傳檄囊沙拔幟鋒誰攖燕齊趙魏指顧收楚歌一起重瞳愁漢家

王業既底定，河山帶礪庸須酬。誰知兎死烹走狗，百戰功高竟何有。僞遊雲夢已成禽，紿縛旋歸婦人手。心迹千秋孰與明，湯湯淮水猶吞聲。君不見客星灘頭垂釣者，流風萬古桐江清。

登黃鶴樓

崔顥題詩處，來登最上頭。可人今夜月，極目楚江秋。去鶴何年返，閒雲任意留。更誰橫鐵笛，吹破客邊愁。

巫峽

青天巴子路，續竹上江灘。未容猿猱窺，行棹神鳥接飯丸。峽長憑地折，壁峭失天寬。一命君恩重，休言蜀道難。

百丈牽舟上，烟嵐處處迎。猿啼傾客淚，鳥語作人聲。赤甲千尋立，青天一線明。崎嶇雖見險，贏得畫中行。

牒文死虎

辛亥六月有虎食驢於城隍座前血流滿地爲賦之以

告三日虎死溪中居民取以獻

忽聽咆哮甚難將陷阱收邀靈憑壘牒服猛有清流不作河東

渡偏從濠上浮豈無苛政處差可質於幽

登峩眉山萬年寺

華陽先生臥病峩眉麓之伏虎寺余往問之將登峩眉

巔至萬壽寺寺僧極言山頂雪不可上廢然而返時九

月望日

策杖來銀界梯天上七重烟飛雙澗瀑月掛萬年松煮雪陪僧

話登臺弔隱蹤（下有楚狂歌鳳臺）下山衣袂濕攜得白雲濃

旅懷

巴國已銷兵天南客未行烟收千嶂碧月到兩江明脈督青峰

少思歸白髮生何人開蜀道筆先不能平

出蜀

薄宦八千里離家十四年赤眉方就縛白髮乃言旋路出登天

道人乘載月船瀟湘一片水紫繞客愁邊

荻巷阻風

荻巷人烟鬱孤舟到此停磯翻江浪白橋鎖晚山青雲影連吳

樹秋聲度楚汀石尤殊作惡鎮日纜歸舲

東甌山水圖

余赴任甌李郎以到任之日奉裁兩庠士子於其行也

繪東甌圖各賦一章裝卷軸以送詩以謝之

秋風匹馬向東甌官舍誰知一遁鄒未與溪山留宦蹟郡懸卷

謝公詩句乃春池已斷詩人夢春草池在溫州蠟屐曾從畫裡遊送客江

倘情不淺江楓海月總離愁

宋荔裳臬憲入覲之後蜀都亂作公亦以疾卒作詩哭之

畫舸秋風下蜀關行將北上繪氏鄭燕臺雲月供吟嘯劍戟烽烟詩觸蠻忽聽修文長夜去獨憐大雅一時刪入經離亂還思書何必聞猿始淚潸

得京口張太史寄書却憶

當年簪聚共長安獻賦金門托羽翰春雨並分宮禁燭（戊戌御試春雨詩己亥再試瀛臺賦）瀛臺同飫大官餐（御試二次俱賜饌賜燭）七年蜀道花磚夢萬里燕雲錦字函此日朝參知不愧應憐天末有寒官

舟中聽鄰舫吳歌懷友之作

輕舸短楫溯烟波極目蒼茫意若何一路花從愁裏看今年春向雨中過入離蜀道更猶休地近江南淚轉多何處思君最腸

斷招靈祠下聽吳歌

周丹申中黃昆玉招飲

始信交情我輩眞相逢白首却如新人歸亂後兼悲喜話到尊前倍苦辛竹葉香浮新醱釀梅花艷發故園春醉餘剪燭頻頻視恐是巴山夢裏身

烟雨樓

畫棟凌空面面湖憑闌極目意踟躕由拳城郭傳秦史檇李池臺憶霸圖幾閱滄桑樓外月不關興廢水中鳧何人蓑笠青蘋裏長作烟波一釣徒

錢塘懷古

靈秀東南此地鍾問來周覽數扶筇射潮有客千鈞弩立馬何人第一峯夾岸湖山雲影裏六橋烟雨畫圖中踏驢放鶴無消

息極目青青原上松

平山堂漫興

先霜雁字到邗溝蠟屐重來得勝遊海內文章祠永叔竹西歌吹説揚州平蕪隋苑池臺地蕭瑟山堂草樹秋二十四橋明月在不知何處問迷樓

楊家園漫興

城隅別業占烟霞廬舍周遭竹樹遮青破徑苔因聽鳥然分池張爲澆花秋菘春韭畦畛課烏几匡床隱者家不向主人通姓氏興闌歸去夕陽斜

觀物篇示子六首

鸚鵡猶能言山雞愛其羽讀書不成名草木同朽腐

靈鼉解應更鳴鳥知求旦爲學不及時安能自璀璨

渴不飲盜泉熱不憇惡陰所親匪善類詎能懷好音
伯勞能勸耕莎雞知促織男兒不勤作將爲饑寒迫
日中則必昃器盈則必溢持躬戒自滿謙卦六爻吉
危不在劍閣險不在太行世路多屼嵲吾心有康莊

葛曒 字念蒼號旭園一號復菴蒼公長子布衣著有旭園初學草

遊彭園

名園饒勝槪數頃値新開石詭松盤閣橋横水護臺老藤縈作幄蠟屐滑卿苔閒向空庭坐禽音竹裏來

嚴灘

每陟灘嫌礸行舟幾度停捫蘿梯石磴悅鳥坐山亭臺冷雲歸岸江空水落汀天然幽境闢面面嶺皆青

和錢駁少徙居丹陽原韻四首錄二

一肩行李荷綱常卽次茅簷倚練塘竹響石窗風戛翠詩成草徑菊堆黃家貧自況莊周鮒節苦誰憐蘇武羊滿眼蘼蕪烟若夢爭如葵藿只傾陽

此日浮生總屬殘流光如電擲花欄浮槎莫繫身同梗知已相投味若蘭月篇蹤橋梅韻古霜揮中夜劍芒寒何如江上風濤靜好去三山着屐看

游柯山

眞入禪地萬山重石壁天開鑱削工一線玲瓏通碧漢雙松蟠屈戰長風無緣覩局傳仙着還喜逢樵話舊蹤蓬島卽今游便是聚杯清嘯月溶溶

吳期遠字子遠一字紫遠號西疇布衣善山水工詩魏叔子安樂窩記謂其畫筆純乎篆意特手莫能抗行少時猶有着色山水老年則純用墨筆矣著有安樂窩詩鈔江都吳園次爲之序

題畫

叠嶂迥且深，長松秀而茂。峯高白雲寒，石古蒼苔厚。幽人隱其間，寄傲倚南牖。似愛衆壑奇，鎮日獨昂首。一叟抱琴來，遥見隔林藪。絃中太古音，欲對知心剖。伊予好烟霞，玩之難釋手。恍臨少室遊，冷然絶塵垢。題詩寄賞心，一笑還無有。

登焦山

山團片石大江蹲，澤國蛟龍不敢吞。寺比金鼇幽寂勝，名因處士隱棲尊。烟籠樹色寒巖洞，雪噴濤聲走海門。試上幾層凭佛閣，江光四面伴僧論。

印金潔字次眉，號方山，一號隱節，邑文生。次眉與郭樹聲、虞元傳皆時修年受業弟子，詩名亦在頡頏間，陳彭年極賞其詩。

練水漁舟

桃花片裏白魚肥楊柳堤邊一葉依欲共月明歸去好還須沽
酒道人磯

惠山樵笛

斫得青松帶月收臨風一曲自悠悠携將寸管雖非鐵吹落梅
花幾度秋

白鶴瓜畦

吴山松柏暮棲烟鶴足原來兆有先白鶴已隨雲影去尚餘青
草自芊芊

黄塘丹井

井上荒碑字未成猶聞空際步虚聲當年丹藥無消息道士還
燒折脚鐺

石潭秋月

天闊寒泉清且深月涵秋影共升沉只今湛湛非無意爲寫幽人一片心

簡橋暮烟

流水溶溶一簡餘誰知擲處有雙魚應憐鱗角成龍去故作烟雲混太虛

延陵孔碑

肇雄守土幾曾完獨有延陵片石安古塚不隨芳草没筆花常挂斗牛寒

經山銀杏

不滅吳剛月裏柯層陰千尺影婆娑自從花雨臺前落想見精談客已過

姜大澄字元燭號邑文生著有吐月樓詩集元燭爲士昌之孫能琴善詩與葛洲湄魏叔子崔叔明韓少

伯沈方鄰及家靜宜甬埜爲莫逆
交家道中落猶彈琴咏詩不輟

貞女篇

王淑貞字伯庭金沙儒家女許配於于于死守節不嫁
耆年稱未亡人同邑張明弼爲作傳大澄爲賦是篇

有鳥翩翩來止孤桐縹青的皪飲就飛蓬宛頸獨宿不識故雄
鸚鵡能言文雉失色寡女不嫁孩婦語塞　縱矜衰絰聊用
相莊不樂春華焉知秋霜　其風浩浩其雨淒淒嗟今之士兮
人二其心　竹則有筠蘭則有芬嗟今之臣兮不一其君

城東門行

飛鳥怯鷹隼孤客畏健兒鷹隼多橫厲健兒非仁慈徒步出東
門意謂軍行遲忽見熊虎羣船騎紛驅馳遇之必相挽韋韝或
攜貲衣冠不乘運解紛何所資得間離孔道喘促奔葭萑短樹

覆我僕荆棘泥我髭前隊去已盡覓路由荒陂秋田下白鷺晚
稼人影稀溝塍每相類欲步先懷疑問多亦自厭童子還見欺
忽及鄙老人揖我入茆茨扣我來何方留我共餔糜我辭飯未
入指我僕當饑山盤進肥炙黃粱及新炊呼茶急漱滌云不沽
村醪但恐日西没悞君公及私遣僕導我行使無失路悲擔端
望我去翹首爲移時我心念其誠言動無矢詞純朴盡如此三
古奚難追

餞君行

丹陽殘瘁邑使君神明姿嘉聲洞千里實惟廉與慈方期久道
成大慰來蘇恩豈意遭彈射德化不究施攜我練亭霞採彼商
山芝高志非不遂奈何此遺黎遺黎古所哀借寇起衰疲吾儕
不自棄勇蹈古人規願言叩　九重萬遠行無貲具跪啓上官

又吾拙言詞上官鑒我誠憫然者久之但稟蕭曹法不肯違權宜權宜奚不可僕僕徒爾爲已矣勿復陳忠信恒若茲遊彼不得回出毋還無期衆雛繞膝啼正母臨行時

馮鄉哉謁鳳陽學博葛公歸以紀遊詩文見示率有此吞

馮子磊砢士不作今世賢澹然如高秋爲知桃李妍夙有詩書氣慈良保其天仗劍遊中原囊中無一錢迴車投故人故人困青氈衙齋足風雨蕭客惟粥饘默默兩傷惻信宿空言旋

清明前一日初遊老林宿葛湘湄山樓

驅車赴前期荒途莽縱橫行行至老林謖謖心竟清門巷只平直古屋數百楹雞犬靜若一川原寂無聲嘉哉桃鄉辰而鮮桃鄉情儀入太古宅高揖羲黃氓

岑樓鬱嵯峨風雲朝暝通揖我拾級登豁然開心胸岐嶷兩稚

子父執肅我躬未及盡寒暄新詩出懷中白日映丹霞古香瀰
高空酬我治平策儒術浩無窮媿彼茂茂者彌年事雕蟲湘湄示我治平十策

送沈方鄴遊羅浮

羅浮四時春耀眞表天闕幽人仙山行皎若華照月山含鴻濛
色遲君互開發君攜何句來鸞鳳嘁百粵

再寄吳德乾楚中時久無音問

我懷同懷友謫居楚城陰雨貽桂樹篇一片氷壺心浮雲起膚
寸九閽杳沉沉可憐青鏤管難致瑤華音數見萬藹花開落寒
江潯昨聞襄陽賈尺書比南金時楚有擎報始知楚天遠不逮吳山
深借問屈左徒有無江上吟

閏人盡蘭停筆

湘簾半捲蕉雲綠一縷茶烟裊還續芳心脉脉何所通蔚蔚青青爲一束神閒不肯自迫促展素含毫且凝矚眼波注處生綃香將葉將花理先足侍兒屛氣手足支間整髩鴉渾不知

長齡遊山左以金卮錦叚易得東書堂帖歸爲之歌

今之墨林誰大雅春蚓秋蛇稱作者不爭骨韻爭皮毛槽頭欵段皆天馬卓哉梁𢡟王賢藩工文章貞珉鍥古帖藝苑推金湯廷珪墨本徒相像絳州潭州亦塵坱是帖由來近古初鍾王虞褚飛英爽無何代變色曭䁅豹隱虬潛寡識當可憐淪落魯朱家有如寄士韜榛莽鄧子岱來飽朮芝一見瞠目詫其奇探囊不惜錦繡段益以雌雄雙屈卮攜歸展玩勝拱璧白首國工皆動色陳列商彝周鼎間居然一代稱法式鄧子沃我金叵羅陪前瘦影舞婆娑鄧子假我錦段襖芒鞋禿髩添醜老何如共向

東書堂俯仰名臣古帝王嬉遊翰墨消骯髒壟耳興廢忘滄桑
君不見芒碭山下黃麈昏子孫隆準今無存

哺兒行

按國語云越王載稻與脂以行國中孺子之遊者無不餔也無不啜也元人馬遠繪是圖予得之因題其後

越王吞氣甘四俘種蠡權奇謀沼吳載稻與脂行下邑時時振窮兼鄺孤馬遠國工工莫比千秋生面呼可起珍餌纖羹盈翠盤花鐙彩飾流霞綺一夫手飫飥大兒汪眸眸欲落一夫調七箸小兒招手不得住小兒轉盼七尺軀大兒鬑鬑且有鬚餐成帶甲十萬夫彎弓躍馬當吳趨吳趨困鬬無斗儲吳王酣眼臨姑蘇伍胥大夫死屬鏤陰絕三江帶五湖吳宮踐爲麋鹿區幾回懷古心踟躕長歌慷慨重披圖

白鶴山寺謁孫陵志感

昔朝陵寢地寺後一荒陂飛鶴不知處樵人無盡時蒼梧千古淚白下屢朝祠興廢都如此吾今理釣絲

送吳德乾赴武昌郡僚

念君千里去回首雁飛聲老大官初補艱難別屢輕大連揚子渡春滿鬻熊城吾慾隨君意無勞弔屈平

楊升菴

羅舒二子外殿擬又名揚（正嘉以前殿元以直節著者首羅一峯舒國裳並公而三）對仗褫宮鑰提戈戍永昌平生甘瘴厲百代凜彝常定有輪臺悔褒章到夜郎

重九前雨窗書悶

是處有高臺浮雲鬱不開窮愁何歲盡風雨一秋來室謫紛難

副官租賦急催黃公壚畔好遊往莫徘徊

近見一堂祖居時已易主扁額亦不復存第中有空同大復兩先生詩碣并失所在

我祖批鱗後羊何把臂深青山存浩氣白雪入高吟燕語空梁遍雞碑舊簡沈寥寥松菊短落日共蕭森

題葛湘湄燕遊日記

古巷窮經客閒懷鮮世情只能爭楚醴不肯憶侯鯖萬里圖南翮三春塞北征歸來聞載筆蘿月小窗明

登邑西城樓

孤城高倚白榆秋策杖躋攀散暮愁漁唱幾聲停落日練光千丈湧丹樓華陽雲起連山暗淮海潮來抱地流莫訝滄桑多變態闌河依舊古揚州

方坦庵自貶所盡室南還有寄

當時盤室度居延憔悴靈均又一天豈謂陰山揮淚罷郎遂
丹詔拜　恩偏三朝宮錦重盤鶴兩世春燈再賜蓮謂令子方以智報
稱可能無薦達文章誰似子雲先

湖上

野老棲遲十畝間調琴放鶴白雲閒偶開半閣正臨水忽湧一
峯何處山上樹寒烟弄窈渺隔溪黃鳥鳴間關林花無意自開
落時有幽人相往還

楊西印先生自部郎晉楚憲寄懷

分手鋤園已十年知交零落最堪憐時鋤園主人賀仲來新歿能無對雪懷
交道況復登樓念仲宣時方有海警同人不無依劉之思吳苑夢餘芳草路楚
江吟處木蘭船相思命駕情何限欲贈瑤華奈各天

送賀贍度北上

曲阿詩綜

巖有高松裳有荷方從舊社問羊何其如海内思霖雨且聽山中長薛蘿驛路秋風吹短鬢　帝城春柳待鳴珂惕䫶侍從甘泉暇白雪新詩應自哦

雨霽登金山

苔長烟消草樹秋妙高臺畔雨初收攫拏龍象金光湧水月江山旦氣浮地界中原雲浩浩天連北極夜悠悠儒生蠟屐還憂杞何處春風王粲樓

續夢句示吳劍麓

夢劍麓贈余七律僅憶五六句云将酒爲生于落拓爲花感遇爾風流之句戲續成之

屈指當年汗漫遊德鄰重卜鶴溪幽窗前草綠各緘戸天上月明同倚樓將酒爲生于落拓爲花感遇爾風流相期定有千秋

在野水閒雲任去留

病中喜沈方鄴見枉村墅

愛爾篇章似賈周翻勞興發久淹留誰因狗監知司馬曾有王筠遇隱侯驛使殷勤探疾候新詩稍落寄離愁遲期同醉蘭陵市歲晚高歌一泝流

讀梅村先生銀泉山詩明鄭貴妃塟此山已被盜發

團扇題殘班女愁謂明光宗毋王恭妃涎涎燕尾倏長楸三朝典奏壽昃史四皓功成此贊沆天上玉棺何處所人間金椀任飄流經行耆舊還詞賦腸斷銅駝没故邱

題銷夏灣吳王避暑宮遺址

行宮窈渺衆山間長夏重湖景物閒泱漭萬千年澤國浮沉七十二烟鬟京生帳殿人初浴風落山椒水一灣忽報君宮梧葉

冷可堪秋老屬車遲吳將亡時童謠曰梧宮秋吳王愁

姜大中字中如號南埜初號餞郿布衣著有南埜詩集

棄婦詞

出門何淒淒嗚咽不敢啼明知恩決絶故作纏綿詞道旁草色多松柏與女蘿女蘿性不移松柏堅如何朝看園中花暮看田中黍孰謂黍不如飼饑猶是汝三歲苦食貧相愛亦相親一朝人意移棄故如埃塵

夷門行

夷門監者名侯嬴七十棲遲無所成一承信陵虛左待遂殺晉鄙傾泰兵睥睨朱亥亦奇士千斤一椎供驅使世上屠沽未可輕有急亦能報主人

山胡古贈睦修年楊爾成

山胡古水胡今道人結契在幽林道人有道塵不侵樵夫牧豎時相尋渭濱莘野藏不固鹿裘高士余欲妬

落花歌

昨日看花花色鮮今朝看花花欲眠延至明日花不見紛紛滿地鋪紅氈花開花落尋常事花下老人顏色異自言亦是看花人到此關情不勝淚少年猶憶看花時花意花情總不知騎得竹竿名是馬編成楊柳插爲旗二十以外漸長成緣知花態日盈盈千金不惜一回醉此日終邀後日盟豈期好花不長好昨日嫣紅明日草床頭贏得一囊金從此芙蓉日枯槁只今年已六旬餘碌碌風塵未息居耳目可知聞見少艱難猶是道途趨一腔心事爲花道花自傷心人自老後來不少看花人憶得余言亦潦倒

馬陵道上

落日照秋山荒城去馬閒刹園青嶂裏人在白雲間靜夜天如洗空林葉似刪柴門無犬吠流水自潺潺

望家信

春花發故苑游子滯湘江酒到非難醉愁深不易降客心依日月歸夢遶鄉邦望斷湖南雁無情倚北窗

野望

水闊猶啣日山空亦度雲荒原餘寂寞落木映繽紛猿嘯一天淨鵲飛兩地分吳江風月好此際向誰聞

偕荆識韓秋郊遠眺因起鄉思

秋色憑黃葉詩懷寄白雲一年長是客幾度欲從君雁信何時到猿聲不可聞茫茫洞庭水歸思向誰云

別溆浦諸友

一夜西風起歸帆不可留同心方間隔執手正綢繆尚欲乘良晤何須悵倦遊離懷知自劇采葛怨三秋

黃鶴樓

客自乘黃鶴人還醉酒樓舊題驚李白新句失曹郎別緒縈三楚歸情寄一舟不堪楊子望無限大江流

贈黃孝子

黃孝子名洪元父國相爲虞庠溺死時洪元十餘歲與弟奇元思報父讐後數年於稠人中斫庠血肉如糜乃詣獄爭死有司義之釋奇元而繫洪元事聞　詔釋之遂爲倡稱光空里人爲詩歌記其事余亦竊附其後

一劍報先人謳歌道路新鬚眉今古勁忠孝本原真趙武名猶

在申胥志已伸羨君生事了朝夕誦 皇仁

寄仲聯弟

蕭瑟茱萸爲憶君那堪寒雁泣離羣霜飛吳苑方開菊客到燕山欲寄雲席上漫歌金縷索閨中已織錦迴文長安亦有清秋月政恐砧聲不忍聞

向作水中雁字詩有數行書信寄漁人之句流播人口友人索其全章余時已茫然更爲賦此 崇正甲申作

誰將鐵筆篆銀河錯認山陰欲換鵞漢國使臣鄉信到瞿塘戰士提書過文章高下懸青昊蝌蚪聯翩漾碧波猶憶舊時民困日題成中澤痛如何

道上

九十春光大半過不知風雨近如何已拚山色從人老無奈鄉

愁只我多興到欲尋啼鳥迹情深自賦落花歌斜陽歸道憑漁
父岸柳垂絲天氣和

九日

江清如海碧雲浮共許龍山此日遊秋色總输陶令菊閒心欲
賦仲宣樓閨中應自憐紅葉醉後從人笑白頭未得茱萸歸正
好晚風樵笛一聲幽

江上過黃介子廢園

臨波看醉月擁水問凝雲舊日繁華處而今不忍聞

寄所知

有夢還添恨無詩不寄愁春風今又沒何處問歸舟

寄内

去國五千里思家十二時衡陽無雁到莫訝寄書遲

北固經年別南徐何日還洞庭湖自好猶憶洞庭山

閨怨

春來一庭花春去兩行淚怕見鏡中人容顏日憔悴

採藥問當歸更摘車前草轔轔聽有聲不礙還家道

秋夜

秋色無情上薜蘿空堦涼月夜如何閒心欲聽南來雁又是猿聲一枕多

閨怨

應是衡陽雁不飛那緣書信寄來稀朝朝江口西南望一片帆歸到郜非

賀慶 字仲長號邑文生仲長長於樂府英思快筆奕奕動人

東門行

出東門欲何之男兒志顯達一車兩馬走京師一解京師道上颯風沙行人憔悴長容嗟金裘做盡無光華恨不青門學種瓜二解種瓜人自賤此事終難羨努力獻書北闕前天王自聖臣自賢三解人生賦命有厚薄賈董功名遜衛霍更有三尺小兒建高牙登纛幕指麾英賢氣噩噩四解大丈夫不得志但當飲美酒擁名姬朝擊缶暮吹篪行樂在林藪富貴須何時五解不見二桃殺三士至今纍纍湯陰墳不見二桃殺三士至今纍纍湯陰墳六解寄語長安人金門休射策天地一洪爐古今一過客七解

淒切

淒切復淒切一年數遠別乍歸已心酸慮君憶長安長安何足戀風沙利如箭看君歸日容不是去時面白日不我留金風又

報秋秋風誰最多清閨與道周知君無兩意剪瓜與君議君再出門時爲妾生兩翅

君馬黄

君馬黄臣馬驪兩馬同行兩心相知心相知勢相依吾家男尚王君家女册妃各有百尺巍峩之甲第爭誇五侯交綺之光輝贈以千黄金之寶劍酬以照十乘之明璣丈夫重意氣況復俱雄蜚醲酒盟道旁要言久不違聞者感嘆息此事最難得管鮑不足論陳雷未爲極誰知急難與君見君自揚鞭吾自賤

公無渡河

公無渡河公無渡河河水深深渭濁涇清涇清猶可渭濁殺我小鯢含牙長鯨磨牙意欲齧人何疎何親行吟散髮有舟無檝横沙亂流驚湍滅没公無渡河所全實多爲公哀歌公無渡河

將進酒

將進酒酒能釣詩三百首詩成膽决氣凌雲上前直叱高將軍妃子新妝嬌捧硯帛題只有趙飛燕燕啄皇孫古有之開元天子知不知

俞金 字也僧一字酒人自號練湖漁者工詩晉山水人物金壇人隱於丹陽湖堤村墅

練湖春泛

烟雲如畫裡草潤綠抽新水漲波橫練山陰霧作巾絮浮漁認餌花落燕啣春前浦披簑者江湖一散人

題畫

綠樹新篁欲送春古泉亭畔不逢人誰將一片雲林石遮斷千秋俗士塵

荆子適 字季超號默亭歲貢生任江寧教授陞峽江知縣著有太極圖說西銘衍義大學士熊賜履爲之序

陽春歌

冰泮雪消回泰運，青帝乘時布新令。山川物物被光華，朝野元元盡得慶。滄海波澄鯨鯤藏，玉關烽斷貔貅定。夜明丹霄回斗杓，堤看花草傳春信。流鶯遠集奏笙簧，音協簫韶引鳳凰。漫向名園陳綺席，繽紛蜂蝶携霞觴。蕩子出郊乘繡轂，采桑拾翠人如玉。畫樓風微紫燕翩，鏡池日暖紅鴛浴。紅鴛紫燕自成羣，萬蕊千叢綺錦雲。但願花開長艷艷，莫教花謝亂紛紛。艷艷紛紛惟瞬息，安得長繩繫春日。世人惜春恣宴遊，我獨送春春寔寂。不學相如賦子虛，不學楊雄奇字識。年年春去有來時，人世青春難再得。柴桑偏愛掌中杯，世間榮利等浮漚。醉從獨眠吾柳下，春風披拂坐消愁。

錢邦寅，字敬少，丹徒人，邑文生。與丹陽賀裕菴、葛復菴諸名士雅相善，後居丹陽之延陵鎮。有移居丹陽原唱詩。

四首一時和者皆當時名手著有歷代徵信錄明詩鈔若
華堂詩草楚游草稽古稗鈔敦少慷慨重義因兄開少
出游閩粵棄去諸生以著書為事每登高望遠輒
思其兄悲歌痛哭年七十卒門人私謚介節先生

九日登多景樓

山高風起角聲哀秋色千峯入望開華髮行藏還殢酒黃花節序祇登臺烟籠遠浦孤帆隱雨洗空江一雁來指顧孫劉征戰處眼前誰是濟川才

荆子真 字亦仙號雲軒太學生著有雲軒詩集

瓊花觀懷古

瓊花一樹為誰開碎玉奇葩絕點埃贏得吳歌收錦纜至今遺恨六龍來

世間花木本無端空想瑤姿映月看歌吹不知殷鑒近後庭纔罷望江南

朱昌周字肇基號咸貢生以孫貴勅封翰林院編修晉贈兵部職方司主事肇基以畫竹名兄子迷以書法名弟子長以畫蘭名皆同居雲陽號稱朱氏三絕

自題墨竹

寫成推潑林於竹墨色勝於綠色多識得此君堪免俗子猷身後有東坡

題小幀墨竹

閒來畫竹竹如真密葉疎枝逈出塵一尺已饒千仞勢只疑與可是前身

題竹贈冰輪上人

百尺琅玕勢若龍高標不與衆芳同曾邀 宸翰題空隱移向禪關伴遠公

悟得虛心是本師僧寮次第挂參差月明夜靜跌跏坐那有秋

聲入耳時

諸葛程字鵬翔號瀛南邑文生

雲陽三十古蹟詩

葛子曰景物與古跡不同景物則山水滙聚或樹木幽深可供登眺堪入畫圖古蹟則歷來相傳載入青史耽奇之士以備尋覽而已景物與古蹟强合爲一者謬也雲陽之景十二既各爲圖同志者賦詩以誌之矣其爲古蹟如延陵孔子碑者不乏列之得三十焉竹塘先生加之題咏尚與考古者共之

延陵孔碑

碑在邑西南四十里季子廟中相傳爲孔子書其文曰烏虖有吳延陵君子之墓祠在延陵鎮西九里俗稱九

里廟云江陰縣中港道旁亦有豐碑文亦相同或墓在彼然世稱季子必曰延陵或曰祠後即季子墓也

讓國王孫至聖題文身遺俗變端委行人絡繹祠前過下馬垂鞭揖古碑

潛龍遺脫

相傳建文讓皇帝得楊應能度牒從地道出都城至丹陽碧霞宮薙髮從此遯去髮瘞廟後下有石函作小石浮圖以識之碧霞宮前有佛寺寺前有石橋曰偃龍橋今御容藏其中光首右偏衣織金袈裟氣宇不凡其云半邊月兒者是也

新蒲細柳暮春時燕子飛來占一枝無限傷心重回首舊巢何處更啣泥

白鶴瓜畦

白鶴山在邑西三十里相傳孫仲謀之祖某種瓜於此瓜熟先祀山神神感其誠擇地山中爲葬其父誡曰下有物愼勿縱之開壙將成有白鶴起於壙中冲天而去驚異之頃又一鶴飛起其下復有鷇翅毰毸欲動者始異神言遽以棺壓其上遂名其地爲白鶴山其後仲謀僅得鼎足或言羊叔子事與此畧同鷇將奮起折其一翼尚出折臂三公也遶山多良田旱潦弗虞

白鶴歸來水一灣淸溪飛過又靑山瓜田正在山深處不是東陵住此間

九里沸井

泉在季子廟東南百餘步古井數十泉源自下湧上有

如趵突與蘇門山下百泉萊蕪郭娘泉相類但有聚散之分其井湮沒過半使滙爲一沼亦猶是耳以其神物無敢汲而飲者

淵豁古井列雲根亂累珍珠粒粒噴胥羡蘇門山下水不知隨處有仙源

經山晉杏

經山寺在北門外四十里寺前銀杏樹一株中空可置雙榻外環車三十乘相傳東晉時寶誌手植寺中又有文石一塊高廣數尺具五色斑斕文人名爲袈裟石云

一樹離奇絶復聯人傳一馬化龍年秋來黃葉堆堦砌老衲袈裟石上眠

普寧寺鐘

王珉捨宅爲普寧寺有洪鐘一懸爲唐中和四年王十四娘鑄通體色黝緑有硃砂翡翠斑相間細作四蒲牢以捧之擊之聲聞數十里直奇物也張子季跋小字僧彌丞相導之孫中領軍洽之子王十四娘不知係何女子或者其苗裔云

僧彌甲第作僧房又有王家十四娘夜鐘聲鼓不住不知長信與昭陽長信昭陽王十二娘事借用耳然稱行而不繫其夫或亦守節之婦歟王十三娘名蘊秀

修陵辟邪

修陵梁武帝葬所在邑東門外二十五里今爲皇業寺寺前二十里日陵口一小渠通漕河日蕭塘河有石辟邪二高廣二丈列河之東西土人名爲石麒麟者也王父月川先生有修陵石辟邪賦小序獨詳别載專稿

舳艫垂夜抵横江麵作犧牲血食亡怪石猙獰臥荒草漁樵隔岸說蕭皇

雙樹流芳

邑東十八里漕渠之南有雙樹距陵口鎮西二里自東門外至此一路皆遺沙漕艘過此苦其淤淺撑挽甚艱雙樹以東水深清澈揚帆直指無留滯矣諺云過雙樹船不住漕船旗丁往往識此爲驗云雙樹流芳四字成語出楞嚴經

丹陽郭外放行舟十里沙泥水不流直過蕭陵雙樹下不須朝暮望黄牛

丞相孤墳

陸丞相墓在邑東南四十五里相傳宋丞相陸君實盡

節南海其子孫以其衣冠齒髮招魂而葬之墓高丈餘若邱陵焉今墓上生碧草冬夏蒼翠不凋如吉祥草有樵采者輒病土人名爲陸丞相墳

孤臣海上淚痕斑手抱雛龍躍大洋齒髮衣冠封馬鬣野人相聚拜斜陽

狀元故里

皇甫冉字茂正天寶十三載狀元及第官止右補闕弟曾字孝常登進士官止殿中侍御史兄弟皆以詩名其先世赫奕曾祖敬德澤州刺史祖价樂平縣令父頴中散大夫潭州長史兄弟七人冉居第五故里在邑東南四十里珥陵東南五里曰皇甫莊子孫無讀書者不知其先覆姓俱冐姓王氏云

天寶年來尚有居山莊空說舊門閭飄零古蹟無尋處先代遺碑信本書

葛仙丹井

葛仙井在邑東南四十里老林兩井相聯石欄加環玦汲痕數十深數寸許井水澄澈異於他水遠近數百里來觀千摩目識留連不能去世無陸鴻漸不知作何品第也入號仙翁煉丹井云

丹砂灼漏竟何心浪說神仙直到今傳得昔年丹井在石欄斑剝甃痕深

玉乳流泉

玉乳泉在邑北門外廣福寺俗名觀音山泉出石穴中或曰卽浣沼泉也劉伯芻以爲天下第四名泉井欄堆

玉入分玉乳泉三字是宋陳堯佐所書先子磊齋先生有玉乳泉賦

天下名泉在此中錫山涴沼不相同汲來玉乳烹新葉爲問當年桑苧翁

沈山漆燈

沈彬字子文其先洪州高安人好神仙之事隱居雲陽與廬中齊己貫休爲方外交唐末浪游湖湘元宗時爲吏部郎中嘗策杖郊原手植一樹語其子廷瑞曰吾當藏骨於此及卒伐樹掘地至丈餘得一石槨製作精麗上有篆云開成二年壽槨與棺就之廣袤中度不失尺寸陸游作南唐書立沈彬傳載其事世傳墓在沈山開壙得古墓先有人葬此燈光熒熒有石碣書云漆燈猶

未滅留待沈彬來遂瘞其旁山以此得名未知孰是

絕壑長松引斷繩谷聲山鳥自相應人間多少興亡事泉下千年尚有燈

仙姬錦軸

世傳董永賣身葬父上帝憐其孝命仙姬下凡爲配一夕織成錦繡十純盡償所負今延陵東南五里曰董溪其遺居也其錦軸先藏民家世遠遺失仿其製而作之亦好事者爲之也

至孝捐身感上蒼仙姬頻下織流黄道旁古樹婆娑盡遊女提筐出採桑

鶴跡祇林

鶴跡寺在老林南二里寺廢而復造今存祇樹一株高

數十丈大數十圍垂陰數畝爲千年物相傳有雙鶴棲其上久之飛去故名鶴跡寺其後亦名寶林寺

古樹千霄不計年飛來雙鶴放晴天扶筇野老尋蹤跡行到白蘋秋水邊

金鶯池水

宋夏竦爲丹陽主簿時侍毋宴坐見庭鶯雙飛俱没於地發之得金鶯二毋命瘞之園築亭其上曰金鶯亭後人掘地求之不得遂闢爲池今湮没矣或曰縣治後西偏一池近丁銓部祖墓者是也

遥脫三公亦就卑石介慶歷聖德詩云大賢之登如茅斯拔大姦之去如距斯脫蓋指英國公也北堂萱毋護鶯兒飛來埋去憑誰見顚得愚民濬作池

神鶯報恩

報恩池在寶帶河之北小橋之西相傳有王氏好食蟹蟹命女童烹蟹女童每一夕必憐而放其一後王氏失金鐶女童懼獲罪投身池中有羣蟹浮水面扶之得不溺即此池也歲久湮沒今僅存其名

無知小婢惜杯羹失卻金鐶得再生一派清池貯春水至今猶說報恩名

丁卯南湖

許仲晦別墅在京口之丁卯橋所著詩曰丁卯集嘗有詩云自有歸家計南湖二頃田練湖在山莊之南故云

丁卯橋南尚有田練湖流去水相連參差樓閣村莊裏山雨溪雲到枕邊

夢裏溪山

夢溪在經山之東宋沈括嘗夢至一小山花如覆錦喬木蓊鬱溪水遶其下留連久之後謫南徐得其地宛如夢中所見因築室其上公餘恒憩息焉後人名曰沈括夢溪

仙令雲陽是宿緣夢中先現一溪山無端遷謫渾閒事爲訪華胥到此間

溪橋照影

宋孝宗皇后謝氏丹陽人幼育於翟氏與羣女出挑野菜過一小橋水静各照其影有龍鳳扇二自後障之後選入宮侍普安郡王內禪爲貴妃猶稱翟氏生皇太子吳皇后崩正位中宮奏明身所自出謝翟二姓並爲國戚俱封列侯兩第相望光宗即位尊爲皇太后其照影

處曰翟家橋距老林西北五里云

中興帝后豈尋常映出蛟龍侶鳳凰女伴同行直不識今來橋畔水猶香

長安驛別

萬歷戊子年焦漪園公車北上羣餞之橋方落成日長安路從此始也因名焉明年公遂大魁天下

風光錦繡說江南柳暗花明水似藍何處長安若寒地別離端的爲朝簪

折柳題橋

折柳橋初名情盡橋唐雍陶爲簡州刺史至斯訝其名索筆題詩曰從來只有情難盡何自名爲情盡橋自此改名爲折柳任他離恨一條條橋在越瀆河南十里與

長安橋相對好事者於兩岸偏植柳樹望之如翠幄云
簡州刺史是雍陶倩盡橋更折柳橋送客每從橋上過馬蹄滑
滑雨蕭蕭

辟塵石鼎

邑東門外十里運河廻北環遶曰智果山有寺曰巖海
寺俗名沈豎菴也佛座前有古石鼎人稱辟塵爐云得
之海上今一室中纖塵不到亦異事也
智果山前巖海寺經年地上無塵埃人言此中有石鼎犀角老
龍啣過來

透壁仙詩

歸眞觀在邑東南六十里相傳門前粉壁有回道人題
詩其上詩有東西南北大如斗日月兩輪螢火走須彌

山水變成金難買浮生得長久云云墨蹟透入壁間數十年後室宇頹廢更僑能書者補之又雕落矣回道人世所稱純陽呂祖也有某老人奉之甚虔一日有襤褸道妝者向其家乞食少與之逡巡不去索筆硯潑墨牆頭卽前透壁詩也忽不見老人望空叩首不已其地有橋遂名望仙橋

神仙傳說半支離獨鶴騰雲任閫奇風雨畫龍猶破壁不知何處是仙詩

九女高墩

九女墩與延陵相近高數丈其下卽辰溪墩旁有石穴深不可測土人每見時有青衣女子出遊如浣紗濯錦之狀蹤跡之忽不見矣人言居人欲宴客書一紙焚石

穴中乞假器皿翌日取之盤盂杯斝皆金玉古瓷世所未覩宴罷滌而歸之若匿其一二雖重埴密篋一夕不知所在吾友楊芬如誠實君子也言其幼時猶見此事今不可復得矣

辰溪墩下是仙家時有雙鬟出浣紗波澗雲深迷去路洞門深鎖碧桃花

七峯古搨

七峯山房在邑東北孟河鎮之西七里爲孝廉孫某別業藏有宋時淳化帖世傳淳化閣帖原本石刻在内府正德間有大俠某者與吳人江彬朱寧友善出入禁闥聞淳化石刻爲曠代秘珍求借一觀時彬等權移人主惟所欲爲因許諾遂竊藏而出日夜以名手勒成贋本

還之內府。嘉靖間有識者言內府淳化帖非宋時石刻，有詔追求，盜出之家禍在不測，乃建魏樓，以石刻爲址，入深地中。久之窮搜廣輯，終不得，乃已。已而其家回祿，一熖而空之，惟見火龍數十條踰東南而西北，旁青天而飛去，其下遂成長壍。初盜出時懼人知之，搨止七本，七峯山房所藏乃其一焉。後亦摹勒上石，旋復譭之。其六本在人間者俱亦焚棄，而宋搨不可得矣。世間神物爲造物所忌如此。吾家所藏亦係宋本，但恐非內府秘珍，尙當與具眼辨之。

七峯廻抱古山齋，樹密雲間鎖不開。一自舊藏淳化帖，片帆江上每飛來。

歸休亭子

先祖簡儉公爲慶歷間名進士嘗舉於鄉第一神宗中
年臨川秉政欲變亂祖宗之法公守正不阿熙寧六年
以觀文殿學士兼侍讀提舉崇福宮致仕優詔馳驛歸
里開越瀆河以通舟楫世號相瀆者也築歸休亭於白
鶴溪上端明殿學士蔡襄題亭額公堦也優游林泉四
載而卒兩宮悼惜贈太子少師予祭葬亭在水溪中央
高邱之上可以眺遠廣平賀博賀宏各有記

致仕歸田已髦年輕舟長泛鶴溪烟黄金用盡邀賓客留取高
亭翰墨懸

載酒園林

載酒園在將壁高士賀黄公讀書處也園中四時之花
畢備公喜賓客花開宴客至花落未已而餘花復開花

盡則賞月隆冬則賞雪無雪則圍爐煮酒出名畫懸而賞之一歲無虛席焉公善賦詩一時所從賓客亦無罰金谷酒者至今猶想其高致云

愛客開筵爲賦詩午橋別墅繞花枝名園載酒尋常事載得圖書到處隨

呂國泥龍

呂國寺在延陵鎮兩廊羅漢二十爲劉鸞所造或之云真身自天台山來彼此交塑而成其像兩兩對語如生此世所無者有泥龍一尾蟠榱桷間人言每秋夏暴雨雷雷交至輒起與海龍相鬭老僧伐鼓以助之角上猶帶蘋藻予嘗過而觀之形如燕巢蠕蠕有靈氣果若人言天下不可知之事或有之耶

蜿蜒鱗甲覆輕綃鉢底飛騰上碧霄昨夜半天風雨急老僧疑
是海門潮

簡橋神鯉

碧霞元君配殿左曰謙母元君丹陽人右曰謝母元君閩人旌陽許遜爲元君弟子豫章有妖蛟之害元君折簡指陳方畧命許除之蛟死波平以折簡有報相傳所謂簡橋即投簡處故雲陽亦號簡州也橋在邑南門外香草河中橋下有雙鯉魚嘗乘潮往來人不敢捕土人名爲簡書使者云

戰勝妖蛟靜水鄉簡州新到自潯陽鯉魚莫漫乘潮去尺素猶
存字一行

雲陽十二景詩

寒梅古衕

梅花衕在北門外俗名黃泥衕是也平岡四圍中通一徑逶迤曲折有天然之景兩旁悉栽梅花開時寒香爛熳不知世有羅浮鄧尉也

古衕紆迴石磴遮薄寒天氣放梅花遊人曳杖頻經過疑是孤山處士家

碧霞遠眺

碧霞宮俗稱娘娘廟屋後積石爲山高出殿脊憑高眺之近則城中闤闠遠則練水長山俱在指顧間下有石室可以避暑洵奇境也

縹緲仙蹤不可尋碧霞峯頂一登臨琳宮遠近浮雲外日暮猶聞鐘磬音

山寺桃花

延慶寺在東門外一二里清溪遶寺前有長堤溪水夾之悉種絳桃間以垂柳春來遊人特盛如入武陵谿谷間載酒聽鶯樂而忘返

芊芊澗草緑初齊著屐尋春過小溪一片桃花山寺裏避秦人隔萬峯西

飛閣流丹

城霞閣在東門外河水環繞高塔層樓碧甍丹壁映入水中四圍花木繁盛緑柳紅桃修篁叢桂四時不乏爲一邑遊觀之所

赤城一望錦如霞畫閣參差澗水斜打鼓行船何處客五更殘

方照蒹葭

澄湖千頃

練湖在西門外浩淼一片遥映長山夜靜月明漁歌互答湖有長堤七里垂楊夾道遊客如行翠幄中賀昭令有練湖賦

香堤十里垂楊路波濶沙平雁鶩多遠水碧山天一色月明湖上聽漁歌

北苑觀蓮

北苑亦名北園在北門內環城西指樹木陰翳植蓮處曰渡口其西曰酒流灣即宋榷酤處好事者搆竹林七賢祠於其上

香荷經雨色如碧下有清溪菡萏開落日紅酣歌未歇小船搖過板橋來

醴泉飛翠

須宮之前壘土成高邱上栽松柏對岸石穴舊出醴泉也河形如帶懸崖峭壁間人家小樓傍水開窗對月夾岸灌木叢篠蒼翠欲滴望之天然幽勝

檜柏濃陰古殿凉講堂遥對石池塘一從流出甘泉後草木嘗茸尚覺香

賢橋夜月

賢橋北近燕子巷跨市河上居一城之中每月明之夜有客陳瓊筵設尊斝清歌間作絲竹競奏午夜不輟有秦淮桃葉渡間風致

背向賢橋月下看洞簫聲徹碧天寒夜深萬井人烟寂玉露如珠浸石闌

仙臺落照

仙臺觀在南門外相傳謂冊元君修煉之所臺殿荒涼路徑古僻惟見老樹修篠鶴巢鴉陣而已尋幽好古之士時一過之

丹井何年沒草萊野人猶自指仙臺夕陽半落寒鴉樹無數遠山天際排

李山秋色

李家山在北門外四十里諸峯盤結上有石臺九十月間丹楓黃槲烏桕蒼松組織如繡山坳處日吏部窪秋色尤勝或日吏部卽沈彬也

旅雁初來未墜霜山中秋樹半丹黃誰教與得王摩詰繪出層巒華子岡

嘉巖殘雪

嘉山在邑東五十里爲東來第一高阜世云嘉山如卧牛者也古松隨山高下不知其數殘雪未消林巒堆白殷然微紅我胄七盤剪其一幅矣

山後山前盡古松凍雲初破一天風壩橋驢背吟詩苦尚有袁安卧雪中

朱昌年字子長號蘭石竹齋花譜中畫蘭皆其所筆侯選州同子長工

並頭蘭

天姿豈羨美人裝占斷幽情一種香烟籠曉痕籠翡翠月明夜靜聽鴛鴦氣投臭味還連蒂交結同心自共芳山谷不教藏異賞東風特遣到華堂

曲阿詩綜卷之十六終

曲阿詩綜卷之十七

丹陽後學劉會恩時若輯

國朝

賀清時 字典文號可齋善書山水亦工花卉

偶興

爲愛清閒趣結廬溪水涯暗雲經雨濕堤柳愛風斜夜靜一帆月春深兩岸花小齋如斗大容膝便爲家

即事

老愛晴花曙明窗不捲簾那愁作畫懶只慮考詩嚴蜂巧尋紅蕊兒癡數白髯杜門疏世事迂拙被人嫌

丁砥 字中柱號東籬邑文生

憶東川五兄冬夜讀書

西風料峭逼窗寒寂寂書幃悄悄看凍鳥作聲天欲曙開門尺雪壓欄杆

賀履謙字汝益邑增生

棄婦吟

儂昔爲新婦嘗君亦愛憐日月不可恃今年非昔年君情不可久今憐非昔憐中夜思君情何爲不如素儂顔昔已改儂新除成故孰能留居諸春花不相妬珍重後來人新新勿復故

貞女唐氏余從兄藕真家媳守志將十年矣於其終也賦短歌以唁之辭不能工義從其實

高秋駛寒月澹爾還太虛蹤悔鬪嚴霜斂性香不舒志士甘求仁盛名寧欲居征鴻際寥廓冥會無物初蘭陵有好女庭訓祖父遺小阮綢繆綸于歸未逾期一病不復振奄然與世辭女兼

僅織素童蒙謂何知大義幼所嫻至性天所有許身誓髮髻竄
轉辭父母三載志不苟抗懷侍荆帷感此鑄與擗呼天淚盈匡
女來性婉婉就養更無方婦道兼子職殷勤肥酒漿尊八顧之
笑珍念猶見行破涕翻作歡西河似欲忘大性復端慧詩文供
朝餐歸飛痛孤鶯屏去恒不觀翰札寄親串緘封念琅拜拈毫
無一跡默默含辛丹雖爲斷腸花猶如未開蕊耽顏面發赤畏
言先夫子承祧既有嗣肅肅不妄語守志將十年秋英殖風雨
搗藥蟾蜍宮清芬照千紀緬思巾幗儔卓識固天啟高名詎嘗
負閨裡事則已孤懷縱所往默含聖賢理鼎銘向心輕奚勞歟
綺靡紛紛總無端一眞絕遐軌北來單雁杳哀哀叫秋水世理
久不睹浩然發宮紫

季子廟看沸井歌

延陵名郡山之阿嘉賢古廟鬱巍峩沸井有六今如何建元之初奏金石掘地類丈泉懸河中有木簡色堅白廬山真人蹟無訛縣公鑿穴騰奇波至今四井如江沱清濁感沸音鳴鏞煮鼎火烈中銀鷺晝夜汩汩翻生鼉源遠流長地脉多并結爭赴相盪摩黃河落天正如是理勢小大同一科

杭克濟字汝揖號芥舟邑文生著有竹窗近草同里眭修年爲之手訂

偶成

天地一閒身蕭然與竹鄰四望綠秧亂滿徑芳草深結侶或三五皤皤俱老人問花審節序看氣識晴陰或談故人年或採嶺頭雲皎月不常有蔬醪可藉陳平生不相負所懷惟舊恩

幽人每獨步隨春坐翠微松風發天籟花色上人衣行溪聽泉落看雲借鳥飛嵐氣常無定朝夕烟雲依微徑入山杳心焉與

世遷

登句曲寶華山訪見月上人

幽期意何盡自我境成閒烟霞迷徑曲縹緲入峯間嵐色多生水松風時出山鐘聲引老僧古心兼蒼顏坐石空萬物任鳥啼花還

偶成

山林有至樂而我始能知寒乃坐負暄饑則行採芝偶言以贈人舉世以爲癡
竹廬著書眠視聽獨無喧始知人境中亦有桃花源試問真隱者可能終不言

題歸元上人壁

蒼翠鬱松柏來去鳥相依老僧居雲龕瀑水當門飛峯高烟意

重林寒月清微久坐心生隱倦遊不知歸

閒居吟

結廬幽谷水環扉蕭然傲我澱松帷濤聲滿徑莓苔冷時有清風動素徽野鶴搏虛遊蒼冥遥共木末青烟飛雲起巉巖落新影月返溪山仍故暉空林蹤跡對樵叟叟乃高歌攜以酒酒酣笑陟芙蓉峯悠悠身隨宇宙空

野眺

欲窮天地色先得遠山雲谷靜人聲杳林深鳥語紛花臺懷古跡殘碣審遺文鶴唳高冲漢悠然物我分

次畦身壹山居原韻

白晝松陰靜林幽鶴夢閒訪蘭思越嶺愛石欲移山卷幔雲隨入開窗月待還巖前書帶草樵子莫頻刪

自吟十首之四

幾樹輕陰亂竹林羣峯掩雨翠凝深苔新幽徑封塵跡花發迴溪映水心步谷邀雲兼得石臨堦掃月暫拋琴山寒不作陽春曲時有幽禽奏別音

攜琴松下鶴相從野客新詩贈瘦筇乍斷乍連烟內雨猶明猶隱霧中峯柳絲不繫漁舟影桐葉惟書雁字蹤意懶未忘溪上月夢驚依偎寺催鐘

迴巒嫩綠上春蕪竹裏藏家徑曲迂繞榻書香踈自遠一簾花影拂還無鳴琴對澗爭泉落載酒臨山共鳥呼怪石懸崖顛若醉遊雲帶過意相扶

[illegible]杯深處聽鶯啼山色雲光翠欲迷流水移花歸曲澗輕風送鶴上平隄湖分綠蔭魚遊樹岫入青光鹿夢谿索飲酒帘歌折

柳醉看新月傍人低

採蓮曲

新製霓裳且漫謳嬌音欲試上蓮舟呼郎驚覩花如面何事伊開亦並頭

佳人艤棹採蓮裳錦帶風飄水面香蕩槳輕移柳岸去荷花深處宿鴛鴦

葛錫字禹功號龍坡丹陽老林人寓居毘陵邑文生著龍坡課藝野香詩集詩最二集云龍坡父震乾祈嗣甚虔遂育龍坡生而穎悟性至孝早喪母哀毀不欲生每以菽水未奉爲恨

擬古

丈夫重忠孝讀書毋乃迂經綸作賢相章句爲腐儒我生天地中所志徒區區功名復何有席帽成虛拘交友羞外騖摛文愧時趨養親既不遂我還守我愚願牽慈母裳踐鶴遊天衢

丁卯中秋坐雨悼先大人

王父音容不可親況逢佳節更傷神咨嗟每聽聲相類色笑終
疑夢是真桂殿未曾分玉斧蟾宫誰與駕氷輪嫦娥爲向幽途
照收拾清光不見人詩最註龍坡祖諱夏時字行之號扶陽刲股救親兩朝旌表易簀時悉焚生平文稿而逝史編邑乘兩無所傳宜乎龍坡痛哭流涕也

姜鶴儕字子彝一名彦初字子恂郡增生著有江上詩草宛委山堂稿子彝鳳阿元孫性豪放有俊才一時名士多與締交杜于皇林茂之紀伯紫尤爲莫逆周櫟園龔芝麓王阮亭咸推重之　國初以事被繫子彝笑談自若程歸後亦無怨色其器量有過人者

贈周櫟園先生時先生從燕都南還總憲龔芝麓先生有
送别十章敬步其後錄四首

久客梁間燕徘徊屋上烏籠開雙翼去枕卧一燈孤塵尾尋遺
社龍髯憶鼎湖春宵江左夢烟霧散菰蘆

不復嗟憔悴連城舊府還風濤隨白浪花月醉朱顏驛牡方征
幰棋兵正掩關文章誰領袖仰止對高山
書上鄱陽淚寬同荊玉入椒盤剛獻歲蘭畹再經春詩酒蘧廬
客乾坤蓬鬢身百年饒雅興琴瑟不憂貧
才子彈冠舊天涯同此情碑連漢鈎黨經授魯諸生巾漉追陶
令山遊羨向平從來天地闊不爲雀羅驚

歲暮寄懷杜茶村時客梁谿

豐年米賤酒能賒臘盡柴扉梅自花歎息乾坤存我輩淹留詩
卷向天涯願期原許聯投轄飄泊翻驚負去槎風雪夜窗閑剪
燭誰家絲竹鬭繁華

杜于皇從長江來晤余瓜渚既傷令嗣伯梁見逝兼閔余
年家前輩袁籜菴先生構西宿齋下榻極周旋之雅

楚客今從白下來夜燈相對一卿盃風塵又動西河痛巖谷李
羈北海才還喜敝廬書少蠹豈愁虛壁生苔遶牀皆共袁安
臥雪壓柴荆倒屐開

瓜渚寓中偶有不適意事喜金山二衲蒼濤元炤過訪

不辭巨浪漫乘槎茶熟烟消日未斜夢裏豪華尋俠客目前意
氣在禪家牆邊白晝悲行鼠戶外寒風聽噪鴉頭刻逢僧如愈
疾天機還欲墜空花

潘江如赴淮上范眉生選詩之約經月未歸賦此以促歸
棹

夏天三伏倦攤書靜檻花香午睡餘極北徒憐瞻聚斗淮南空
說到雙魚范滂攬轡才難並潘岳閒居賦竟虛路隔小山招隱
處暑深猶躊羨門車

錢楚日集詩社諸子于挺秀堂有詩因和韻

燕趙歸來賦壯遊閒從白社揖名流衛裴負笈趨盟會按轡登壇主倡酬樹簉石渠藏漢史屏開雲母聽吳謳暮添銀燭春風暖紫氣還從西谷浮

寄王晥亭先生

白雪樓頭袞六風重開正始屬宗工救時非止聲名盛命世無如著述雄簫鼓時高臺凭戲馬淹留岐路斷征蓬廣陵濤湧登龍夢虛負西窗剪燭紅

烏衣門巷渺難攀俗眼相窺僅豹斑載酒人來問奇字過江詩去拜名山四郊鑄版形歌舞千里郵筒憶纂刪老我耕漁遲見面空餘烟雨滯荊蠻

張湘曉吏部以游鶴林詩見示奉和元韻

城南梵閣是南樓古佛莊嚴冩貫休竹裏閒鐘將遍暮林中對酒復驚秋磨笄原屬名山好淄馬空餘狼石羞寂寞襄陽遺韻在白雲深處訪丹邱

與王崑白

聞參佛法學頭陀白髮青山好放歌難後渾如春睡覺生還猶喜故人多歸時江樹沿門巷住處溪雲傍笠簑他日我來當索酒知君佳興未蹉跎

哭義卿象九

文壇夙將譽相同京峴高峯逼岱嵩黨錮禍開黄口豎網羅慘極白頭翁丹砂空擬葛勾漏碧血沉埋嵇侍中悵望天門星並隕寒燈淚雨下踈桐

侯公言將軍招同方邵村笪江上兩侍御集埀青菴即事

空山莫問桂花天支許風流曠世傳最苦狂酣矜俗癖暫耽幽靜隔塵緣梵鐘開處全非夢單鼓鳴時半是禪人物竹林揮麈好清言飛動綉旛前

憶王西樵考功

栖遲滐畔更行吟屈宋騷壇獨賞音持世保全名士氣著書調劑古人心牆東路遠留殘夢渭北情深到暮砧關向雙峯參半偈香燈繡佛豁塵襟

姜彥淳 字引蘅號太樸邑廪生以孫朝勳贈奉直大夫孫朝俊贈中憲大夫著有東籬草

丹陽學重造尊經閣予記其事復系以詩

於鑠聖德億萬維彰天地以闢日月用匡肅肅廟貌既皇既唐廼搆巍閣經史聿藏尊其所聞聖人之光歲久則湮娵訾軼芒鳴磬以驅徒備蹡蹡有尹有師慮材是勦上參穹窿下齊大荒

朝霧暮雲楹飛棟翔嘉樹森陰欝乎其蒼想茲霻庇後學津梁風氣斯萃人文用昌俾我來者抑躋且蹌虔紀厥詞傳之無疆

古別離

我觀別離人難念心所始悠然向天涯悵望隔烟水洞庭一艇多蕭條在湖裏茫茫天路濶目短不能視但見行路者時時問桑梓木落風色青雲流山意紫砧聲何處來依稀故鄉里開牆挂遠心聊願靡所底憂來身不寧日沒無停晷頡頏念二八又欲問兄姊羅信既不來魚書安足恃雞鳴徒喈喈報道家人起家人亦踟躕舉頭望鵲喜潸然兩地愁秋心胡獨爾

讀史有感

讀書詳古今卓哉伎平生自恨鮮大力舉世維聾盲謂義立身壯正氣感至精能死真不死生存安足榮每見當此際臨事心

忽更新進辭官小元老惜前程志以苟延足命爲名利豈大事既已去相告當原情天意欲如此其能强與爭身存猶有待豈博一死名

天地明且長晦冥生其間抱滋濟物性而不攖垢顏正論辨回諭修扞不畏艱氣動撼五岳手酣搏神奸男女仗質直義在奪百鍰

登雲峯塔望太湖

我身已入雲絕迹憑太虛衆鳥下大荒不識安所如萬頃澄吾胸漠然與世孤留作照天鏡白雲空躑躅

寄鄧長潔

鄧子天下之奇才文章拂翅排天開乘風蔽海海水立倒翻日出魚龍倚借問胸中亦卒耳吞吐一發歎雲雷與至須當飲千

日詩成挂筆山岳摧噴出三湘與七澤眼光百丈流復回屈屈
太白不足數王孟之間胡爲哉莫縱爾才太使盡致令天地俱
塵埃

登北固山有感

江舟聯翩去如馬亭亭特立玉山下巨鰲屈足地不平誰作千
秋地繼者海門距海海欲東雲濤出没吾胸中古來感慨盡由
此白眼高歌暮風起

客歲與鄭鶴水讀書春草池上今來見訪池邊蕭條口占
志感

一別經年不相識池邊秋草乏顔色載酒無人抱月歸但聞隔
水呼鸂鶒今日何能得見君見君猶見湖上雲湖雲没岩生於
履君去雲留暮山紫

胸中欲言積寸紙恨不十日誦秋水今朝相對反無言贈君惟詩而已矣我初出郭遊君去三日載糧一何遠郭外秋淡不可尋歸來攜酒待君吟

把酒歌

鯨濤浩浩驅東洋潤城城北成邊疆嚴霜刮風動地起月色夜照金陵京舉頭一望天地白忽使今朝變疇昔慘淡人間當者誰盡是胸中不平積

揚州行

揚州自昔繁華地烟花三月遊人醉北枕長淮南亘江此中自古稱名邦遙與金陵作門戶出鎮雄藩開帥府平原千里樹旌旗雉樓五夜聞金鼓南北長城壘卵危借問帥府開者誰云是相公史可法戰陣淚滾暮雲壓朝中士英疾正人故將軍旅蹤

元臣北風斷斷白日發黃埃滿天蔽晨輦相公孤守揚州城四鎮烏獸無援兵圍團砲礮匝城嚮猛若雷電穿濠壞城中食盡守不固相公衣冠死城戍身隨飛火向天涯南北長城從此仆邗溝夜月無啼烏江南五月寒冰冱鍾山王氣一朝盡三百年來宗社隕諸奸鼠竄先後亡獻城獻拼何蒼黃中興事業徒已矣相公之名猶在耳

贈僧

藤花壁上夜吐烟霜鴻叫月僧高眠峯頭參差落琳角分明畫出胸中禪枯圖禿枝破棕笠松龕石罏琉璃懸青猨白鶴卧欲去上人忍瘦居湖邊

入潼關

山自終南太岳起延綿直走黃河裏黃河北來勢莫當潼關高

揷長天紫高城深池古所羡飛鳥遊魚不相見西向長安作帝居東趨蒲陝夾河甸三省鼎峙從此分中原鱗次郊原焚遠近人民未曾集一路徒見守戍單城中瓦礫數千年愁雲慘淡無人烟渴燹饑飯買不得忍饑直走華陽前

易水歌

易水寒壯士呼一時意氣胡爲乎秦王楯甲不敢過於期頭督亢圖圖窮遶柱匕首瓠剚軻身死燕丹俘

秋風歌

風蕭蕭兮吹長天黃雲没兮白月連觀草木之搖落兮感萬物其盡然

覺年菴訪道者和潘孟升韻

樹色深深裏蕭踈渡雨梁雲收菰渚寂月隱竹堂凉地僻風猶

古人間夢亦長忽聞芒屩過兀坐不成行

遊雲峯諸勝

亂壁開幽徑雲峯到處通山晴常帶雨松老易生風鹿宕時銜
草僧盤但煮菘緣蘿登絶頂乘興月明中

窪尊亭 峴山背有石尊可注酒

石均不盈尺天然作酒池引盃邀月滿臥石看雲移亭小因風
仄苔涼待鶴遲遶峯多袖裏擕取有誰知

同鄧鶴水登多景樓

不到此樓上焉知天地寬漁歌聞裏聽樹色醉中看山遠雲陰
淡江深月影寒登臨良可快相對凭闌干

過湖口

信發經湖口終風送大孤城臨江水濶山到石門無遠徑健紅

棄虛舟浸白蘋歲寒歸去晚空自憶蒓鱸

萬歲樓步別駕程崑崙韻

萬歲樓頭傍古臺江天一望夕陽開三山雨色千屑鎖六月松聲十里迴旆壓風高飛燕子平原塵軼騁龍媒王恭何事留遺迹猶識當年刺史才

述懷

春盡餘花三逕飛全因地僻故人稀門前日日啼新鳥籬外蕭蕭剩落暉彭澤卽能栽秫滿閒濟終爲折腰歸百年心事同誰語楊柳依依向翠微

秋日遊觀音門宏濟寺贈蒲菴上人

偶爲探幽到石林松間茅屋出高吟千巖爽氣清僧夢一壑寒泉洗世心極目荒榛秋雨寂數聲柔櫓晚潮深今朝江上蕭條

甚剩得閒倩與蒼侖

壬子潮日歸自秣陵舟泊燕子磯因觀宏濟寺石壁與同遊葛東之賀伊人及子文葉仍聯句贈蒲菴上人二首錄一

巨石當軒覆古藤引蘅青峯一徑自岐嵋文葉潮聲盡處秋帆落伊人月影圓時夜潛澄東之半榻松杉塵外夢引蘅萬山烟雨佛前燈文葉夜涼今日渾無事伊人滿目寒鴉起秣陵東之

過吳江

水際不分天上磯頭隱隱雲斜喚起一溪明月綠楊影裏人家

偶成

人依曲水渡花村桑柘初晴長綠痕小砌已經梅蕊放鷓鴣聲裏月黃昏

入山訪道者

山人入山騎白鹿肩雪孤行轉山谷幾年不見嶺上雲只在松間覆茆屋

花下作

海棠垂紅葉垂碧白雲作主花作客鄉踏花葉肩挑雲倉庚一聲滿天白

姜大琳字碧岫號韋菴邑文生士昌之孫　韋菴家藏先世彝器書畫時爲陳覽以自樂暇則與同輩觴咏終日不與外事著有自娛詩草

送芝庭姪之京師

桑弧男子志時命會須逢嶺嶠終行慣京畿有路通橐裝應計日破淚在乘風玉折休懷愴遊燕問塞翁咸藉過從日微詞每折衷談能披肺腑論足破愚蒙博物推僑肸通經擬肅融與君

稱莫逆所見或時同

咏荆軻

一炬咸陽事已湮悲歌易水尚如新休將成敗論豪傑博浪椎
秦也後塵

讀浩園謝明府鐘樓詩有感

人間酣夢何時醒卧聽鐘聲意恍然從此消除塵念盡可容參
學大乘禪

東　嶼字介侯號雲門帛四子邑文生著有西園避暑草綠雪軒草逸興閒談

西園避暑雜詠十二首錄四

晚起開書幔高槐新蔫涼鶯聲催曉夢燕尾帶花香野樹留雲
濕遥山宿霧蒼前窗多容蔭竹簟不須牀

曲檻臨清渚森森綠蔭中簾開湘竹雨門掛柳條風石壁流泉

繞山房曲徑通邯鄲方夢熟月色正濛濛
輕薄真珠兒鬭車咸陽裏但知青鎖門誰識紅塵市銅雀已成
灰富春今不死竹爐茶自香長嘯清風起
儘地有蓬萊人生不自取鞭聲曉月明旅夢淒風苔羅綺渡頭
花笙歌池上雨我有不弦琴斜抱青山午

束　瑱字瓚侯號遜園帛五子邑文生

江城遣懷

久客江城跡浪鷗滿天風雪漫瀛洲征鴻聲斷隨心遠塞笛寒
輕逐夢幽巴蜀未傳司馬檄春山猶戀子陵舟長楊蕭颯西林
暮常向街頭臥酒樓
一笠能消憂萬重古今世事付寒鐘誰知西蜀多雛鳳豈謂南
陽只卧龍日落模糊山水色烟深明滅柳花容江頭獨步歸來

春月上西樓酒興濃

送大兄之任貴陽

傳說西川別一天，遥將心緒餞江邊。巫山曉月鄉臺夢，三峽秋風客思船。急走家書須半載，舊知親友幾經年。長江不盡歸帆影，好遣雙魚早寄箋。

賀　承　字克欽，詩載《歷朝詩選》。

湖鄉佳處爲朱昌年賦

湖湘佳處足幽棲，路入蒹葭望欲迷。一水遠連天上下，幾家如在瀼東西。紅塵市逈人稀到，綠樹春深鳥自啼。何日編茅居此地，杏花春雨看扶犁。

楊兆魯　字企曾，號鈍庵，邑文生。

季子廟

季子眞難及高風未易論一碑當日建十字至今存古殿餘苔蘚空名付弟昆荒堦延佇久斜照入松門

賀希栻 原名汝岐字其嶷號文山邑文生

西湖雜興和韻

名由西子得何處苧蘿村地脉聯吳尾湖流隔海門斷橋紅粉跡孤岫黛螺痕鼓枻匆匆去月明來夢魂

登北固山多景樓

極目波濤接海門登樓愁思不堪論平臨兩岫諸峯拱俯瞰孤城萬馬屯吳蜀覇圖悲寄跡齊梁事業悵空言興亡千古都閒事獨弔雙柑處士園

賀泳陶 字翰眞號怡庭太學生考受州同知

送鍾如世兄入粤

東風飄垂楊絲絲搖道旁客子將遠行揮淚心彷徨親朋好言慰丈夫志四方豈其如匏瓜鬱鬱居此邦獨有久羈人黯然神獨傷南人未北歸北人將南行壯遊雖徑庭離別畧相當君行早歸來我將還故鄉客行縱足樂何以慰高堂

周熊字夢占號　布衣

雁字

秋來翰墨幾曾經聊寄霞牋達海濱自有高文隨皓月還多飛檄帶流星家雞野鶩譏何有楚水吳天寫不停揮硯嫦娥呵筆待數行題在翠微屏

姜文藻字天枝號蘇門康熙乙酉歲貢生以仲子朝勳贈奉直大夫

澄江道中

蕭瑟行舟過野塘深秋夜景正茫茫蘆花月上三更白橙子風

來十里黃鸝夢不驚遊客舫猿聲直逼旅人牀山中落葉何心醉草木應知有杜康

蔣元洙 字自怡號 惺之子邑文生著有自怡軒詩存

元日

桃符初獻節風色釀餘寒春向杯中覓梅從雪裏看迎新簪綵勝傳舊薦辛盤一醉饒清咏閒情寄筆端

雨霽晚步城南觀水

夕照收殘雨歸雲趁晚風橋低新漲後漁集急流中四野秧浮翠一林花褪紅名亭還共築何獨讓蘇公

遊入公洞

攬轡斜陽裏尋幽鳥語聞羣巒埋古洞修竹護禪關鐘梵餘聲遠溪雲一片閒老僧初入定花徑水潺潺

春遊口占

窮途亦偶爾何能久困人且攜一樽酒尋此九旬春鳥語頻催句花香不棄貧杯殘歸路晚烟景欲留賓

次內弟姜廣成韻

悠悠林下是非除出岫閒雲自卷舒臨水豈云航石隱登山便可擬樓居詩成漫寫孤桐葉夢醒還堆半榻書只恐邱園難久戀蒼生懸望未曾疏

鄒曾望 字景讀號嵋山布衣著有小滄山房集

贈雪舟和尚

遐哉古遺刹雲中開殿閣梵音聽月遲清磬徹天廓風雨剝蝕久榛莽穢雜還塵氛鬱嵯峨慧眼誠難豁飛錫向東來法雨灑西發一洗天眼空再洗人心雜萬象總縈迴包羅豈云窄天道

本無爲無住亦無着明月印蒲團一片靈光滑清虛朗照中洞然如卓立頭念見鴻濛直欲渾夢覺黃河源自清撓之原未濁欲探崑崙巔路被雲遮隔馳神到蓬峯如臨秋水閣未印雪華堂我身安捉摸

山居

支流環舍北遠岫繞村西客至時驚鶴林深午聽雞烟波隨眼斷今古與心齊誰寄歸來賦怡情好鳥啼

重陽

白衣人既杳登眺興還奢傍竹穿籬曲披荆覓徑斜醉醒看世眼濃淡傲霜花興托烟霞裏何當效八乂

客窗聽雨

九十春光老春歸人未歸雲陰凝綠暗風急逐紅稀目斷溪山

路情傷世事違數聲誰破寂好鳥共忘機

客至

此日一爲別應知會面疎開樽傾白墮瀹茗薦青蔬風静境逾寂月明窓更虚無言堪贈别相對共躊躇

暇日

暇日空山坐時烹竹裏茶搜奇窮北苑探賾玩南華蟹眼跳珠沫羊腸轉雪車晚林聲忽噪猶有未歸鴉

題栖鶴亭

康熙辛未清和既望越三日夜半月出澄虚皎潔萬籟無聲清氣寥廓雪舟説法於普寧寺忽聞碧空清唳穿雲而來俄而有一小鶴曳元裳刷銀氅就蒲團聽法逡巡不去不知其爲有覺耶無覺耶是鶴耶非鶴耶爰攜

一亭以駐仙羽是月之晦有羽士蹁躚來皎然塵外揮
麈清談衆皆爲之欸曲竟不知鶴已翩然云矣請題其
亭曰栖鶴邑中人無不驚異因賦六絶以誌之

靈鷲山頭振素翎朝餐玉露夕餐苓數聲清磬驚雲表故遂天
花夜半聽

潔身皎皎塵難惹撇下丹砂從般若月白風清天外翔會將叅
透西來者

素琴作伴共虛舟曾渡江皐遡碧流一粒丹砂知有得莫隨羽
客上瀛州

曾唳霜空破寥廓翩翩直向雲間落飲啄趺足叩蒲團爲問秋
潭影何着

掠舟鼓翅境偏眞幻入當年夢裏人欲脫塵寰歸舊島誰能識

得是前身

鶴來明月正當時鶴去清風那得知來去無心更何有此中眞意倩誰知

馬　騏字彪仲號酉青字陽子積學著書所著有義經釋文馮譯史册纂要姓氏人物考補唐詩確解問耕堂詩草譙墨樵傳奇六種譙墨山樵文集

瘞鶴銘歌

芙蓉樓北一拳石楓影叢叢霞映赤吸江亭畔轉荒凉搔首停杯話疇昔凌漢高風不可攀風吹野渡斷雲閑一聲警露清音杳鳳絺鸞盟總不還遺翮不充陸修扇華亭去後湘妃怨傪然別我問何心飄入清徵廣陵散仙姿巳化仙骨留山前撮土作浮邱晚烟爲幕羅爲帳月明一任永龍遊祇將玉字鐫芳碣浩渺江波水封埋千年減没仍不傳展盡江沙古篆缺我來江上

訪幽叢江水茫茫流不窮人去鶴歸碑已斷江濱踈柳動秋風銘鐫水濱爲雷轟墮水

江上晚眺

烟巒最深處野鳥啼空山日落蟬聲急松高鶴夢閒漁舟花裏出僧屐月中還興盡迷歸徑停雲爲掩關

鄉思

不禁鄉思倚危樓山色空濛水氣浮風雨別來花半老音書隔斷雁經秋林間野鶴呼幽夢天際流雲帶遠愁好寄鄉思到練水錢塘日日有潮頭

贈白生族祖四首錄一

山居不慕洛陽車遶舍疏篁月影斜琴倚雕闌聽綠水酒隨行樁問菊花西京事業二千石北掖文章十七家何似高風多勝

概白雲深處古煙霞

朱錦屏先生墓下作

神熹遺老說松陵當日三千第一名氣節曾推天下士威儀桑
式魯諸生黃虞世易人何在房杜功高業未傾寂寞溪山秋草
碧空餘翁仲臥縱橫

遊金山寺

壬子之秋九月遊京口之浮玉山銀漢在天霜飛石白
江流鏘然有聲因乘月破浪而返忽感魏武橫槊賦詩
事中流擊楫未能也故返而賦之

碧波樓閣日滔滔落木蕭條對濁醪塔影夜懸孤月白江流中
[illegible]一峯高千巖照浪全疑雪萬壑翻松半是濤天際飛霜光欲
曉殿鐘龕磬忽驚鰲

鶴

骨重神寒照野塘亭亭獨立傲秋霜琴聲舊感商陵操賦草新繙鮑照堂夜伴雪兒歌白苧曉隨雲鷺狎滄浪空庭殘毳渾如織一樹梨花落晚香

辛巳同戴應舉遊經山觀皇子賜卧松雲扁額敬賦

萬山如洗映晴空古寺蕭踈一徑通花雨欲飛談慧業松雲穩卧仰宗風新書天矯冲霄鵠老樹婆娑破壁龍從此寺中添故事遊人不數晉遺踪

贈溧陽繩武叔

橫塘舟阻夕陽天步到河干望再旋上苑鶯花光舊里 帝城春柳待名賢非關我老言爲贈只爲兒貧覘作田待到秋來宣室名夜分前席念民艱

過小青墓

春老花殘寄夕陽王孫停馬惜紅妝鷓鴣有淚終遺恨桃柳多情枉斷腸蘇小墓前鶯夢冷六橋堤畔燕泥香只今塚上年年草尚有啼鵑泣數行

過湯中丞園有感

漫把琴樽入院來凄其風景獨堪哀烏啼絃管喧幽谷花落文章散古苔一笑乾坤原瞬息百年人事總塵埃相看莫墮牛山淚且盡西軒掌內杯

吳思祖字哀人號雲谷邑文生才名赫奕與平江蔡九霞長洲尤展成句曲張鹿牀本邑潘之彪稱莫逆交所著有滄螺詩稿同風彙咏類書選要行世

長安車馬行送葛湘湄公車北上

車轔轔馬蕭蕭載酒吹笙侍二喬落梅一調何年度尚有行雲

過九霄馬鸞鑣車赤轂今日春風回暖谷杏花綺陌連金屋紅妝十指銀鈎擲朱絃玉管雙蛾綠芙蓉鏡下霓裳曲蓬池膾縷櫻桃熟瓊舟泛蟻傾醽醁照乘珠懸光四燭繡紋馬隊紛如粟只恐蠻腰素口並嬌嗔嬾上雕鞍理絲竹

香會謠

甚駭頹風專尚鬼香會紛紛干法紀千人萬人競逞雄蜂屯蟻聚遍閭里土豪巨擘作大巫登壇振臂一奮呼駕言茅峯神有應但經朝拜即咸孚一人科十十科百百千億萬將無極科糧計日歲廿升季秋先稅嚴徵積頻年發令定香期正在春耕二月時遠村金鼓鳴不絕豎標建長揚旌旗儼如軍行限時刻分行別隊刀鎗列戎裝勢赫聲錚鏦教師徒旅聯羣集又道神行無定蹤必須是時創行宮更斂民財災土木神祠十里一龍蹤

每逢一廟神誕節高臺演戲燈蓬結賭場酒館亂如麻古蹟一春無虛日可憐有土任荒蕪貧家十室九室虛惟有香頭及社主抽分肥利相歡娛因之賊盜乘間恣老饕借端又生事假稱防患設科條復嚇愚民做宗戲伺兹黨羽強且多寡弱難支可奈何打降自古尋常事不怕官司百度過生平慣倚能勁衆一人倡首百人從焚香鼓吹須長生常將獻媚肆愚弄嗚呼赤眉黃巾與白蓮皆從此等爲之先防微杜漸貴及早履霜應識氷將堅莫怪老愚多過慮杞人自昔曾憂天潘文山云寫出土豪糾衆分肥利已一一如畫一締尤有關繫有守土之責者讀此當力爲嚴禁以作杜漸防微之旨

登牛首山

天地劈雙峯廻巒叠萬重層臺懸古塔峭壁俯青松雪泛長江濵風傳靜谷鐘橫拋一帶寺常有白雲封

過魯仲連射書處

縱橫異術總無奇暮楚朝秦只自欺但得立談取卿相誰能決策定艱危功成不受千金餽難解全憑一矢移城下至今標姓氏射書獨誌魯連碑

湖心亭

萬頃琉璃汗漫遊輕霞點碧漾中流最宜柳蔭閒停舫更憶荷香蹋入樓兩岸鐘聲殘月度幾山嵐影暮烟收還期六月清風滿露頂披襟上竹邱

尋吏部窪沈山秋色謁天玉楊先生墓

吏部窪宋吏部尚書王揚英之墓沈山南唐吏部尚書沈彬之墓其陽曰李山乙酉歲楊天玉先生棄鄉貢隱居此山築生塋設石几友過相訪嘗偕隱其上越三十

八年未嘗暫離至癸亥秋卒於山舍卽就塟焉享載安今

樓先生傳

王家窪接沈山阿偏怪含香遜迹多紅葉千株鋪嶺嶂滌燈一盞照陂陀郎官舊廠遺佳傳處士新阡發薤歌愧自先生歸去後秋來寂寂少行窩

書懷

呫嗶窮年袞袞身腐儒原不是書生千言倚馬才何捷萬里提戈任不輕鑄器必須成大錯論功還欲請長纓休因南郭嗤縱拔小范胸中有甲兵

古意

元酒傾金盞朱絃繫素琴器珍不增味色麗豈殊音

落花

一曲山香奏未終繽紛紅雨亂飛空仙姬醉舞雲鬟亂莫怨人間劈柳風

酬二於新詩見寄

斅葉新詞出祕笥硬黄小楷製尤工細叅宫様元和脚疑自榕溪快閣中

於御六字子健號雲菴隱士藥圃之子與弟在淵俱以詩鳴一時與爲唱和者悉知名士著有雲菴詩草顧與治爲之序

登焦山和吳雲谷韻

橫濤郭北渡十載憶登臨俯仰仍猶昔江山豈異今扣懷追往躅遺韻發新吟縹緲烟波夢憑虛何處尋

禮佛披襟坐開顔引法賓石徒朝聚講龍叟夜迎朝結社會[illegible]謝傳圖並侶陶匡廬三百寺未見亥門潮

萬馬屯江滸西風聽暮笳軍聲來近郭漁火傍新沙喜得鐘鏗應寧嫌笛弄賒停巖看月上壁吐半江霞

江濶舟行少山幽客到稀聞音惟鳥喚望影或僧歸丈室趺垂幔蕭齋黙掩扉此中無盡境潛證不相違

於在淵 字子貞號潛菴御六之弟

山居春雨

甬牆垂楊隱暮鴉雲屏漠漠護山家清溪暫輟披裘釣小閣還停載酒車不藉油轓驅遠駕何須羽蓋飾流騶羊何未許呼開徑溪掩重關聽落花

征婦吟

昨夜東風過花間紅滿蹊吹將春色去想已向遼西

驚夢遠宵雁新來無數聲南飛知已到不盡玉關情

江上

晩烟飛没數峯青燈火微茫散遠汀幾處夜霞横斷處早陳錦瑟待湘靈

驪珠乍吐月乘潮萬頃琉璃接碧霄蓬漢有槎堪直到那須移步上銀橋

楊花

弱柳輕楊拂禁烟杏花落盡白於綿秦宮楚苑無人管一任東風自放顛

賀開先字武繩太學生

閑居

信有烟霞僻何須更問天聽鶯修竹裏種藥小池邊引睡攤書讀消慵枕石眠時時乘逸興拔笠釣魚船

約身從滄泊十畝久棲遲譜石翻新樣臨書覓斷碑客來須共釣月上未收棋穿屑投時好迂疎只自怡

病中迷懷

三十年來學耦耕風波幻俗苟全生看人若作百年計笑我虛無一事成破懶只思書有味引眠微覺酒多情維摩禪榻莊周蝶遮莫中心怨不平

賀璘 字斌如，號梅清，康熙癸丑邑貢生，廷試授教職。梅清為膠州守滄元之子，少與楊維斗、張天如結復社，名振一時，國志正續多錄其文。著有梅清詩集，張蒿存、陳其年所點定。詩筆清麗雕繪，是晚唐好手，在宋亦推與蘇陸頡頏。

贈友

囊無一錢亦沽酒顧影長吟客希有土銼寒欹四壁蕢憶君盡日君知否瓶香盞凸光照軒寒風剪剪搖輕烟世間磊落吾與

子開樽快讀扶風篇

渡江行贈拓菴北上

木犀露滴蘭苕濕紅蓼青葭秋瑟瑟芽檣錦纜凌蒼烟長江萬頃波凝碧蒜山瓜步纖雲空飛符先勅馮夷宮黿鼉蛟龍不敢吹徽風惟有江籬杜若與之相丰茸吾家仲容風清曠簡書敦迫行色壯驛路花迎彩鷁飛天顏燕喜蒼生望慚余十上黃金盡掛君齒頰同栽培瀛洲著蹟各風雨屋梁落月縈情懷高秋畫舫殊蕭爽飲醇公瑾咸心賞行看奏最貯金甌畫錦歸來常共流霞日千載

閒居

蹤跡猶沈晦蘧廬掩舊蒿橫行悲郭索照羽笑寒號好事藏梅水躭閒稱葛袍一屢同小隱寧必鑿坏勞

無方醫白髮何地覓丹砂且看一年内四時不斷花十分憐月好幾倍惜年華枕上有新得披衣聽早鴉

西㬥菴讀書處

白雲黄葉寺半榻欲安禪一望豆花雨幾家松嶺烟隔籬聞犬吠深巷見籐懸擾擾村舂急夕陽鴉滿天

漫興

雨餘常拾菌白鳥夫邊明佳興推光祿高懷得步兵踰垣何處鹿坐柳舊時鶯隔竹聞清梵泠然磬一聲張九逵携一鹿過余

通都橋即景在建寧府橋濶百餘丈上有長廊八十間

島嶼縱横出危檣急溜通陣雲春雨細漁火暮烟紅溪隴藏文雉長橋落彩虹客心悲未已又聽石尤風

春興

情知白露已如塵客有專諸不棄貧屠狗賣漿交義俠雕香刻翠學詞人乾坤許大容雙足踢踏都忘任一身草綠湖南修禊近從無眉宇向人顰

春光誰遣負深杯山杏如圍手自栽常飽膏粱非是福稍親藥餌亦除災已教雨剪林宗韭還喜晴開水部梅一騎茅州春又半紫芹香細燕初來時將就試茅州

大梁

伊洛流風衛鄭遺郡城西北大河洄屯兵壁壘爭虞武問道軒轅到具茨烟草暗銷蒼頡墓古苔青蝕蔡邕碑金錢歲歲供虞部勞費于今更不貲

晉中

西據黃河舊晉中太行形勝雁門通禹王祠畔夜風緊諸葛廟

前秋草空宿莽五原無探騎寒雲千里沒歸鴻從來汾絳多猛將誰似當年保障功

閩中

海天遙望暮雲空偶在湖西聽夜鐘黃壓荔枝風滑澹香清蘭蕙月溶溶盤餐珍饜傳螺女樵徑烟霞鎖雪峯二十年來朋好潤嶺雲籠樹更重重

夏日雜咏四首錄一

勇撤皋比道未貧獨將幽意寫清新種蕉舊作題詩葉買葛堪裁漉酒巾幾度食仙非脉望半生擊壤是遺民浮瓜沉李青繒扇小巷蘚苔不受塵

寄贈廷直園亭兼簡肅卿兩姪

十年不到鶴溪東秋樹春花相望紅鍥燭常教詩思瘦藏鈎不

待酒杯空菡溪曉漲芙蓉雨閒銷香分菡萏風緘與新題非骯髒何時同話月明中

秋興

秋風秋雨葬華稀底事言歸却未歸滿野黃花偏似瘦過江紫蟹正初肥佩萸天逈雁書字吹帽風高人改衣秋抄元亭知闃寂那禁霜樹葉頻飛

西蜀

浣花溪上暮雲收一酌郫筒散百憂雲棧逶迤連劍閣瞿塘激灩鎖巴流揚雄編簡居天祿王濬樓船夢益州更有峨嵋鍾間氣只生李白足千秋

滇南

西署滇池自楚莊殊音卉服盡徼荒盤江癘暖花爭發黔嶺春

溪麝自香魑魅猶衣縹氎布烏蠻交獻馬金囊卽横鄉祗今緬爨
無傳箭應見威名讋漢唐

題米南宮烟雨圖

一望層嵐暝色浮參差雲影没山頭千村客樹沉烟黑風雨欲
來雲不流

春郊

澄藍山色養花天點染春光柳欲眠何處畫眉啼不斷棠花
發一溪烟

張光祿祠

灑灑烟蘿出短牆露莎風葉半池香一龕丹碧朱衣暗落盡櫻
桐花自黃

家司農中泠叔池亭

小園花發柳枝新也是羊曇昔日春一望頽垣惆悵甚淨香池畔舊何人

馬安陽 字仲白宇陽之弟十三歲補邑文生

醴泉

筆架山頭挹酒漿劉伶陸羽共爭嘗惠山若許評茶味玉乳寧如醴味香

垂白今朝釣渭年昇平樂泌戴堯天臨池杳挹人人醉何用成都斗十千

孫玠 字執玉號柳村

九月望日自揚州從陳滄洲先生暨幕中彭湘南諸子之任城工次

秋入任城路柳堤一徑幽啣杯空弔古落日下高樓月影涼生

半河聲淺正流吟詩何水部好夢似揚州

荆衍穀字爾戩號練霞順治庚子副榜康熙癸卯舉人

張貞女詩

張貞女出於吾邑名族節烈綱常誠千載不磨也少宰趙公爲之立傳一時士大夫各爲詩歌以表揚之余不辭固陋聊賦一章以附同人之意云爾

金鶯池邊寒月輝凉颸瑟瑟孤鴻飛名閨弱女著風節手溥玉露心獻欷玉屑霏霏湛如雪女心瑩瑩加皎潔人生信誓重一言何必同衾始共穴汪郎孱弱劇堪悲嚴挺之兒安忍爲顧戀庭幃乖伉儷憂讒一命徒傾危女既聞之滋慘戚亟請登車輿郎訣升堂執贄見舅姑一慟汪郎服衰絰綱常大義夙所論豈炫貞名乃獨敦重念汪郎春慈母姑存身亦與之存

顏象淳字培風號樸齋康熙己酉舉人

秋日登北固望金焦二山

高秋覽勝共躋攀鷲嶺橫波第一山鐵甕連雲環百雉金焦破浪出雙鬟孫劉霸業平蕪外蘇米風流眺望間卻喜水清歌海晏還憑天塹壯江關

張發祖字孝舒號捷之孫康熙壬子舉人歷任句容和州淮安學博陞濬縣知縣著有學舍小草

嘉禾頌為白明府作

相彼嘉禾植根清泉匪種匪殖降祥自天惟　帝愛民惟侯克宣清勤四載遠近惠鮮召此上瑞有開必先一本數穗葉接枝駢實穎實栗孔庶孔堅我侯觀止再拜告虔曰　天子福蒼生是肩侯不自有其度淵淵黃童白叟鼓舞侯前邪風七月姬歷永綿稼穡是寶麟鳳次焉鬼神護之山川土田漢廷卓魯繼跡

維賢民之祝公亶曰其然大佐　天子保乂萬年

明倫堂季課示濬邑諸生

清和屬首夏延景晝未央薰風生殿閣樂羣聚一堂拈毫各逞妙用殫此日長芙蓉淬寶鍔出匣皆干將俛首事佔嗶揣摩應制塲氣壯壓喬嶽心細雕毫芒緬彼先民渠屑與齊俗行夬科世所重沿歷自漢唐姓氏炳史册發軔由宮牆千里欻越塊九衢可掉鞅海擂開灼灼老梧鬱蒼蒼筆花一以露焰燿生景光書卷蘊真趣咀味逾膏粱落紙有神會迅若出峽航豈徒弋富貴大道資津梁少年亟努力良士戒無荒持此當嘉告願言矢不忘

九日赴白中尊登高之約即事賦呈

九日登高館相招出郭尋迥峯探徑仄幽磴度雲深共泛陶公

酒還攜宓子琴龍山高會後盛事紀而今

突兀一峯頂登臨豁遠襟從公寛禮數容我設行吟野色披圖畫天風落梵音夕陽人影散遐契醉翁心

元橋道中

策蹇不辭倦垂鞭看遠山雲兼晴雨半目極渺茫間古道分茅嶺寒流帶柳灣平陂互回伏迤邐秣陵關

同年王隆吉招飲資福禪舍

同是江城客君偏作主人開軒看綠竹閉院隔紅塵意氣排流俗文章露性真月來杯在手良晤此何辰

廣陵寓中望月

客裏百端集洲前六代秋凄凄終古照滾滾大江流清徹鮫人國涼生玉女樓把騷仍痛飲莫負月當頭

和顧與治贈楊子瀚如

爲向蒼天問此時相逢最喜是深知荆高入市惟呼酒崔李横江且賦詩遠寄定須存傲骨和光原不礙清思從來曼倩多游戲金馬門中一笑期

荆洪揚 字雋夏號赤存康熙己酉舉人癸丑進士

題景忠烈公祠

烈烈丹忱上宰通緋衣麻經此心同皮囊已自成遺蛻腐草何曾偃疾風遠見星光驚紫極長飛劍影奪青虹金陵有關遷燕邸歎息孤臣不世功

郭世遒 字樹聲號布衣應郎之子與虞玉之子渡商世俱以工詩善名著有澄觀堂集魏季子禮爲之序京江張蘊云郭樹聲有新穊詩八首字字雕香刻翠婉約風流洵推章華獨步湯南琛變爲五柳咏亦猶蘋莖之遜徐熙退而書没骨也其名重若此

北苑觀荷

七賢高踞酒流灣宋時榷酤於此名酒流灣上多尼菴祀竹林七賢雲樹烟波掩映間

只恐玄機暗猜妬綠翹生小是韶顏

賢橋踏月

碧天低抱月斜流脆管哀思何處樓廿四橋頭風景似我來驚

是古揚州

竹林消夏

謖謖天風滿院秋貝多繙盡寶華樓石牀雲去桃笙滑坐對湖

山夕照收

州揚洪字丹申號惆齋郡拔貢生丹申與弟鐘璜有二問之目一時名士皆從之遊全稿未見惜只得其片羽

醴泉

綸音新煥日春色滿丹墀不用金甌換還疑玉露成積流非一

日取爵盞三更　帝力忘何有衢歌頌太平
我亦詩源者慚非作賦才但看山下出不是甕頭開香氣隨流
遠人喧覓醉回涓涓斟未盡猶帶玉壺來

葛中桂字坎五號蘭菴拔貢生官廣州同
判調南海知縣著有書畫舫詩集

泊舟蒼梧

旅泊衝寒浪捲煙蒼梧風景亦堪憐魚鹽竹屋新成市槊戟戈
船舊守邊椰子祠旁芳草地湘娥廟裏落花天鼕鼕戍鼓三行
夜驚起飛鷗不肯眠

舟抵南昌

洪都暮靄接瀟湘江上行人暫泊航城近水門街半濕名逃仙
尉宅全荒看花香入芙蓉苑活酒春生薜荔壇一笛南征朱鷺
幽戍樓殘角尚吹霜

過燕子磯

縹渺旌旗擁故都書生草檄有還無白蘋流水騷人宅黃葉寒江獨客圖虹飲長川落日動豚翻高浪蹴煙呼此詩倚棹看飛燕不似天南聽鷓鴣

遊金山

迎接荊揚水勢長江天一望色蒼茫泉沉蛟窟還香液塔聳鰲峯映夕陽水底有天埋郭璞壁間無句和孫魴妙高臺上煙雲起時見魚龍聽講堂

過揚州

繁華漫說異邗邱不見瓊花倚玉樓簫管飽酣紅粉酒綺羅春換素絲裁新詩有約尋梅去舊夢無端跨鶴遊試看平山堂上柳不須歌舞也風流

過淮陰

自憐從軍脫釣鑁魚磯荒後盡干戈斬蛇蓋世雄圖盡逐鹿中原戰血多進食尚思酬漂母登壇詎肯負蕭何傷心雲夢來遊日不見乘騅一騎過

送孫萩園先生備兵端廉

崧臺百尺翠如磨水洞星巖遊迹多鴝眼光生羚峽石珠崖月照海門渦珊瑚朝貢通蠻國銅柱威名重伏波千載誰能嗣孝肅龍圖閣裏待君過

登金山塔頂

波撼金焦勢欲浮飛來一柱砥中流憑將過客登高興直到諸天最上頭曉月鐘聲連北固夕陽帆影接瓜州相看已在雲霄外不用乘槎犯斗牛

曲阿詩綜

孫嘉軾字道咫又字若脩號蕙樓允恭子郡貢生考授州同知著有著貽堂詩草

古意

臨機不早决曷以建奇功舞陽瞋目視叱咤亡其雄咫尺挺晃鈎十步殲重瞳塗厠一何鄙間行亦堪耻寧如搏浪椎再擊祖龍死所以朱虛候借酒鋤非劉太尉入此軍賴茲啓壯猷志士傷蹉跎忽焉徂素秋

我行太行道足躡青雲巔層巒隔晴雨望眼低蒼天倏忽遇真隱飄飄體欲仙去來一白鶴振翮凌大千攬袂訪丹訣秘之不肯宣丈夫各有志奚必求神仙歸來壽僊廬呼吸付垂簾分陰聊可惜我用儲長年

男兒負俠氣仗劍摧陵谷生平不受恩俯仰莇踦跼淮陰千載烈卒爲漂母辱一飯哀王孫斯言難可瀆何如虬髯翁久咲聲

人肉饑求貪飽實飢以充腸腹踧踖浚陽侯淚濕荆山玉猖狂阮步兵徒向窮途哭我願尚可申曷爲終蟄伏不然拂衣去歸卧青山足

七里瀧

東遊忩懽賞極目青無數行行七里瀧千山作星聚連雲四望蒼離立各蹲踞崔嵬兩岸峙爭奇若相妒斷崖百丈懸見之驚且怖磴道凌空虛側足未所附石罅鳴飛泉山花時與布好鳥啼高枝炊煙出村樹泠泠山下溪滔滔自朝暮風濤忽以興觸石還驚去我來泝中流拭目看山曙磊落寫襟懷徘徊發真趣

秋興

一身羈逆旅百慮隨虛舟虛舟渺無際恍惚凌滄洲丹崖徇微霞蟋蟀吟新秋秋光不肯住明月入江流漁客曬晴沙網影上

重樓爲我駐顔色助我發清謳清謳亦何意激楚悲蜉蝣

月夜汲中泠泉

蓬萊方丈地石眼迸雲根咫尺皎入宅明珠逐浪翻入夜更淪
淪皓月垂金盆斗杓不可挹散影縣星繁相與坐清泠欲品渾
忘言流水淡如此誰汲江波渾素綆抉雲腴澄破碧天痕

讀項羽本紀

嬴秦鹿走爭相逐世將羣推楚項族浙江渡口瞋目視一語幾
令秦祚促幸無壯士博浪錐烏騅未遇時未來可憐受計會稽
守新磨匣劍攖其菑救趙奚煩冠軍子身爲稗將寧遂已晨斬
將軍轡渡河猛虎食羊那可使諸侯相從壁上觀轅門召見早
登壇降兵盡葬新安穴一怒秦人白骨寒河北旌旗光熠熠關
開函谷人先入牢籠百計飲鴻門雄心反爲家人戕紛紛畏客地

猶何之覇上眞人別有奇分土不平齊趙起三秦倏定也應知一時衆相反梁地惡食仍供亞父貳甘心用間閒淮陰叱咤英雄還惴惴嗟手垓下天亡扛鼎身愁聽四面楚歌聲二十八騎當四隊繼憶江東子弟八千人

漢高祖

天運有廢興晦冥會鼎革撥亂反之正維皇纘厥德徙木與棄灰文法深以刻書焚儒亦阬慘毒何終極生民一何募受命長者出赤帝子功人功狗臨廣指酈山徒役濟英豪聚集惟供能者使掉擭行間一大呼虎變龍蟠百千起受命懷王扶義西蛇分經關鹿走死三章約法除其苛馬上得之事堪喜勞若功高氣益雄功成乃得分王耳劍沸函關卮酒紅赤幟何由颺大風況有居勳七十戮朝朝望氣伺乃公怨教楚地奪其魄嗚嘝自

此無西東義旗望處車塵合垓下悲歌覇業空覇業空時炎祚忽盡兒死鳳皇集生成隆準代龍興睥睨山河翔步入沛中雲氣環故鄉大厦薰風吹滿域爲問當年老嫗泣有無此日方知大丈夫

疾風行

崢嶸者惟山登嶂屹天關淵渟者惟江千里一飄忽漫空亘大圜跋扈蛟龍穴履險不知懼扁舟競出沒江豚逐浪喧信發颶風發憑夷肆厥威爽二助其魄沙飛而翳撼天怒挾霆擊噴沫萬斛珠破碧千山雪快哉凌風翩飄瞥如騫翮人生天地間曷爲自驕踏浩氣薄長空呼號助爾激南濱起大鵬退飛識宋鷁君不見青青堤上草生意當春受驅追揮戈退日亦何爲驅馳六御供鞭策我欲乘槎泛斗牛囂然長嘯波光潔

黃鶴樓

爲高必邱陵搆宇出城表雲氣侵其巔塵氛一爲掃鶴唳九臯聲不敢啼凡鳥鄂渚劃長川憑欄襟帶繞帆檣千百隊快入蒼波小沔口列陣開城郭紛擾擾層巒耀丹翠當軒簇蓬島凌空望轉遥目眩心未了曠哉登斯樓高象變昏曉乘鶴一吹簫月明風露悄仙人好樓居去之明太早相期跨鶴與重遊雲夢瀟湘極飄渺

北固懷古

南徐北雄千山顛陂陀出没排雲霧茲峯首枕何雄哉作屏于坎坤維同魚龍繞岸不敢騰奔濤誤觸還驚去扶桑顛倒接海門長鯨呼吸連瓜步巍然幻出梵王宫碧甃丹垣老篠樹懸崖篠樹不知年上有甘露華其顛六朝爭勝地兩子談空禪澗絶

天涯近灘處秋月圓此中逸趣須同調相逢欲學蘇門嘯嘯聲
面落揚州岸片帆南北常悠悠歸來擬潑米顛墨記取江流隱
現天光現

羚羊峽

首路羚羊峽山峯斷欲連江流千派入古寺一登懸亭小穿雲
出蓬高帶月還包公遺蹟在髣髴硯洲前

清遠峽

大羅山下歇峽勢欲排天樹密青無數山空響自傳危橋依岸
轉斷石傍溪懸爲聽猿音杳猿歸自昔年

與內兄董公幹夜話

此日竟何若相期舌尚存有懷寧惜別愛我轉忘言簾靜書千
卷峯青酒一尊莫嫌蹤跡遠道義在吾門

京江寺樓眺遠

憑高豁心胸放眼出林表落日下城低遠山入窗小銜風宿鳥驚脱葉霜枝矯何處起浮雲騰空自飄渺

海州道中

自多攢翠擁不覺客身孤陸産全侵海鄉音半入吴臨湖歎古樹列堞界山隅是處皆欣賞詩成意不拘

惠山秦園

假我尋幽興名園許一過波平橋欲卧徑曲樹偏多壘石横煙嶂疏泉界緑莎主人舊相識行樂近如何

端州七星巖

七峯横峙頂湖邊巨石凌空別有天爲擁專城疑作鎮因分斗柄若爭驪苔封水碧煙中軟霞斂金膏乳底懸試覓含珠最深

處巖下有含珠洞鼓鐘響龍韻山琴洞中有石擊之肖鐘鼓聲

水月宮 在寶陀巖明制府熊公所建

爲仗名山廣作緣祇園布地豈徒然門迎雉堞千屏合背倚層巒一方水漲瀰湖平岸草風來度嶺響飛泉莊嚴龍象今猶在揭碣依稀紀昔年

寶月臺 宋包待制所建書院

定山球峙水盈盈飛閣憑虛分外明望去七星當戶立看來雙墖若簾清榕陰寄覆疑朝雨月鏡高懸帶晚晴孝肅只今傳往事松臺還憶舊書聲

含珠洞

步入仙源境轉空蓬壺未許一塵封撑開雲腳浮瓊宇鑿透玄關見別峯亂滴芳泉珠乳綴頻敲石鼓梵音重探奇更欲窮幽

壑巧避天光隱臥龍玆洞一名潛曜舊有龍床捫燭始見

磬山放舟

極目蒼茫舟自橫漫隨流水紀江程浮鷗掠岸疑詩侶遠岫當帆解送行斷續墻匡因寺補參差樹角倚雲平此身宇內原如客野興閒情取次生

京江夜泊七里港

日落檣頭映晚霞江禽帶水立平沙村童驅犢穿花徑笑指溪邊是我家

曲阿詩綜卷之十七終

曲阿詩綜卷之十八

丹陽後學劉會恩時菴輯

國朝

賀易簡字位成號裳之長子布衣著有載酒園同懷稿

石尤風

石尤風爾安逝既能發作精與靈懷山拔木飛滄溟胡爲不吹天下遠遊士使重離別縈家庭何爲僅能江上片帆助朝暮送人遠行去遠行遊子不足言君昔幽懷竟無據從今不寄別離書別離君姤亦成虛閨中少婦情難訴高堂親老竟何如

詠史二首

絳侯本武徒以力從高皇晦昧適啓期雲起而龍驤戰功良有餘相畧非所長當其釋兵柄徒與世徜徉苟非鄙況計安劉何

所望追居宰衡職始愧力不當戀戀雞肋心終爲英主傷尉丞
出行縣兵衛日傍徨至哉郭子儀開誠示不疑天子苟有詔要
甲亦何爲
忠武王佐流躬耕南陽室當爲梁甫吟衡門甘抱膝維彼三顧
恩遂以成六出畺淬心素期利鈍豈所必區區蜀一隅加之嗣
君佚拒魏復拒吳將相兩無失秋風五丈原至今起蕭瑟三代
而下人孔明應第一

秋杪舟行

落日高秋道風埃滿客塵敗蘆聲似雨古木氣疑兵路犬迎舟
吠驚鴉繞樹鳴一春馳逐意重至恨愁并

野老

野老與偏賒相將覗歲華陰晴守俗諺禾黍宅鄰家入市兒携

晳輪艤自泛槎更逢催稅吏競問使君車

蒙陰道中

作客初冬道蒙陰旅肆中鄉心大江水愁緒五更風饒勝歡堪憶牽車夢已空何堪酒醒後一一度征鴻

園居

疎簾積雨逢初霽霽景松濤向閣翻楊柳綠藏茅店路杏花紅鎖夕陽門窺魚鳥立寒塘水驅犢人歸密樹村倚杖看雲常獨坐箇中得失竟誰論

一徑梧陰覆小軒山深塵遠不聞喧納涼我愛松亭石濯足人爭急水源菓熟猿頻窺澗側花殘鳥劣過鄰園年年到此黃梅節雨漲前溪過札滒

毘陵秋暮

扁舟一棹逐風輕是處丹楓雜野塍細細蘋衣牽蠏斷垂垂荇葉挂魚罾秋林露濕喧歸鳥山寺烟迷到暮僧此去莫嫌魂夢杳擬將豪飲伴孤燈

賀對揚字敏公號寄庵裳之季子邑文生著有載酒園同懷集

頭白烏

頭白烏頭白烏架巢樹頂將生雛纔生數日雛欲哺雄烏覓食來前逢逢中年少何翩翩手拈金彈打雄烏雌烏不知雄烏殂飛去飛來覓故夫小烏不見大烏歸啾啾唧唧巢中呼夫既死兮誰能撫獨力綢繆防外侮哀鳴日夜不少休有客聽之淚如雨淚流雨罷爲烏思雌烏雌烏爾勉之善撫小烏羽翼滿他年自有冲天時

秋夜讀吳梅村詩

蕭蕭木葉凉風吹寥寥四壁蟲聲悲夜來會酒不成寐披衣起
讀梅村詩詩句清新少陵意風流才藻疑無二就中歌詠比興
工凄凉絮述先朝事身本先朝侍從臣大家情事詎堪陳當年
多少興亡恨腸斷思陵在甲申中原一日黄巾倡內庭宵旰思
良將六師風雨盡爲塵燕都失守南都喪死事諸臣當日多子
雲投閣亦如何林間逸老幸無恙傳得君王長恨歌歌詞如怨
還如慕恍聞天寶宮人訴不惟涕淚感皇家更於身世傷岐路
紅牋早寫長安門禁林朝暮近承恩歸來身未親逢難長向西
風泣至尊風塵擾攘嗟翻覆擬將出世逃山谷　聖世徵書下
九重淵明荒徑籬邊菊脂車起召入京畿馬首人民半已非遙
瞻殿陛趨蹌慣況値　興朝賜紫緋先生國子從猶昔楷模四
海作矜式胡爲老大重悲傷空言心跡終難白展轉低徊悔此

身自誓身在媿君親生死無端都入夢是非莫據定誰眞我終讀之心悽惻風騷不媿詞臣職古來長樂畫圖看似此惓惓思故國回首神京涕下類寢陵松柏久堪薪年來冷落裴江月亦復蒼凉愁殺人

春晚閒步

門前多隙地野步出疎籬水怒魚飛岸巢風鳥墮兒一春聽雨慣三月看花遲空使韶華去提壺强自怡

薄暮柴門望長空景物齊夕陽啣嶺落歸鳥定枝棲柳暗一溪水花香幾處泥閒居人易老搔首暮雲低

奉懷天山夫子

拜手岐亭外聽驪已惘然長征大河北惜別小春前鄉夢勞千里行蹤問一年歌成[illegible]專貌恐人憐

岑樓 樓名搔首宮保建於里東南隅高敞爲先君子讀書其中今已毀矣詞以哀之

朱扉畫棟作飛灰禾黍秋風土一坏往日問天曾有路只今遊賞更無臺榭悲故國歌三匝夢繞空中語數迴長恨忽教留地下燐燐鬼火夜成堆

夏日偶成次叔度韻

春歸花事已全徂榴火初明興不孤夾岸燈城螢上下連宵梅雨月糢糊柴門客到頻招鶴草閣雲深許授圖慚愧箕裘毛穎秃牙籤珍重讀三蘇

高山流水好音稀過去年華似鳥飛猶有青瓊人可羨更無蠅撫事全非鶯啼老樹消長晝燕補陳巢帶落暉宵夢幾經勞捘錦十年裁就未成衣

天山夫子游浙初返即同嘉禾沈中立北上奉送

黄河渡口亂鴉啼客裏無端日又西莒蓿酒澆茅店月夢中烟樹正凄迷

送别黄大聲

相逢猶許憶從前獨罷題詩事宛然莫學岐亭圖别酒柳條春逗一年年

賀對達字秉山裳之次子著有載酒園同懷集

吳子彤自粤歸里晤後遠返邗江口占

天涯蹤跡問何如千里如鄰訪敝廬幾處山留康樂屐一牀塵拂右軍書推敲共許風流古邂逅全教鄙吝除應是廣陵潮信急片帆容易别南徐

蔡瀚字季海號松泉

讀文文山集

一覽遺文心竦然整冠端拜百年前丹青舊像無麟閣義膽忠肝有蠹編詩到盛唐推老杜文於兩晉只陶潛當年慨國奸雄輩地下如聞亦汗顏

送羅濱洛西歸

三疊陽關酒一巵别君先憶見君期叮嚀只在梅花裏莫待花殘子實時

賀　銓字觀成

旅中野望

扶笻臨曠野極目眺高岑天限分南北雲浮變古今想傾桑落醉應過菊花吟獨有羈棲客蕭蕭憶故林

葛　鈞字東之號湘湄一號一泉康熙乙卯舉人官長洲縣教諭著有貽穀堂詩文集

華山畿

可憐華山畿郎自爲儂死儂生獨何爲父母不下堂兄妹俱成
行何必戀阿儂切切空悲傷啟我黃泉道换我新衣裳古墓横
路旁陰陰松柏長下有同心草上有同棲鳥

公無渡河

公無渡河濁流寒岸尺水興波衝風欲渡胡爲乎高臺築河上置
酒羅笙竽良辰昜不樂夜榻蛟龍窠公無渡河且安居蜥蜴猶
未除長蜃幻氣盧帷幕垂垂栖珊戈公無渡河投網羅

前出塞

火照環陰山夜半驅前敵邊笳山後吹壯士營中朔風一夜
寒氷凍長城窟
九月出雁門十月戍上谷萬馬屯紅雲旌旗自相逐都尉失陰
山南望長痛哭

後出塞

朝爲未央尉夕拜酒泉侯長繩繫南越馬上脫兜鍪丈夫尚意氣富貴何足求

故人自南來停驂爲我語漁陽鼙鼓衰將新戰死明年復歸來殷勤謝兒女

揚白花

百花何的皪楊花獨顛狂飛來飛去落何處點綴雕簾空斷腸不戀殘枝不結子化爲浮萍付流水可憐江邊輕薄兒莫踐楊花入泥裏

戰城南

戰城南落日黃城頭鼓角鳴大旗風颺揚軍中萬矢盡策騎走倉皇控弦盧一發鳴鏑聲悲傷兒郎莫衛我努力報恩主當酬

闔閭死當馬革裹

空城雀

雀生四五雛乃在城頭空樹裏誰家雙燕子飛去飛來啄蟲蟻不得樽罏共棲止兩兩輕薄少年子左挾彈右躡丸欲打黄口爲朝餐勸君莫打雀飼我以黄花報爾以玉環

鴈門太守行

旭日照山谷鳴騶動地響人傳太守至農夫伏叢莽雁門三輔地出入陳兵仗行道相藉藉三三復兩兩皆言太守嚴交遊拒親黨夾路施荆棘城門布羅網丹陛向陳請黄堂絕還往止此稱第一風聞邀上賞雄哉九州伯赫矣五湖長何時還故里燕羊迎境上一識平生親江干候官舫

青溪辭答沈無波

結廬古樹旁女蘿絡簷下俯瞰萬仞溪飛泉當戶瀉時有雙翠馬鳴聲如管籥集我窗牖間晨夕不得舍白雲去復還青山秀而雅逍遙隔人世聊以悅隱者

喜唐盛之至

三秋音信隔奄忽到山廬喜極握君手問君近如何風塵落顔色冠服倐已殊世路遠且艱將毋素心渝傾我床頭酒烹我池中魚痛飲能幾時花枝蔽前除悔不十年來閉門聊著書但恐大義乖奚難其驅馳

仝周東會徐義占毛子岐將遊柳下祠避雨俞西友家步

陶淵明挑花源詩韻

入城日一紀離家似隔世碌碌奔途迷歲月忽焉逝知已相顧問舊學已荒廢精舍在城南寂靜可遊憩清池芰荷香小圃藝

蔬藝地僻絶人跡磽确減征稅喬林多鳥聲薄叢僅犬吠興發遺諸緣可以得新製黑雲起城堞驚遽未遑詣急雨自西求長風挾之厲幽人家道旁交好忘年誼無營地不囂有子性偏慧未離城市閭忽已遠塵界曲檻盆花繁高垣修竹蔽盤飧免俗情言笑皆世外還嘗乘暇來晨夕從吾契

前北征

生男挾弧矢所志在天涯忽焉老將至浮生空爾爲讀書明大道遠遊非所宜朝夕展一編窮年守其雌宇宙亦寥郭方隅安能支捫松別墳墓造門辭親知稚子挽衣泣含淚供餳飴病妻留不從聊復進一巵栖然結行橐蒯緱帶閒垂忽見遠行妝閭里咥其癡槃檝橫大江更渡長淮渦攬勝重登陸停驂或踟蹰路險僕夫瘁途長蹇驢疲嵐光晨暮變雲氣陰晴移川原多櫟

林落日鳴寒鴟時嘔過危橋泉響蕭條悲闕南歲大熟禾黍兼楮梨我來季秋後纍纍懸高枝小市人影亂荒城角聲吹通都詢異士深山訪名師讀書盡夜猶不如荷鋤兒大醉入窮壑探幽賦奇詩何當上喬嶽一讀寒山碑

後北征

燕遊閱二載艱苦亦備嘗樹木發芽萌日日思故鄉問爲奴僕言時與親串商所虞資釜竭兼之知己行袌馬非輕肥志氣先頹唐春寒猶峭厲飈颯不可當莫如亦道歸蓬檻如房廊入市置筌篦草草修行裝賓朋執手別相戢無悲傷幸與良友居何憂道路長初出城東門茅檐見微霜水次一鷁舟空凹泝流光景滿來甚駛鬱葱遥相望河水源自西山生平少著述一號名山藏自嗟齒漸長得句旋已忘古人富奇編閱罷棄道旁前途三十里

澄波渺茫茫名勝及古蹟慨然弔興亡還家賜簡書先世遺文章巾車携與遊邱壑恣徜徉妻孥具至性入弗繫肝腸長歌徹四座從人目淸狂

題計補客可石園

蘭亭修竹成荒蕪梓澤煙雲生菰蘆吾友胸中有邱壑尋常設想皆名區翹龍振轡五岳聚不用神工及鬼斧奇峯西域忽飛來江水吳淞任剪取祇樹奇花隨地浮春風秋月常淹留畫圖隱隱在天末室中偶爾生蜃樓縹緲迷茫何處尋商人遙指邱中琴，印山雖好無人買爲語江東支道林

分水龍王廟歌

文皇定鼎來幽燕千官十月披裘氈轉輸天府急飛輓玉粒上貢緣臣賢當年海運浩瀚始啟道茫茫大洋裏安得漕船到直

沽鯨魚吹濤颶風起汶上老人明白英漢陽東之居勒增拱藜伏闕獻奇計開河內地風波寧萬水滔滔皆向東百川歸海將毋同決開汶水獨西注築壩戴村砂磧中天子聞言協廟謨嵩揆庶尹僉曰俞老臣奉詔將趨事宋公陳公爭先驅由來河神號王癸更有蛟龍伏潭底七十二泉隨地噴疾轉迴瀾去如駛汶流湯湯水淸湜洸濟包羅限門閘兩派中分各自流三分向南七向北代鼓淵淵建旆旗軸轤啣尾淸江湄南風瀟灑發爪步雲帆直上無稽遲功成廟祀垂千年海神冠甲金龍纏司空半江若昭穆蟠蟠黃髮無聞焉君不見焦頭爛額爲上客曲突徙薪無恩澤

曹將軍行有序

將軍名變蛟總兵官曹文詔兄子也世將家子驍勇

絶倫流賊張獻忠畏避如虎嘗對壘河上賊阻水爲險臨崖嫚罵將軍策馬一躍過河擒嫚罵賊殺之賊大驚奔潰真寧之陷文詔盡節將軍出萬死潰圍歸命軍前後爲前鋒參將從督師出塞全軍皆降將軍不屈被縛叢鏑射之遂死或傳松山不食死者誤也是時南康侯左良玉家厮養積戰功至開茅土而將軍全家歿王事不得一侯人言將軍爲兒時宅旁有潭龍湫也龍興雲霧害人人不敢犯卒家僮撚火具發勁弩射殺龍其後墓龍爲祟訴帝得請奪其祿命云嗚呼世果有如此事耶其可信耶

將軍雄傑世無有叱咤風霆皆倒走鄴下黄鬚不中奴元嘉白面皆如狗總角張弧毒龍鬭雷雨昏狂助龍吼項刻彎弓攝遒

鯹腥血污潭但聞臭黃巾如蟻涌冀野淸渭濁漳沸流赭刳婦
爲欃枒戰駒熬胙作礮肝爲鮓將軍悲怒不自勝拔取腰下三
尺氷飛大賊擧如神鷹揮霍擊刺山岳崩戰酣不顧矢著面奪
槊跛賊更酣戰紫電横磨草木披玉紅亂灑桃花片霹靂在手
鯨鰐誅月黑不敢尋頭顱驚蒐哭賊旗影竄餘燼得傍弓力蘇
正欲擣穴忽阻小賊倘天幸竊自喜戟手狺狺肆惡聲謂足一
洗喪敗恥吠聲未絶詗未已飛渡一鞭已及酋將軍天神馬天
馬威靈直是從天下劍槊從横不可當一片髑髏如碎瓦結髮
行間百戰秋偏裨厮養皆封侯將軍數奇獨不偶猿臂天生靳
虎頭男兒爲國殺賊耳封侯不侯何暇理自古山河血戰爭誰
家帶礪能移易横池頻弄四海摇攙搶未掃龍頭驕鴟張濊貊
怯横海鬼哭盧龍愁渡遼羽書絡繹相項背丞相股栗天子惱

將軍遠道仗琱戈從大將軍宵出塞痛恨匈侯辜國恩約束縱虎如狐豚投兵舞蹈降旗豎只願偷生在玉門將軍裂眥髯盡戟厲叱逆奴宜寸磔我死猶當極汝竜肯容汝等貌殘炙痛哭未完轉觸怒萬鏃飛攢爲蝟具千尺英風貫白虹聞者傷心淚如雨風霜百折爽柯扳天意忍看恣壯殺至今談及猶戰驚河朔鬭名愈痞瘥嗚乎將軍死緣二十八

練塘行

曾聞古老言京口石閘底虎阜塔頂齊夏秋京江乘漲滿冬春注瀉不可隄漕渠涸東止一線萬民苦役恒悲啼惟茲練塘波浩浩八十四流與天稽古隄古閘古函洞以時蓄息恩蒼黎湞湖一寸河增尺千航玉粒過淮西奈何狂狡恣吞嚙田湖不顧河流溯湖頭碑碣比星羅自悞悞公幾秋壑昔賢過此會嘆吁

淵涵停注眞艮圖

漕河諸閘行

練塘淵源在雲表鴻大長河似傾倒下流無計多隄防東海侵墟徙浩漾古來橋閘規制殊西扼咽喉東尾閭挽漕冬春轆轤上啓閉灌輸恆不枯百餘年來漕政荒依稀舊址河之旁閭無人閭門無門空中所有焉能藏

孟河行

江南亨民千萬指江帆來往紛若蟻官閘官夫能幾河牽輓雜沓竟如此孟河古鎮江之沱建牙吹角貔貅多七峯山房淳化揚信陽高碣空嵯峨空回漕艇與官舫百里回橈向此河輕帆五兩蘭陵市蘭陵古月照江波憶昔崇正歲庚辰予舟兩入孟河城城下濤聲猶浩瀚城中樓閣對朱甍樓閣朱甍花薄暮花

枝横映江流駐何意纔過三十春此地滄桑迴非故向來擊楫浮長渠今見長途負擔趨江航並進京江口京江冬涸立壅淤願得如箭孟瀆流佐漕除弊比決疽不然忽此萬全計野老血淚空糢糊君不見金牛鎮之東河梁百尺如長虹亦有清波向此去此是古昔江帆往來處

十四港行 見東坡集

野老土著家瀆河乍聞吾言增偏陂上流防制既如此蘭陵錫山將奈何隋唐之始江南水江河湖海相表裏江自為江河自河後人膠柱鼓瑟耳梁溪遙對違江橋接引諸流並滙漕中間百里十四港夏時潮漲秋通潮逼漕入河埭[illegible]數郡可奈隋唐時代遙漸漸淹淤不可問違江橋水遏鄒村諸港寥寥一二存不比漢宮沉菀子竟同禹蹟失鈎盤有能鑑古

尋故道復浚開涵拯旱潦何異重修古練塘不待濬河河浩浩
劉河功成海晏如潤常漕政毋疎虞匼匼邑誌亦未備請君更
讀東坡書

金陵道中

維舟秋色裏獨上曉煙輕古寺無人到寒花偏地生江空羣雁
起葉暗一蟲鳴偶欲題詩句篙師漫作行
不辨江村路黄昏過石城鶴鶩秋月上鷗識暮潮生楓葉迎帆
落蘆花拂棹行鄰舟如有意吹送洞簫聲

甘露山亭

江潤半天影危橋秋色間片帆懸樹杪一騎出花間説劍談偏
劇徵歌興未闌蕭梁成往事蹤蹟越空山

述懷

少日學擊劍，書生才自雄。浮家碧海畔，射獵青山中。鴻鵠舉青漢，蛟龍駕天風。有時發長嘯，吹氣成長虹。

送賀天山游武昌

握手登書舫，篷窗向水開。仲冬分袂去，三月計程來。巫峽看雲路，瀟湘作賦才。武昌魚自好，還憶故山梅。

蒜山觀潮

巫峽長流一道回，海濤無數擁江來。怪雲千疋龍初怒，惡颶四來天欲摧。澤國預知潮誕日，水羣爭上放生臺。老人尚說神魚事，蛻下如山骨一堆。

雨中泛舟天湖

偶作漁樵入翠微，蒼煙行盡鷺鷥飛。人家數點青雲岸，仙术一聲叢竹扉。亂水亂山橫釣艇，斜風斜雨上簑衣。貪尋半幅迷離

盡落盡桃花尚未稀

鄧長爵作一小舟名月山水圖將以是爲泛宅計詩以贈之

製得浮槎在水湄米家書畫舫依稀酒闌倚檻聽魚落夾龍捲簾看燕飛雙槳每隨花片去一帆時趁月痕歸南湖北渚頻來往欲泊桐江舊釣磯

題朱南池愍南集

六詔烽烟瞬息空天涯何處問途窮文章馬革悲亡鏃帝子龍髯泣墮弓寬渡瀟湘千里岸骨埋榛莽萬山中淒涼開寶疏遺事禾黍油油滿故宮

尋扶陽忠烈王舊蹟用蘇東坡潮州韓文公廟碑歌韻

節烈誰教生異代忠臣何幸得同鄉唆响豪氣逼三峽錦繡名

文似九章盡掃陰霾開皎日返將巾幗變冠裳皇天后土昭臨
上列聖羣宗儼在旁豕巷鳴珂皆瓦礫皐朝鼎食悉粃糠已知
娬媚能亡李誰料條常又殞桑重振綱維多氣色大書史策有
輝光蓮花妖豔成貂續桃李繁英覽鳳翔定策禁中鸚鵡折除
奸廡下寡孤儷投龜公謹疇能並捧制元忠孰敢望才大老成
終輔王歟高異姓亦封王商山四皓匡朝宁楚國三閭赴沅湘
堪羨甸心貞國士深嗟眯目聖神皇但知社稷爲安悅不計身
家早退藏婁相羅能銜同失馬揚公先見須屠羊韓彭盡死寃難
雪産祿猶存恨自傷寢廟鼓鐘重立極山河帶礪在扶陽野人
慷慨懷千古過客殷勤薦一觴湖面蒼茫殘照赤山腰黯淡暮
雲黃無端陷害悲哀桑有志澄清笑范滂尋得古祠村落裏留
將革崔破天荒

謁椒山楊先生祠

蕭蕭匹馬過容城，古栢祠堂臥石欄。遺像儼然瞻拜久，豐碑屹立撫摩頻。書生每欲攖權相，聖世何緣殺諫臣。同巷盡知鄚趙蹟，拔垣爭步董王塵（董公傳第，王公煃）。任將百出奸謀役，贏得千秋俎豆薪。却怪征夫催未已，柳梢落日尚逡巡。

偶成

翻手秋雲薄，久情罕是眞。言愁甯洗馬，憔悴亦丰神。落落山骨寒，聲翹似野鳥。吹箎來金閶，兼旬無識者。

梁溪道中

兩岸喧蘆鵠，孤舟指亂峯。水程三百里，不見種芙蓉。

早春即事

爲愛山亭水一隈，春寒猶峭未先回。奚奴莫謾尋書卷，且探梅

花開未開

殷薦馨字掞先號念蒿邑文生著有介然居集殷氏祖籍丹陽遷居丹徒集中所錄皆丹陽籍

和田綸霞夫子社花原韻三首錄二

此種何名社因開立社時九苞丹鳳萼五爪赤龍枝勿以非園植而忘覓句思騷人籌在手催酒更題詩

逢社此花發秋分色更妍乍看如赤葉最好是霜天丹萼園林轉紅鬚綴頂鮮遊人來把玩草上藉茵眠

同錢章起夫子遊馬跡山次韻

一路秔香蟋蟀啼萬松深處白雲齊予叨舊在常歸晚客點枯筇去向西高士宅依辛苟里羽流來就葛洪棲江東夏后車書集應自塗山涉會稽

諸葛羲和字西秩號敬亭庠名平邑文生著有蠹曲山莊集

雜感

潛龍在幽壑乃爲蝦蛆欺蝦蛆得寸水笑彼長苦饑溷溷塵圂中不知身自危寄言魴與鯉出入須及時一餌誘易獲屈伸安可移

鳳隨天風下云欲求其凰喬木摧龍門荆榛滿入荒衆鳥集叢薄啾啾鳴夕陽翻憐自寂寞不若羣翔翱忽見三青鳥飛來戴勝旁口啣一紙書延之到崑陽

寂寂歲寒松蒼蔚畫圖裏旁有一枝梅含香照清水其亞惟修竹蕭疎殊自喜向來春風時輕薄惟桃李

題墓廬山閣壁間贈向子立

昔我登泰山俯視九州小藐兹五大夫頹然伞枯槁縱橫黃蟄中如萍在空沼今來浦子口門對青山道一空山水間已足供

清眺是時方歲寒嚴風催百草誰把蒼翠容落落一筆掃霜皮蘚墨香虬幹風雲繞忽如龍蛇蜒騰空勢矢矯煙霧鬱蒼茫脫然露鱗爪陰晴貌屢殊霜雪神逾好風定月明時時有歸飛鳥飛飛栖不得哀鳴過華表南陔露未晞蓼莪秋漸老孝思永不忘依依春林杪時復想清風淚落如寒潦

桃花岡次淵明桃花源韻

桃仙木也能辟除不祥鬼不敢近猶䰢之於荷蘺復之於青箱子得獨全其契思生畏人如鬼死必畏鬼如人擬預築生壙於甲城南岡盡種桃花俾後之上塚者如入武陵云爾

宇宙復何人望古邈論世淵明去我久倏若神鶩逝好花歷亂開舊谷森陰蘐下築南岡阿清曠可遊憩芳草襍鮮美綢挑手

栽藝地偏跡亦稀林深靡貢稅佳禽戀客啼小犬隔花吠春閑看枝紅對景得新製壺觴日日攜杖屨時時詣醉卧藉花茵不覺春風厲垂實又開花相看自忘歲逍遥大塊中淳朴無私慧即此是仙居忽已遠塵界但見紅霞飛青葱修竹蔽置身在花間息心遊物外間津者[illegible]謝惟吾有深契

古劍

匣中三尺水光芒燭斗牛與我相周旋霜行十二州久不事磨治或恐壯士羞礪以千仞巖濯之萬里流酒酣邀月舞月黑風颼飀遂令意氣徂落落橫九秋

古意

花花猶看色葉葉總相當枝枝相撩映行樂未渠央春城多佳麗各自媚新粧大婦顰太息中婦打鴛鴦小婦不知情花下捉迷藏

答豈凡

我愛陶淵明所居惟種菊開軒對南山雨過如新沐如風自南來微香散崖谷濁醪初發瓻葛中聊自漉頽然一醉醒旁雲傍簷病所思天一方路遠膝難促還當乘暇來攤書共君讀

巫山高

巫山高不可極淵水深不可測有美一方乃在山之南水之北雲爲容雨爲色風風雨雨吹靈旗神出神歸人不知

擬羽衣霓裳歌寄錢大瀣濱汪三願素吳五豈凡

白榆歷歷無纖雲廣寒夜宴東華君鸞笙象管參差舉青鸞紫鳳蹁翩舞天風吹動香步屣軟紅飄逐楊花起綠衣天子正少年饒進楊家碧落仙三十六宮名第一海棠著雨朝無力丸雛釵重珠兩兩霧鬢輕鬆嬌欲滴翠盤扶上遲復遲繡襪遺來塵

不知小燕身偏委回雪明霞衫薄透凝脂花房露濕欲逾媚蝶粉香消蒐亦醉漏斷銅龍日已高可憐春度可憐宵時時還傳君王顧顛娘周旋扶不住恰似綵雲朝欲飛只愁飛向驪山去

吳宫行

軒轅帝裔開荆揚文身遺俗垂衣裳雄圖礫帶及江海千巖萬壑環金湯昔年築宫研石山琴臺高瞰五湖間錦帆片片翦清泚萬頃琉璃消夏灣消夏灣深橙橘緑吳王醉擁西施宿走狗塘西響屧廊館娃宫接吳趨坊一株瓊樹飄香雪天遣妖邪嚙餘孽誰其作俑爲厲階千載無人怨專諸子胥空自報夫差從此夫差竟忘越蓮歌清唱百花洲落盡紅衣潴國秋井梧蕭索銀牀裂荒臺麋鹿鳴呦呦嗚呼范蠡烟波棹七十二峯飄渺浮家泛宅雲水濱廿年果見吳其沼

焦山觀楊文襄玉帶歌

大江西來濤澎湃蜿蜒一曲形如帶登焦山兮海雲堂寶氣上冲光商皇山僧捧出小玉笥中有玉帶稱文襄文襄玉帶武皇賜名器什襲神飛揚楊公雅重焦公德特與玉帶名山藏我聞東坡學士遊妙高曾解玉帶留山寮江神夜入金山寺光怪陸離驚素濤文襄作事頗超忽此行却似文忠豪還君玉帶意悵然山僧封識貌甚虔不爾恐有蛟龍恣攫取啣入大海歸珠淵特此顧借甚寶重索我握管題素箋我亦乘興揮雲煙請吹鐵笛和我高歌玉帶篇

行路難

君不見大行之山拔地起千巖萬壑層雲裡又不見黃河之水自天來怒濤濁浪河雄哉山深水濶驚心魄輿卒篙師猶震懾

況復嚴冬氷雪深辛苦辭家初作客人生到處是風波何必大行與黃河

晉恭王墓（郡人於墓側龍母祠禱雨）

古木千章覆石壇參天黛色鬱重關欲求甘雨蘇天下誰識真龍臥此間法鼓靈旗迎海若玉魚金盌瘞塵寰書生不敢陳牲醴荆棘横斜手自删

八大山人歌

八大山人隱其名並隱其姓蒼顔鶴髮飄若神仙自言身懸兩朝年已八十有餘善詩畫尤不肯作畫好事者每以數千錢搆之而山人亦不辭攜錢入市欣然一飽餘然即盡罔所值之貧乏興到則吟小詩字字俱極古朴與人言絶無怪誕甲戌春過於雲陽旅次後不知所

之壬午秋予客邗江見友人扇上七律乃山人辛巳年所詠葯思慷慨莫知所指因賦之

入大山人品絶奇傷哉騏驥沉汙泥蒼髯似鐵眉如雪問名與姓不肯說自榻小印號神仙（印曰可得神仙）意泉無懷與葛天興酣落筆有生氣一草一木含雲煙得錢貫酒入醉鄉酒後耳熱歌慨慷新詩著就多磊落滿紙時聞翰墨香翛然塵世何閑雅堪笑當年守財者亢憐飄泊東西人未得黃金偏揮灑吁嗟乎淮陰年少一何愚蹉跌漢蛇爭逐鹿誰識王孫洄釣徒

雨中泛練湖

萬頃澄潭一葉舟片帆搖曳在中流須臾雲氣出南浦天吳蹴浪馮夷舞水中出沒騎文魚手把龍鬚灑春雨蠙珠跳蕩盈我前的皪荷盤碎復圓扣舷忽長嘯頓覺湖山小意氣凌滄洲寄

身軼天表我聞長山之峯高出雲昔何葱蒨今氤氳閒瀏之水清且瀏晴鋪疋練雨浮漚長山失高水失深沾裳濡帶勞人心山高水深猶可測我獨飄揚不知何所極幸有詩龍酒虎相徜徉不爾見笑雨師與風伯

浦口眞珠泉

嵐光疑作雨蜃氣欲成樓赤水蛟龍舞靑天星斗浮玉纖如何掬川媚豈難收莫拔芙蓉劍明珠不暗投

焦山雜咏

小築開三徑平明噪百禽松寥晴亦雪瀛海晝常陰北府軍容壯南徐王氣沉聊將廣陵散清夜理瑤琴

海不揚波也猶餘人勝坊黿鼉浮巨石香象臥斜陽丹詔飛天闕眞宗遣使祭焦公秋屛看海棠舊有海棠屛寄奴山下客憑几欲沾裳

高閣俯青田篠幕挂夕煙龍吟常作雨鶴壽不知年雪浪江千
里梅花月滿天寧甘爲隱士豈肯學神仙

郊外即事

相約尋秋色秦淮放小舟煙横雪浦月楓醉夕陽樓出郭心偏
迥過江山欲浮憑闌時送目征雁已南遊

金陵懷古八首

長安回首説雄圖江左居然甲九區龍虎地形圖禹甸斗牛天
險壓王都桑麻雞犬風光好文武衣冠氣象殊一自紫髯開祐
後金陵從此握乾符

如此江山勢復雄伯符志業儘焉終三分鼎立天爲塹五馬南
來日再中禾黍荒陵吳大帝鶯花小苑晉離宮寄奴亦是眞英
傑孺子何知田舍翁

土價黃金志未伸上林猿子已傷神蓮花國豔新開市白髮君王自捨身敗葉漫飄秋寺磬夕陽猶照戍樓人東風莫向臺城去驚破華胥夢裏春

不道無愁果有愁君王失國甚風流景陽鐘斷烏啼月玉樹花殘雪滿枝白下江山渾未改中郎將相已兼收太平天子開閶闔日月雙懸照九州

新豐雞犬大風歌萬國朝天慶止戈非種已除弢甲仗通侯擊錫誓山河雪消雙闕晴霞蔚春滿三山湛露多底事中原忘帝力偏傳滄海不揚波

效法成周計未全空將官禮一身肩高皇魂魄猶思沛大夏攙搶已在燕不料狡童更玉步錯教豎子守金川扁舟載得春歸去風雨飄搖叫杜鵑

依依楊柳正青時，燕子飛來占一枝。月落烏衣門巷冷，潮回朱雀淚痕移。元勳第宅新亭淚，外戚屏籓彼黍詩。惟有白頭宮監在，晨昏常護孝陵碑。

紫金王氣已全衰，江左夷吾安在哉。戰艘直侵桃葉渡，歌聲猶繞鳳凰臺。山傾西北乾坤坼，火燎東南草木災。痛哭鼎湖髯斷處，年年惟見野棠開。

夜宿大士庵即曠公祠

爲憶幽棲大士庵，穿雲拖屐過城南。一株梅蕚先春放（祠有大蠟梅），半榻松風對客談。敢道臣今清若水（祠額曰清如水），須知青自出於藍。蕭然高臥無塵滓，夢破還同彌勒龕。

臺城

麵作犧牲血食亡，白頭老衲禮空王。誰知西域神無髮，贏得南

方帝絶糧秋雨裏江天寂寞春風廢殿月昏黄幾年前向修陵過荆棘銅駝卧夕陽

夷門懷古

千里風沙白日昏醉騎驕馬入夷門愧無俠氣傾豪士安得蛾眉報舊恩公子聲名終古在屠沽肝膽幾人存書生雅量侯嬴諾一盞椒漿奠故魂

虞淏字原博號巨槎玉之子布衣　布衣性靈敏博學於書史無所不通詩文皆涉古大家堂奧嘗都魏和公深與友善著有巨槎詩文集自剪氏民起父子外又有虞氏父子之目　又著有舟居集

同葛湘澗錢子望九華最高峯

遊士同登九華首好奇自許亦許友衝雲直上最高峯廻看華頂覺何有長江三面千里平不見水奔見山走瓜埠滅没同浮漚蠛蠓卷區復如斗往行其間知可否憑空咫尺堪挈手我友

叫絶不容口浩歌一曲石代作歸來安得紀遊篇却將雲夢吞八九

由鶴林寺至張王廟

綠稠溼似雨出樹始知晴村缺松坪補溪分石路成對門橋恰延過水隔偏明聞說山陰客遊心亦爲傾

江上阻雨

作客蹤無定歸期過又過愁霖還擬賦獨漉數聞歌柳重疑天暗梅肥悟日多春先不放早天意欲如何

邀花峯

漫將臨絶頂投杖坐猶驚翠壁孤撐出青冥並帝擎鴿巢懸鳥道雲棧擁風聲躋險方知老難爭攬勝名

嵌空天一綫蹋步入遲遲崖腹捫嫌飽蘿根踏更疑先登方笑

倣轉覓即迷離洞壑斜陽盡探幽尚恐遺

宿八公洞

北山已遍春遊屐南郭還探古洞雲八院參差泉各到一林深香徑濶分朱櫻帶雨圓尤燦修竹合風響細聞若問道心生幾許夜來魂夢已無紛

移居

一椽何處是吾廬垂老倉皇未定居風雨抱孫辭舊里零星載友借柴車五更枝上無驚鳥三徙囊中只亂書安得買山成小築帶經常向白雲鋤

卧聽清磬響精廬杳杳人家映竹居似我乍來猶覓路復誰能識爲移車隔離夜燭留連話惆悵秋風問訊書欲種梅花長作伴除荒待得月明鋤

八公洞旁別有某氏精舍

兩山樹接中通徑，八院籬開盡向泉。蕭梁大有藏書處，不解王孫浪費錢。

湯　寅字谷賓，號漁客，又號後湖漁客，邑文生。幼穎異，讀書目十行下，過輙不忘。工古文詩詞，厭棄舉子業。高自位置，於人不輕許可。與陳其年、邵子湘、程雍南、何于二輩齊名。一日至京口，訪何程同契，日辰起憑几而逝。逝之日有見之市中徐步向西扎行，揚揚如平時。過其門聞已卒，乃共嘆爲仙去。嘗與丹徒何絜、程世英、孫振先、金壇張愷同受聘纂修郡志。所著有高詠堂文集、後湖漁客塡詞。吾邑工詩古文詞者指不勝屈，而谷賓精鍊高古，總彙其成，注 昭代自當推爲第一。

古意

幽鶴鳴空山，滴瀝聲無窮。感君不竭意，誓此流泉中。疇昔紫羅襦，帶繫雙芙蓉。顔色不宿好，惠愛有令終。翠羽舉朝霜，謖謖閶闔鳴。蜻蛚揚切響，浥露滋蘭叢。豈不念邂然，期之在春風。

二黃詩

賀黃公名裳賀黃序名撫辰與余善皆以高才淪落而死余畧識生平大槪爲二黃詩以彷彿子美八哀之意云

黃公雅嗜奇早稱青雲器雋頴幼絶人屈首受一藝摛毫蔚葩流與許丞崔魏瞬然咸沮音頓挫見贔屭誰云三端同濡筆光所避拂鼠會宵有闕讀書擬中秘喁喁甲中春蘢髯不復睨餘鯉驗伊洛白鵞遊江裔慟哭不自存盛年求放廢河渚屋可隱傳驄帷終閉書發浪華藏兩目能偏訶賜秋推有鄉升堂緯無二袁淑好閒吟支公多堅義體同盛度豐文遜安豐視晴雨不輕出許嶽尙可企豪貴似秦川放情癖聲伎花時恣觥籌後房玉夾第衫裁石竹香簪歌劉葉翠歟炭銀麒麟蜀錦鳳凰罽妥隊

苹毫楷任誕棄身世與余交十年視余猶後輩余亦大孔兒佳
何相凌厲汨焉蒿里悲風騷更誰繼今日白楊風當時新亭淚
撫迹追渺茫與哀迷所慰落落宇宙間乃令此人死黄公
黄序少曠朗作意絕等倫家世桃花塢驕貴寧使嗔當其确然
時破車不可驅却珮紫羅囊瀟灑出行塵頭作雙丫髻開口道
古人有似曹平原初見邯鄲淳要亦稱俠士寧復歎沉淪讀書
未終篇妙義紛已陳下筆妙言語寓目蘭芷蒸慷慨鬱仲統疇
麗吾崔駰詩吟六歷後衙口得所憑借其好馳騖寘其契或不勝
有時從徒兒走馬蠶川濱紅妝兩相倚春甕竭復傾意錢並格
五擲斥不肯停晚則盡仙漏且復逝蠟盡只知肉作糜寧免蟣
代薪椒桂雜珍錯下筯猶逡巡有時張目視鹽味殊小生汰甚
耍物忌糊手嗟黄金坐是十餘年不免百慮侵往者數相見曇

彝辭酸辛英雄有成毀歎息偃經綸遠爾歸其宅淚花五及春思君徒鳴咽把君卷猶新長吟賣屋詩吾徒寧可貧黄序其序有賣屋詩見寄

擬古

驅車臨廣陌爽路多垂楊高門何峩峩檀楠裁爲梁綺疏有珠綴雕欄棲鳳凰旁觀多歎息毋乃金與張左右伺聲欬侍姬雙鳴璫賓客伏道周廝言瞻輝光珊瑚飾鉤帶玉盞紛相望前驅百金士盧弓間干將鳴鞭九衢側三騶俱揚揚借問奚功德分珪來建章路旁共阿擁寧知鄭公鄉

雕梁翔高原其頸連錢黑屬玉鳴金塘紫紺遙可識廣益有奇姿雲霞麗朝日翡翠戲清瀾鮮縟矜異飾羽毛雖美殊珍借本應絕吁嗟雀與鴟烏知鳳五色

南山鬱崔嵬遥接咸陽陌咸陽多冠蓋朱門列畫戟後房盛綺羅前庭待賓客妙舞紛七盤齊謳含蘭澤韓嫣南林彈張放期門夕鳴鐘朝擊鮮笙竽競相索所惡沈九淵所好生羽翮日夕更誇譽富貴矜令德五湖有一士眷言樂蓬蓽著書十餘篇奬門稱市卒

翳彼郎中潜蔭此豫章青胡乃排雲姿還爲纖草傾擢幹纔所異賞施有時榮仲舒不下帷終軍自請纓南越術可繫驕主寧相成董賢豈不貴鄧錢豈不盈成敗須臾間徙倚滋涕零

蘇秦十上書秦王意不懌長揣悲積薪股肱終見紬苟復相知心寧在多辭說張儀重咸陽公孫相漢室道協非伊吕時至乃相逾金門壓蒲輪河汾空上策寄謝郎中琴無爲齊廷瑟嘗郎釣玉璜允武擢如林齊相飲醇酒道甯叶昇平時乎不可

爲阮籍逃步兵祖而示之背所期拙者誠華纓颺俊乂固欲豚周楨古人思受爵受則度其能仁義苟不在丹墀非所任奈何齷齪者徒有利祿心

懷陳大維嵇示何鐵二首

渺然寡所歡踟躕臨廣除眷言歌榛苓我友天一隅宵悵華燈逝且悲亘晨徂矯首瞻平臺婀娜飄輕裾上有繁華子掞瑟吹笙竽左顧漻窈窕右顧狎子都安得西北風爲予歌吳趨

曠澤生平陰華林解叢薄巑岏苞野蔽猗靡萌紅藥相顧豈不懷君子客宛洛言懽憶疇昔投分意匪薄層波轉芙蕖明星粲河閣文義珍珪璋觥籌紛笑謔崩波各云邁山川浩以邈銜情情詎徃念離離豈昨扶風有高弟散懷居相索竚予東歸言共遂荊扉酌

懷古

唐季昔喪亂梁晉紛旁午夾河事攻戰海寓懸刀俎人肉賤於狗纔供鬭羣鼠交和飾金鈒鐵鎗分部署擾擾宇宙間獨有放曹虎朝辭崔苻中向夕拜大府不如羣盜樂案牘亦何苦當時稱循良僅得郭延魯吁嗟百年內民一見召父

吳宮詞二首

吳王宮中驕青春吳王樓臺臨迴津文梓香檀雕作柱赤玉珊瑚嵌朱戶曉來驅盡流鶯聲西施睡熟不敢迎紵衣灼灼花爲明錦鋪白地行步輕當筵十隊分歌舞一箸千金那堪舉白象初陳嶺海濱新聲欲唱猶逡巡但取歡娛不論價吳王只恐西施嗔西施嗔吳王愁越兵六千下蘇州

吳宮嬌香呼不起樓臺日日烟霞裏繁弦未厭夜中聽玉杯只

樂宮中喜扶醉山頭去看花不知東望越王家越王勾踐不飲戰霸圖只倚西施面西施面桃花紅贏得吳王孫春風西施舌并州鐵十年濺取吳宮血

雞鳴曲

磔磔復磔磔長恨雞鳴時車輪與馬足憶昔征夫去萬里抱衾徧爲雞鳴起征夫一去交河西交河之地無子規雞鳴只見征夫去縱聽雞鳴不遣歸昨夜初回榆關戍妾是故人猶織素蟢鴨還令香衣生妾今苦死惱雞鳴三寸紅絲斜作紐自向雞栖縛雞口

潤城庵中行

潤城庵中者某宅棄妾焚修處也余假寓其間見數紅兜健兒從一婦人可三十許留庵中宿見客甚肅旋自

述其家世其尊君某宋姓辛未進士爲銓曹壻某兩家皆死於賊獨某展轉至此因嗚咽不盡言余悲而爲之賦

瑯琊城中花欲齊北固山頭烏夜啼此時寒食迎新柳松門半閉鐘聲久深黝健兒三五人忽驚飛鞚隨紅旆從征未是李陵塞步武非關冼氏軍阿潘庵裏停修蹋語罷夜闌因止宿銀釵猶見越姬紅衣香定灑薔薇服月中見客何分明再拜迎前問姓名自稱妾本貴家女亂時失身墮泥土當時家在商邱縣家君曾厠紅綾宴廣平名家書知聞啓事於今號得人謝莊柔鑑偏倪笑光庭遠識不先文妾在深閨最嬌倩小庭花落閒調燕擬筆匀論翡翠鐶呼奴嘗帶琉璃硯自矜夫壻是何郎教隨阿母侍中堂只言拓舞能消夜豈識商歌欲斷腸不知天下干戈

起賤妾猶居昭德里宋賢已自出秦關銅馬漸看淪洛水宮寶走散無遺蹤賊徒肆掠城邑空妾恨不同全家死妾身從此天涯始展轉間關鬪越間對鏡還羞舊日顏厮養才人從古事老逐面兵真不易見人欲語涕淚多不忍從君訴家世妾闘崇正之帝甚有爲大吏不謹天下危朝廷用人有得失遂使妾身當亂離我聞此語重淒切江聲夜走沙邊月辭畢紛然淚欲濕手接琵琶向內彈可憐盛時貴家女今日飄零異鄉土寶車何年颭春風驕馬空嗟爲卒伍願君四座且勿喧爲聽歌成宛轉篇只今猶醉江南酒夜泊芙蓉江上眠

王燈歌

邑人潘鳳工畫從楊文襄遊於內家見琉璃屏因悟爲綵燈工巧新麗自古所無近變態極矣而王五最有名

始於燈上作參差坳凸狀山水人物一一精妙宜興當國極稱賞贈遺甚厚呼爲王燈今王玉貧且老而今昔升沉之感殊可慨嘆聊爲長句以識其事云

東風欲盜梅花酒月色初懸薊門柳武皇宴坐號昇平鳳吐龍銜夜合笙是時楊公集賢院畫工潘生最深眷上苑星橋吹女夷驂驔處處相追隨琉璃屏風內家見踏歌宜照燈前面蟠螭動鱗那可稱潘生巧變作絲燈迥看青玉忽無色便銘金羊未足矜一時雅譽春城滿練塘十里珠簾捲鏤脂映玉參差紅妝成七寶仍玲瓏潘生去後絕無偶二百年來失好手邇來何人遠擅場高名海內傳王郎爲贈杜家一疋絹搦作亭臺帖雙燕人物還師顧長康韋偃老樹尤蒼凉銅絲作骨隨十指巴陵之山巴東水不用春風用剪刀誰家花草著春條更翻彝鼎明深

院擬作桃源擬西苑人間物態總尋常九微光裏分明見只此夜遊吾已足畫堂莫惜催紅燭萊萸幔子垂蓮花漫使情人教碧玉宜興相國雅嗜奇五夜吹簫金屈卮無限銀花總堪擲獨許王郎稱上客自爲公作灞橋圖灞橋驢背酒家胡生韻絕勝摩詰畫此中真可安茅舍相國攜兒坐上賓此公巧藝應有神當今飽謝殊可作此燈十萬那能索滿堂詞客皆絕倒一時悵望公孫閣誰道芸蟫事惘然王郎壁埃老最憐苦心經營猶未暇無復豪門舊聲價世事反覆難重陳貴賤得失何足嗔王郎王郎藝絕倫此是披香殿裏春

田將軍樓船歌

將軍力騎生馬駒腰极一壺金僕姑東盼滄海樂西湖閒調鶯帆三堤驅一州小兒不敢呼橈工爲進樓船圖廣南香木百丈

餘揮斤不日指作殊兩檣蛟文鄙化狐就中欄檻塗爲朱橫開
月洞碧簾虛窗櫺絢然妙卷舒便與風月爲行廬削玉爲榜名
玉壺門開右轉卽樓居巍然元暢興不孤兩峯拱揖隨目趨下
臨平流波迴紆燕風拂拂吹新蒲四坐圍香擬絳幗棲霞樓上
足歡娛四顧都有雀舫俱梅亭柳榭惟吾須有時移入紅芙蕖
將軍未暇集文儒地衣百尺生綃鋪使酒如澠不用沽玉手佳
人撤作盧青鳥別隊歌啼烏雅喜秦聲變吳歈紅粧小部進層
蘇倚醉看山愁模糊登樓自喚孥兒扶海中艆艪繫有徒將軍
樓船世所無嗚呼將軍樓船世所無

鞦韆曲

洞房晴日炤光明柳花撲地同流鶯幾曲朱欄分朱戶鴛鴦地
衣苑中路逶迤路幾重樓隱洛城東裾轉能迴日身輕欲倚風

斜逐蝶翻粉低共舞花紅蝶粉花紅應相似紫燕嬌飛珠樹衣
鴛鴦帶擁遊絲輕牡丹鞋著空中起遊絲空中足悠揚卻娑雙
棲珉瑁梁忽飄幕外三珠樹摻盡羅裊百和香日輪已西指遲
同驕阿姊擬趁雙飛燕雙飛復雙止儂家樓臺深復深夫壻歸
時玉珮鳴七寶燈籠迎夜月金罍錚耳坐彈箏西月斟酌微明
朝換舞衣可憐夜夜東鄰女空有春風上錦機

宛轉歌

齊僮張華燈趙女理絲竹本自鴛鴦絃却奏鳳凰曲瓀珉寶堦
文杏梁冰桃雪藕取次嘗有時使作邯鄲倡往往五味稱空柔
不識苦心呼博士但取快意爲侯王吳羅越縠嬌四體妾醉捧
觴妻墮珥乘醉高談無是非滿堂賓客不敢指君不見周昌强
諫不悟帝汲黯愚戇漢廷棄阿諛順旨不可當脂韋滑稽名譽

揚請君勿彈琴彈琴多雅音文侯欲臥可奈何只愛新聲悅耳多悅耳多宛轉歌

寄懷沈田子兼示吳子遠

西泠沈郎北固住日吟米老菴前樹邇來作詩工作畫道元水經時一顧仙園璽織十尺綃薄遊未及廬山面橫披不用十日力三楚三蜀紛已見近聞吳生遠擅場少年不敢爲倪黃只今越遊思越客嘉陵粉本空自藏幼輿邱壑鄭公谷期君爲圖魏野屋早晚經阜松月生喜見秋風帆十幅從君斟酌惠休詩碧雲欲暮君來時

往者行

往者戴淵爲健賊指麾胡牀甚閒適一日投戈逢陸機遂令名嗟爲作筆鶩飛馬渡推名入才望還同周伯仁後來蘇渙尤桀

猾白跡之名齊黃巾幡然折節飲灰始致君堯舜更期爾直諫不受柱史尊擅動甘隨亥廣死人生好惡豈可測當時相士有得失只聞朱鮪賜甲第寧使王彌撫邦國治經邏舉徒紛紜廣澤高歌較等倫君不見安史亂唐日河北數州民拜賊漢家恩澤近如何杜陵血淚何其多

送陳其年之都門應總憲龔芝麓先生之辟

我家後湖濱汝家洮湖津湖津與汝隔鄉縣惆悵十年纔一見東皋薄雲芳草歇途窮未肯事干謁昔邀霜雪薊門行裋褐秋風又我別即今倪寬最有名甚知獨坐議縱橫莫將意氣傾先達直使才名畏後生抵掌列說天下事殷勤方為老臣計布衣不少治安書浮俗都供魚龍戲文章但恐為人憎把袂河橋黃葉昏若今書疏頻相憶雙魚先向漁竿村

海陽曲　梅村先生云谷賓此曲具體初唐艷情騷旨令我退避三舍

海陽相國聲赫奕少年射策穿揚葉元方誰不重名流孟公豈是徒遊俠家近鴛湖大道旁朱門甲第羅綺妝金色玉聲看欲遍低頭未許稱嬌面越來溪畔誰家女去歲芳華纔十五遲回不肯向人前笑映海棠和燕語況是能詩復善畫擅場往往推無價前身摩詰更嬌姿琉璃硯匣文窗下相國明珠當委禽層臺幽獨貯嬌吟灼灼蓮香應共羨錢錢書記自相矜不須歌舞令心死別有房中呼博士嫩麴紗輕西域香鴛鴦波暖南塘水自謂含嬌可百年鳳樓人共不求仙榮華消歇事翻覆冬烘無盡歸仁哭一朝詔下明光宮萬里孤臣廟議中此時那有東門餞却憶二疏須如霰北風正起捲蓬根雪花如拳玉龍戰健兒射得雙飛雁旋炙羊蹄會相見渥洼駒上夜光杯宮袍猶憶承

明識覽舉封胡號玉崑賜錦雜邀太傅恩肥牛地在無恩澤容
駟門高有子孫芝蘭盡是皆前種水火纏綿一 相送可憐只有
妾同行帶到香囊著淚盈木葉城頭鬢飛蓬土銼無烟狐白蘋
自將巧笑伴相知猶勝主公悲黃鵠整衣再拜承顏色瀦石分
朱命具事畫得楊枝大士新此是春風好時日蜀帳茅簷挂一
幅彷彿金花垂素足毫間點出最慈悲南海應聞遼海哭青草
生時六月春相國羈棲益愴神豈知長留西川道無復花門失
路八兩日蛾眉腸斷絕楚囚死作無家別曾說臙脂山更紅總
因妾淚愁成血薄命不先燕女墳撫棺猶得哭相聞黃羊邊塞
徒留妾繡虎佳兒不見君郤聽琵琶聲宛轉營開雁翼霓旌展
正是佳人怯細腰傳道將軍名大眼是時窮秋振勁翮 鸞輿
校獵枯葦白忽訝 君王帶笑來偏問何人貽手跡佳人頓首

聲嗚咽妾是先朝老臣裔昔贈亭伯到遼陽十載無心開笑靨明月堠空霜滿衣乘閒搦管想低眉孤臣泣向黃龍闕小乘聲聞爲夢思　君王好文珍畫院丹青欲得回天眷銘旌仍許遂南枝親攜大士麒麟殿玉門死入莫躑躅彫盡紅顏泣路隅依稀記得江南曲掩面黃沙已漸無庾郎哀賦當有此　玉書金簡向南指一棺歸葬舊壠阡妾愧無才誄夫子日暮經過華星空雲和斜倚月朦朧妝樓可是無佳麗絃管朝朝蝴蝶風

曲阿詩綜卷之十八終

曲阿詩綜卷之十九

丹陽後學劉會恩時菴輯

國朝

湯　寅

北山即事

春醉欲扶筇山窗面面松人烟過隴樹僧語到門鐘戍鼓連村遠漁歌出浦逢沈郎清夢在適與合相從

送李廣文之官

同客丹陽郡君今獨宦遊名家原賈鄭送別更錢劉稉稻三江雨風帆太月秋何時重攜手松柏講堂幽

澉公山房簡何二黎翟大世英

支公林下寺深倚月華巔曾在亂山雪遠迴載水船手穿殘衲

線身定佛香烟不識許詢輩相依幾度禪

同何二㲉飲程大世英聞楚兵消息

榴花欲照醉顏酡離亂翻驚握手多亭障三江連白帝樓船五校出黃河躋攀每訝朝雲繞飄泊還同夜雨過却憶幾人朱紱在獨將白髮嘆蹉跎

重五江上

錦纜江頭那可爭戈鋋況是倦登臨佳辰未厭羈栖晚萱草仍開離亂心蘆荻綠分瓜步暗樓臺凉入蒜山陰五絲應續蒼黔命何事悲笳夜夜吟

寄懷陳大維崧

一春鼙鼓老江干江上風烟露欲團客裏烽烟書信遠天涯遲暮酒杯寬虛傳小史東皋曲相憶柴扉西沈寒漫道少時鷗鳥

賦祇今已是白頭看

題陳少陽祠

痛哭烟塵結未消，已聞艮嶽草蕭蕭。曾知玉輦終三竺，尚詡丹陽是六朝。柳葉湖深低有廟，鵁鶄聲急去無稽。一龕燈火花如雪，莫問西泠渡口潮。

汴水繁華記昔年，何堪北望淚潸然。眼看中土逢鯨鯉，心憶拿臣拜杜鵑。花草寒泉還過客，衣冠春社有先賢。荒祠寂寞依風雨，不道冬青更可憐。

贈笪江上桂史

由來勝事自林泉，却憶金門已十年。狂酒牧之眞御史，著書宏景是神仙（笪隱華陽乾元觀）。韭花作字春依楊，桃葉迎歌夜泊船。祇是遯名居谷口，論詩今更萬人傳。

送賀四國璘邵八長蘅之薊門

枚馬同時赴漢京郎今辭賦最知名自甘摇落三江老忽漫狂歌一座驚官柳獨淹霜後雨新鶯爲傀旅中程蹉跎躑躅金臺處詞客江南淚暗傾

簡何二棃程大世英

只擬鶯聲到草廬非才不欲更爲儒家無長物存麟管文盡黄金見狗屠餘子那堪憐孺子老夫不信是狂夫湖邊約艇山中酒取次茅簷入畫圖

句曲喜逢吳二子蓮

湖堤十里柳花輕每向湖烟憶去程白髮幾年遊子意青山一日故人情郎看放筆爲吳體却聽歌騷帶楚聲芳草春來多悵望逢君端不换愁生

聞蔣太史超靈櫬至自蜀中

玉棺何意下峨眉蜀道侵凌阧子規官燭燃時猶有淚書刀去後更無詩黃金脫手留僧舍白傳清才見椰枝愁絕曇花重過處空餘庭草記相思

送烟叟攜家之嶺南謁葛如吳大將軍

夢溪春水入瀟湘投老何堪萬里裝東野移家宜嘯詠桓溫開府盛文章菖蒲候雨堂爲竹茉莉沾風蚌作墻莫道吟詩無屬和猺民原是漢衣裳

長山道中

逢日猶寒霜後節板橋側畔露桃濃田家對酒村爲苑野寺攜鋤僧亦農青草徑浮孤澗雨白雲路入半山松經行何處停驂住彭澤先生竹下逢

送賀四國璘之新安

白雲山店俯銀塘路入西泠百草香柳色總憐春繫馬鶯聲勿送夜鳴榔灘邊林壑桃花飯松下清陰薜荔墻此去釣臺應指顧好將塵弁訊滄浪

金陵懷古

嘗以此題經白侍郎輟唱不復省擬頃客吳門讀杜子蒼畧詩漫爲賡詠杜子自孫吳以迄南唐分爲七首而余則斷以一章譬若人百感交集聲淚俱下一痛而已不能別其爲某時某事也

覆舟山下暮烟涵商女歌來自不堪辭賦絕憐兩後主興亡終屬一江南提戈故里如應棄執鋋降王若可貪問遡青溪江上寺誰家宮闕似瞿曇

謁岳武穆祠

老柏蒼凉廟貌明當時麟閣竟誰榮主和不泣孤臣詔痛飲何妨五國城自有宋姬冢御賜獨煩張俊供清羨可憐三殿笙歌滿空報漁陽鼙鼓聲

謁于忠肅祠

石闕細草思難禁爲拜衣冠向碧岑罽帳燕支胡女樂柴關刀斗老臣心驚濤歌短三邊淚黄霧深連九廟陰却愧暮雲金齒路思歸猶寄斷魂吟

贈梅村吳先生六十韻

每切依耆舊如公定幾人參差流輩在踔厲軼羣倫吾道況吟人前賢屈指頻從來憐董賈正自邁徐陳一詠先麥許雙丁口嘆淳青陽遙問宅朱汗早驚塵英妙林宗目襟期盆壽親羣公

傾叅倩麗製屬崔駰會見邀同賞何憂愧不均黃梅傳築室白袷愛延賓熾燭床依月飛花坐有茵砌蘭疎晚照庭鶴唳秋旻揮麈亭辭醉研經每及晨金鐘鳴藉甚玉露語相因漁網臨池好芙蓉隸事新雨中書遍記風處洒徵巡散帙還高詠看山欲遠蹲鶱騰宜禁闕婉孌俯城闉袁虎吟何數徐陵句並珍小時文其美老吏紙須伸硯水蟾蜍滿書籤琱勺當年杯盞把下筆爾誰神以此聲稱溢由來賞譽真宮衣衒雉尾獸錦著麒麟出入聯金省追隨向紫宸蒼生倚重望天子眷詞臣司馬拔滕日揚雲作賦長辭華兼諫獵嘆息一書綈歸院時爭識封章氣屢申從容陪扈麗正特達念斯民丹扆箴隨獻華軒義自循陰霾延紫軼海宇哭青嫾往者三江路曾開七校屯挂帆逢滿浪落日淚河津浩蕩風塵際支離客子身只聞憂悄悄已復見斷斷

舊築原河堵新知屬漢濱漁溪深隱塢竹嶼遶含春鶯谿違沖舉山麋狎隱淪繫船三泖渚檢稻五湖濱藥裹留詩篋藍縧著釣緡酒卮招阮籍繪具直劉晦杯過重拓碧匙添更似銀激流分種樹由逕喚停輪療倒霜花鬢欹斜鹿子巾却知徵士舍池得杜家鄰生計仍篇籍人情漫笑嚬白頭餘著作青史失經綸小子馳情切長懷服習馴練塘千頃綠裏水十由舜幾隱先生席還思張翰尊放歡時過趁徽鹿痛由秦嶽憶長康絕狂增原憲貧直由愁容邇況乃俗艱辛落魄多求醉憂眉不斷顰人皆輕趣豈誰擬引王珣遂觀才揮斥龍門客景臻盧懷原不黍雅義最難民親炙慳高翰瞻依藉錦鱗桃花春水岸斟酌棹浮蘋

江上送客之廣陵

蘆芽漸長雨痕消隔岸鐘聲送客潮此去不須愁夜月有笙歌

處是紅橋

七夕

玉露輕寒過絳綃夜簾長此候星軺仙人那不乘雲去卻待秋風一夕橋

中秋詞

范公橋上月分明酒伴都邀小按箏忽訝歌喉頻入破隔樓撑過畫船聲

衫裁蛺蝶鬭鳴璫好傍熏籠待夜長却憶來年看春色茜紅絲繡眼明囊

張棫 字華磊號木齋灝之子邑文生著有承裕堂詩集承裕堂月課

閒居即事

獨立小橋上村村數落暉魚爭流水躍鳥帶夕陽飛綠樹連行

徑烟蘿隱釣磯野人眞樂此不忍遽言歸

草閣閒無事臨溪酒獨傾風微竹院靜月上紙窗明離影侵苔綠蟲聲入夜淸時披一簑笠柳下待潮生

懷汪大一致

舉首問靑天知音何杳然浮雲千里樹落日一帆烟飲酒看新札挑燈檢舊聯離情比花絮飄渺繞孤川

與汪大一致夜飲

落拓常悲類楚囚蓬門何幸識荊州才華李白千鍾酒氣誼元龍百尺樓把晤奚妨時下榻論交眞不愧同舟自憐皓首逢知己秉燭花前共唱酬

賀 宿 字天士號客星邑文生援例爲太學生著有落花詩盛事詩括香集仙舟詩文集 大士諸詩情眞秀逸寢食王孟而微參杜陵方能有此然天才高妙又能不囿於前人 天士與天山以古文名於時時稱二賀少爲昆

陵與鄒訏士陳椒峰詩文結社入都後爲王北山給諫所重欲薦天士博學鴻詞適有貴顯以文投之天士於人前摘其謬因中以他事繫獄 恩赦出都後聞北山訃號哭而去遂致疾卒於客邸吳庶子珂鳴經紀其喪以歸陳椒峰銘其墓

玉泉山登望湖亭

微徑引玉泉孤亭開遠眺驚虹似清碧湖水環山妙古洞杳無際好鳥時一叫嬌荷十餘里烟鬟自相照惜哉曩遊淺未盡領佳要遙念孫公儔絕巘發清嘯

遊焦山同王北山給諫文友雍南千一諸子

仲春天氣好青山景猶昔我友五六人曉起整遊屐放艇入焦山共尋處士跡三詔洞常存瘞鶴銘留蹟上登吸江亭下探霹靂石遙望金鼇峰相對若咫尺快飲松寥巔俯見海門汐江流日浩浩極目天水碧中有青玉塢竹徑更幽僻何年謝塵囂蒼

兆此卜宅

短歌行出詩存

蒼天望悠悠浮雲去不還人生天地內倏若逝東川賢愚無二之
死百歲有盡䘮金石亦易敝富貴等朝烟自非王子喬誰能駐
朱顏不如及時樂美酒斗十千借問繁華子寧知洪崖仙賠彼
泉下客慘惻摧心肝

詠懷

幽幽谷中蘭峩峩山上松由來與衆殊結根自不同勁木無弱
榦芳草多媚容桃李及時艷零落隨春風所以賢聖人抱道潛
其躬吁嗟當世士碌碌無成功
寶劍重千金求得雷煥知塵埋匱匣中光彩時離離世方售鉛
刀持此將安之

元風變三五古道久淪夷賢士生季世自嗟不逢時每恨知音
寡空負權奇姿不受俗人憐棄置罔所宜我懷商山翁空谷長
採芝

香山寺

境杳塵氛遠幽崖躡屐攀樹深疑有雨徑曲不知山看盡人踪
少日長僧磬閒了然心共寂山外水潺潺

江行

不憚江行險遨遊歷遠方幾家茅作屋是處水爲鄉一澗羣流
合高峰小寺藏飄然忘世志懷古意偏長
雨後春江濶帆懸一葉輕浪高山欲動風急水能鳴長往懷元
幹中流愧祖生依依南岸柳回首不勝情

招隱寺

古寺連荒徑不聞塵市音竹高飛翠色鐘響隱禪心雲意隨山遶泉聲落澗深幽林烟樹亂日暮集歸禽

山行即事

處處桃源路登臨見古風山家流水響竹院小橋通雨洗石根淨花連霧影紅孤亭居絕巘突兀撐青空

春雨何曾歇名花已半開峰迴儼城郭雲起即樓臺極浦烟橫晗深溪湍急洄自知淪落客山鬼不相猜

秦郵道中

春水孟城濶空濛入畫圖幾年成澤國此地半荒蕪日落雲千嶂天清月一湖濁醪能醉客且向市中沽

晚飲一覽亭

不倦追遊興故人今夕同狂歌初見月羣坐欲當風歲序一杯

盡乾坤雙眼空他鄉逢令節莫負燭花紅

中秋飲耿美中宅

只此中秋月三年客裏看聞歌懷故國對酒憶長安螢火依人冷天香浥露寒飛鵲還下夜使我旅愁寬

津門晚步

落日微風動禪庭夜氣凉逢迎僧未懶傲岸客偏狂古殿鄰新月孤城掛夕陽無人誰共語獨立意蒼茫

晚晴

雨餘留夕照日影落疎林樹密猶含濕雲輕不作陰新秋舒望色歸鳥度清音向晚空齋靜微風拂素琴

桐廬夜泊

灘平舟泊處江上盡漁翁雲氣常疑雨秋聲半是松片帆收落

照一火候初鐘同首陽關路青出隔幾重

瓜步渡江至金山

春江晴可涉一棹到城隈（山麓有城）山自中流出入從北岸來還碑時捫石望水更登臺今古題詩遍誰知逸少才

浣筆池（合祀知章太白子美三人）

勝跡千年不厭探幽林茅屋覆空潭方圓水合池爲二賓主風高人有三天際白雲時見影雨中碧樹欲生嵐間遊此日聊乘興門外頻聞過客驂

出都有感

薊門春曉獨登臺遊子心驚歲月催伏櫪誰憐良驥老長吟空抱卧龍才兩朝記事詩千首萬古消愁酒一杯遥憶故鄉風景好滿園花落覆青苔

登筐山

山名不與鵠華爭孤峙平原對歷城石蒲巉巖無草色風迴荒寺有鐘聲亂峰遠處看雲起衆木陰中聽鳥鳴此日登臨偕勝侶卿杯還待暮潮生

過下相弔項王

聽割鴻溝一着輸亡秦空爲漢王驅計違亞父留遺恨淚洒虞姬徒自吁成敗偶然皆往事英雄果爾亦須臾曾公覇業今安在故里荒凉廟久蕪

同人遊華不注山

千尺華峰俯碧流虎牙錯落擁金牛曾看學士丹青色空説仙人白鶴遊戰伐至今餘晉壘蒼茫何處海齊州孤亭絕頂愁難到鼓勇輸君到上頭

燕邸即事書懷四首

久欲逃名避世猜懷人重到薊門來每愁言語輕招謗敢以文章自見才慵慢嵇康書近傲飄零庾信賦偏哀平生壯志都消盡客況何時得好開

逐逐京華又一秋他鄉此地更誰留途窮尚有文堪賞身賤終慚志未酬道上輕肥何足羨從來溫飽本無求爲言年少金門客莫笑狂夫已白頭

十月燕山雪早飛誰知孤客卧柴扉長吟擁絮頻呵筆沽酒無錢且典衣故國路遙鷗夢斷庭闈別久雁書稀城邊夜夜砧聲急何事天寒尚不歸

雪壓城頭捲朔風鄉心無限托征鴻倦遊今日同司馬歸隱他年傍伯通孤館夜長愁對月五更夢斷怕聞鐘當時結客黃金

散羞向人前說路窮

感事詩十首

還餘草木鶴聲無此日誰將玉輿扶夜半羽林開鎖甲春前紈袴守銅符忽然一水投鞭斷不復三軍脫幘呼江上風高吹畫角哥舒鎗落失東吳

雄關擊柝點籌聲閒道將軍鎮海行最是玉樓多粉骨誰云鐵甕果堅城六宮星散無閒后萬戶雲封少義兵只有出師丞相淚掌空援絕問青萍

北顧長淮氣已摧泛湖曾否破吳回魚投大海翻趨網鳥宿空山若沂洄策馬星隨烏北去呼鷹人逐雁南來飄搖王謝無完屋燕雀遐心託草萊

黃羊蒼璧自從容血濺何人護六龍共解投戈稱上將絕無倒

印用司農小臣溝壑泰淮水元老貂蟬石窌封讀罷離騷悲屈
子楚江天湧沒青峰
一旅孤臣義獨高軍圍三月又何勞夷吾因老應披髮道濟城
摧空佩刀明月鵑歸春草白南枝鳥宿北風號央宮人已遊麋
鹿猶有胥江湧怒濤
曲突移薪人不支興亡何事到今知隨波沫自舒新色異地花
還媚故枝大海文人無露布空山隕地有靈旗闔閭城下懷沙
客腸斷還爲社屋悲
捲籜風驚五月霜濁流盟長狗王郎非鬭戰將名擒虎剩有開
曾怨牧羊鳥亂暮雲如去國潮喧江上亦懷鄉傷心忍見黃楊
柳一曲琵琶古道傍
烽塵不斷接長安門戶猶聞行路難鴟鴞殿中人似魅未央宮

外草如蘭悲來龍去攀無及賓到鸞遷局已殘寂寂秋山秋夜雨燈前遺老泣南冠
平原無復舊鄉關豈有桃源堪遠遯到處哀猿啼夜月何時渙水見陽春天方棄我饒艷域地肯容爲冰雪隣對鏡自憎稜骨重可能顰笑學時人
幾見桑田變未休悠悠滄海孰安流試看文士誰甘隱但說將軍盡進侯夏屋未亡餘一旅貞臣雖死亦千秋淒涼處處漁樵路遙望荒原滿目愁

荅子復 蠟珠集

燕臺寥落不勝秋喜有良朋載酒遊貧賤每慚人問姓悲歌豈獨我言愁寒侵孤枕鬪殘角風引疎鐘度戍樓覽鏡自知身漸老感同王粲滯荊州

同蕭子飲村樓

斜日孤村合晚烟秋深新月映晴川萬家砧杵哀征雁千里河
流入暮天去鳥悠悠歸樹抄飛雲漠漠落樽前相逢莫問長安
事回首燕山意黯然

夜坐

茅店悄無人夜闌還獨語如何孤客愁飛作千巖雨

松陵晚泊

落日春風拂柳條誰家樓上獨吹簫月明小艇烟波裏夢過吴
山第幾橋

惜春詞

小橋深覆柳絲長夾徑幽香燕子忙連日春風送春雨隔墻花
落滿橫塘

賀國璘字天山號遯丁少受業於黃公之門占籍無錫爲文貴洛陽著有百城樓集深柳讀書堂詩稿載道堂集飛鴻閣詩餘楚江唱和詩餘編定聯方考纂修縣志　費茲衡云天山先生江東名宿見予北征入汴詩作序賦詩見贈予有句記之云東山李白入長安狂客先稱蜀道難我亦中原逢賀監爲傳詩卷滿江干

入汴酬費滋蘅兼示何龍岩

結交仗節已太息長别離荊棘交蒙茸桃李無華滋孤芳誰與言戚戚含酸悲既違夙心好遑恤羣爭嗤青蠅當我前揮麈一拂之雄飛寧不早鎩翮寧伏雌我行慕嚶鳴愼勿疑張弧豈不愛我鼎亦復珍殘軀春華與秋實枯榮會有時

汪晉賢新搆草堂成次沈山子韻

入林不期深結志築蓬室閉關遺闠闤意趣野人質抽繹寄遯思經旬費蹉跎孤危契遐矚鄙哉逢迎術我見荒逕蒿昔是王

謝宅今昔榮瘁殊電閃瞥流澤乾坤置微軀舒息足舞尺奚爲勞形神經營費區畫我友傍舍南雲封苔蘚碧三徑當溪坳烟林手可闢未須侈廣廈補綴搜拳石嵐壑近自然無勞巨靈劈修篁夾芳樹滋培藉扶掖移置儼舊柯青蒼颺簟席結搆苟完美羅别三萬策非以資游觀藏修殫著述翛然一畝居環堵塵網隔幽賞愜夙懷勾留忘在客劉陬郤市交終始慎所擇

合江亭眺望步呂黎原韻

江干青草橋湘右蒸在左湖洄各有源未肯捨哆嘸茲當合流處有濁互相佐官舫急程期估航積居貨而我貿然來隨波亦經過盛年既還延壯志竟摧挫憑欄試高歌我友屬而和穿嶺雲沉沉投林禽個個風高飛聯帆湍急溜層坷孤峰迴雁羣溪潭穩龍卧五嶽塡胸次寸管了傭課余情誰復語失策已無那

羣公抱遠志高搴庸自懦棄繻大器成投筆令名播毋乃掠波瀾難忍一朝饑渾忘萬里程得食競欣賀臭味雜薰蕕軒輊昧勤惰我昨發狂言咄嗟驚四座對此汪洋波能令愁顏破未滌鄙俗腸塵纓且湔浣

彬陽懷古

尼山維禮運損益知百世獲麟絕筆後遞釀七國勢天意厭劉擾欲開混一計西戎寇兼幷殘忍滅古制祖龍轉瞬亡沐猴接踵幾望氣成五采因勢乘便利同時起草昧入關先畧地五載徒紛紛歷數黙維繫追悼楚懷王被欺遭擠墜可憐咸陽魂與戶故郊瘞彼蒼若夢夢長昏八忘齋孫心混牧羊歲月嗟已逝三戶亦安存倒覆甘掩翳倉皇從民望萍梗全無抵草草都盱台初稍示沉毅西行遣長者仁暴斷分際魯公將居次已知舊

冀志致命曰如約空名號義帝佯推實撈之還偪仝綴髒我立我尋裁女戶自撤掠江中私擊殺陰賊等梟鷙代人蒙惡聲名滅身受厲試問赤伏興熊繹豈禋禘秦皇置守塚謹護期弗替不聞尊義陵少酬北面志懟弔鬱餘悲寸懷百端徇兎死獵狗烹誅鋤刈茶薺一壙故鼎纍孤燐不爲覆蕭蕭彬江上血食千秋繼劉項今何如空雪少年涕

浯溪懷古

來往湘江濱登覽浯溪上溪隱懸崖間晴晦殊形狀踞崖恣顧眄左右邈空曠怪石互廻伏嘉樹鬱深望循磴陟危巖幽踪絜顏訪云是漫郎宅遠峰列屏嶂托此卜居意高騫絕時尚摩挲三吾蹟筆墨儼兵仗兼勒三絕碑溪山氣增壯人生總逆旅茫茫大塊央何物我所私發思寄奇創亭台溪巖泉似古銘盤杖

據之肘腋間晨夕共偃仰卓哉春陵牧神清氣疎鶴民物吾胞與卷舒如幔帳猿鳥亦何親清音應高唱邱壑意相愜雲移補巒嶂況茲魚魚坻孰不沐嘉貺詎仝漱枕流便以縱閒放懷古抱餘思曉霞波蕩漾

次少陵舂陵行韻贈明府相如同汪晉賢輩已畦家拓菴賦

鬱鬱蹲夔牖故交抱朴嬰鳴琴及瓜期念之躑躅行廉吏良可為心勞政亦成閒閒桑陌間先實無近名還憑讀書力辛苦謀蒼生慨然念疇昔不殊盞盬蕳挺茲中流柱蔚為大廈楨紛東擾百慮何如仍一經徵吟月當午仰看牛斗橫為政滌苛條晨光俟繁星候吏抱牘去雙鵲翔空庭前刈蒙翳盡明見青山青只今大和會　廟算閒銷兵布衣步天階志士懷春朋卓哉彭

澤室中歲脫朝纓桐溪欣邂逅心焉俄忽驚伊人性孤潔衆濁乃獨清不須復痛哭慷慨陳　殿廷談笑傲千古睥睨雄百城汪倫好奇士楚楚營新楹晉賢新構碧巢書屋延攬謝執客列座肝膽傾快發素心論無當　宸聰聽

隋堤行四首柬寄許太史素菴兼示長君習右比部

隋堤楊柳枝只解管離别年年旗亭讌攀折贈行客春分我渡江又逐軟征陌太史方抽簪平淵寄高跡西園晚著書東山却睹奕延我青門巷開公篠野宅殷勤愜素心款曲敘疇昔相賞更能憐爲此頭灑惜結念遠遊子此行數晨夕所期金石交敦好在三益平生托良契銘心敢稍釋分手還依依江天暮雲碧先生竟高尚鹿車行共挽偕隱有同心白首相宛轉豈不懷君恩有子皇路遠時亦悲行役繾綣良不免祗緣勗大義貽書重

慰勉立名期致身細節不足踐爾毋頗我思我行能自遣諸孫繞膝前含飴勸餐飯遺經口自授忠孝務所宜家學淵源在桑榆未云晚

白雲望郎署望雲心怦怦拂予裳牽袂雜悲歡相迎遠致高堂語嗚咽不成聲高堂命有屬期君崇令名報國惟文章克家惟忠貞以茲相激勸耿耿不負嚶鳴應求敦古道片語肝腸傾兼以資綏急感恩知已弁所嗟南陔慕眷眷如懸旌豈徒增爾虔我亦攖深情

賤子痴然叟顧影還自維辛苦上書來此事誠微卑雙足既兩刖咄咄將奚爲硜拙在所甘行矣維予羈獨負汝南評月旦空相期遙遙寸心托遠逐江雲馳江南有荒徑僻在水之濱差堪結廬老荷鋤性亦宜白石礪予齒清泉鑒予髭此中眞有得長

與浮名辭舟子憑見招馬跡勿復追明春訂重訪牟公讀書帷存茲本來面幸慰別離思亦復愧微軀雖辱兩世知一編欣共質或可容相隨二十四橋月今古同淸姿無容再攀折隋堤楊柳枝

再阻蕪湖關有作

立春方届日舟向龍江泊關征阻客行雷電合交作殷殷四達布匹練光閃霍怪風東北來夜半怒濤躍飛雲迷長空俄焉雜冰雹撈人起張帆同舟大驚愕余獨以理遣此生任落魄本無機械心寧死風波惡行耳何怖爲破浪差足樂四顧盡失色鼓掌增一噱侵晚抵蕪關征蓬一時落望望二百里兩關相犄角嗟此更苛細誅求非比昨無何胥吏至入舟恣搜索微物難倖免低昂憑約畧甑生若羞澁殘帙不盈橐笑語致使君無以佐

緡擢匹夫敢懷璧或屬未剖璞

同葉巳畦周篔谷沈山子暨家拓菴集汪晉賢碧巢書屋

次昌黎韻述懷兼示同好

逢時無術緣不學踽踽辛苦抱一函無端胸中羅五嶽理遣那得除崎嶢閉塞蓬蓽任風雨躋踞嚼嚙脫履衫波濤碞砢道途梗鸞鳳棲枳驥困銜下走雖伏奚足道縱令舌在無不緘懷茲不平意鬱結忽逢好友夙習歧由來隱見非一轍未許廊廟嘲邱壑六律變宮轉激楚五味調鼎攙辛鹹孑然獨行恥偕俗丈夫安顧兒女誦聊亦慷慨捐忌諱無復憂畏防譏讒肝腸披瀝尚絜白自璧微瑕難刓剗篤溯客棹連夜發寸心照耀天日鑒珠璣飽飫實空腹不獨鯖膾充貪饞此中饑渴苦不解氣求聲應徵至誠新詞倘付紅牙拍絃管繁急憑攕攕

赤壁謁武侯祠

咸陽劉鈞錦繡腸皇皇炎祚難復昌亂世大奸篡國柄目中直已空孫郎爾時衰劉次第盡横槊高詠何揚揚豫州飄零未軒翥依人存活慚昂藏雄飛雌伏會有待屈伸隱現憑青蒼草廬一顧弁魚水變化風雲龍騰翔揮扇夾策公瑾合央㾜忠赤滌腸江東成敗繫一髮奚論遺臭兼流芳天假東風連夜發赤壁憑弔慨以慷千艫萬艫忽灰燼老瞞意氣旋頹唐孫郎長逝周郎在同功更復推甘黄胡爲口碑漸銷歇諸葛大名逾揮光春江飛燕似絮說啁啾上頡或下頏

同沈中立烟雨樓放歌兼别子昭明府

東吳覇氣鬱千里敗越夫椒報檇李錦纜蘇臺接輿槩見朝歌暮舞醉西子粧臺零落可憐生不屬吳宫屬范蠡往事銷沉遺跡

存東風吹縐宛央水宛央湖心百尺樓烟雨空濛幾度秋倚檻
登臨縱高會射潮雄畧足風流千載悠悠那堪數茲樓興廢經
今古故壘斜陽燕子歸落花飛絮漫天舞今來樓影映波紋誰
道雕甍遜昔聞萬家春色飛紅雨四面晴光映緑雲頓令此地
闢生面卜築從新建書院東郊士女畫船開南國人文彩毫現
水部才名信可傳擘窠鐵畫墨痕鮮漫珍官閣梅花雪重綴沙
堤楊柳烟今年攬遍西泠勝何事春遊似秋興賀監狂來不自
持沈郎瘦甚憐同病忽然握手由拳城高樓同上思縱横萬事
滄桑詎足述此時塊壘難爲平嘉興賢令不厭客開筵任我傾
胸膈還許攜樽共倚樓朗吟互對長空碧從此樓頭吳越人栖
栖燕趙逐風塵休文作賦重搔首平叔啣杯更愴神北平亦有
最高處兩生聯轡行且去宛央湖樓紀舊遊鳳凰城闕騰新譽

使君詎是百里才聲名甚起黃金臺黃金臺上遥相望狂客狂歌重唱來

宛央湖上春望曲　贈朱玉斧

宛央湖上波渺茫春風宕漾凝春光我來高樓縱春望疑有烟雨騰空茫繞湖柳絲四圍綠近郊莽十里蕭春游士女互雜沓忽然瞥見傾城粧傾城空一笑臨風狂斷腸可憐清波上不見雙宛央宛央兩兩貪穩睡不似人生離別忙何來朱家俠相對貧監狂黃金一朝盡意氣原飛揚兩人無端熟相視把臂那禁鬢眉張嗟君鬱懷抱榮名非不早上書伏北闕從軍走南島坐令歲月消壯夫此中老悠悠道路中而我與君好我自悲歌市上來褐衣猶未除塵埃長安貴人頻憶舊交口嘖嘖朱生才入間怪事何不有樽前且盡今朝酒愁看官閣落梅花怕聽旗

亭折楊柳男兒飄蕩絕可憐相逢痛飲非徒然朱家好客苦留客解衣質得青銅錢文郎爲我歌金縷百端莫遣眉頭聚逢君醉里合沉醉坐我語溪默無語啼鳥聲何悲將毋是杜宇君休更上湖上樓君不見片片桃花撒紅雨

讀書古戰場歌爲何龍岩作

豎儒拘牽論成敗千古英雄掩光怪可憐拔山蓋世萬人敵乃爲紀信周苛小兒賣只今滎陽道滎澤一派蕭颯荒烟蔓草中當年楚漢鴻溝界廣武山頭策馬來嗚呼嚱噓此古戰場哉何郎竟向此中展書讀讀書聲與鵑啼猿嘯仝悲哀問君讀何書定有龍門史細故不足言且言劉項本紀事鴻門鴻溝兩失計勝負所爭一着耳隆準非長者重瞳是婦人三軍縞素爲義帝殂上宛轉誰家親謂彼將逹度識者辨僞眞敖倉粟且盡太

公趣就烹分羹一言忍出口何不分與一杯羹胡為約未定急急歸彭城彭城不可居衣繡不可行坐令大事去空悲江東兵至令滎水上如聞喑啞叱咤之雄聲何郎讀書過夜半我知鬱鬱懷不平不如束書且起舞匣中應作錚錚鳴以君百鍊鋼鑄劍還鑄笛高嘯鴻溝古戰塲伴君幾寸纖毫筆拔劍松紋霜吹笛梅花雪二者由來號神物能化龍鱗供宕跌不然讀書安貧吾徒乎而肯卑卑齷齪隨豎儒

繡頭道人歌

道人奚從來來自兖東出陳氏道人不稱名呼以繡頭則曰唯頂髮每每四圍禿斜結蒙茸挽雙髻餘猶尺許盤頭顱繡頭之名自茲起不言道德不言術問以元機亦不理食以脫粟亦不辭終日不食亦遂已夏亦不易衣冬亦不更履朝遊天柱夕淨

樂赤足空山日百里上坡下嶺行如飛柱杖隨肩掛行李龎眉羽士爲予說童時見之只如此徒步燕臺徒步歸王公乞兒一切視問何所知曰無知問何所事曰無事隻身手不持一錢頓思高閣插天倚云自羣仙會上來羣仙攝跡烟霞裏問年瞪然相視笑蜉蝣不死偶然耳猶憶生平十五時萬歷改元出家始試爲屈指約計之百年三十有九矣

登浯溪觀摩崖碑用黄山谷韻

由來雄文傑構不朽同山溪只今浯溪上列摩崖碑道州當年有良吏宰爲保障毋爾繇舂陵行就少陵和撫字蒼赤如嬰兒不謂要津置荒遠楚嶺之南湘水西偶然意與山溪愜浮家泛宅甘羈栖感激時勢擬古頌自負老筆能優爲文成孰堪壽金石以屬骨鯁顏太師吁嗟乎肅代中興安及漢光武藩鎮變易

怒斥鹿蠹武卽位上皇返兩宮間阻頻猜危此碑槩括寓深意不在刻劃三頌詩君不見元公忠愛魯公節垂世豈止區區辭鄴侯仙去汾陽老紛紛跋扈鼎祉隨千秋光燄獨耿耿只今浯溪上列摩崖碑

靖州訪鶴山書院故址　小憩靈巖殿左攜月軒卽步文靖原韻

人生過誤苦不覺臣今老矣愧未學可憐多少珊嶼婆大抵塵埋失雕琢千秋斯道有統宗惘惘昏昧將奚從不磷不緇性天定挫折孰非大造功要其問心心自語大造無心我爲主翱翔雲霄絕堦級趨趨步尺寸準規矩道有先後無殊源濂洛關閩皆大賢紫陽承緒更卓越擔荷乾坤資斡旋魏公尋源本正直西山合志推在石道途之口任悠悠觸忤權奸遑自恤遠遭遷謫

投南巒靜慮凝神意氣間詠鋤茅棘搆書院九華五嶺環鶴山潩溪溪流曲當戶左右烟嵐供盼顧手植芙蓉列畫屏先生嘯咏天眞露純福坡前秋氣清我來但見斷碑亭講堂創造代興廢披覽遺文神與親由來學力無終始死生夷險同一理生成大義日星垂炯炯丹忱貫青史丈夫抱質行有歸百年若寄安所之坦途但留方寸在退不敢輒進不迷吁嗟文靖傑然起當時猶云僞君子是非界限只毫芒相違寧止一千里吾徒修名毋苟安操舍存亡如轉環偶然失足喪眞璞訛言更恐因訛傳

送唯一歸里用壁間吳天章韻

離別區區何足道王孫歸去無芳草纔傍秋期花已稀風泛天河斗芒小我歸誰復烹伏雌頭拚堆雪足衝泥君歸恰值秋光皎斑衣舞罷斟琉璃如逢問僕者但道顛毛攺塗抹東京故宫

壘羈魂又爲離別銷驅愁不去愁如海

龔氏家藏楊忠愍公梅花詩卷歌

成都太守爲余說三世珍藏石交楪椒山先生先大父氣味相同傲氷雪先生身囚囹圄時慷慨曾題畫梅册至今手澤踰百年蛟龍護之字不蝕我聞驚得未曾有請而展讀寧敢褻清芬疏節光氣浮一片氷心三尺鐵當時封事且莫論即此具見丰骸烈獨爲知己吐肺肝頓令奸王奪魂魄奇筆團屏未死心大書那惜手指折時借梅花傳骨鯁梅花如人照貞潔墨痕蘚紙有時盡精靈光怪無消歇豈如桃李鬭芳菲懸知千歲萬年化作萇宏碧

依葉星期吳孟舉黃葉山庄倡和詩用昌黎望秋韻兼呈曹秋岳先生

吾儕那復能識字金泥玉簡鍵瑤函大酉小酉渺難攜平地遊
却千山嶢梧桐川上偶停棹霜楓與逼芙蓉衫冰心新從涪溪
至爲述勝事中心銜葭菼蒼蒼懷彼美秋風珍重雙魚緘黃葉
山庄縱艮會素心相質市道及嘉禾侍郎信碩果學者羣仰泰
岱巖好龍眞得龍爪動鼻味取得毋鍬醎諸賢畢集振高響啾
啾焉敢聲喃喃闢言我更長顧慮碌碌毋乃翻翻讒還憑錦繡
滌腸胃盡將舉世俗骨劉陽春發聲和彌寡此調要令千秋鑒
舌本青蓮吐的爍書涎縮頸難療饞嫏嬛石室秘書在妙理賞
識通神誠古歌送君望月落板橋晨影還櫼櫼

二酉行

南荒不少帝王符辰溪二酉侍左右車轍馬跡周穆來蒼梧悵
望應悲哀耄荒邈逐徐偃去二酉書藏在何處自經祖龍叔厄

後慢漫長夜無時曙余生在酉集百憂霜雪蒙頭奚所求備有
我函愜夙願手抄詎惜擔囊收厥大竊名大小酉之無不辨鵠
旁搜夢寐獲與古人接閉關安在非良謀憶昨神登天帝殿紫
府眞仙恍遊宴叱余老矣曷歸與荒荒不借那能遍

五溪行

在昔竹王自據夜郎壤五溪酋豪互雄長負山阻險徑紆廻幽
折筊能猜譎掌橫濟雄辰酉合波崇岡峻嶺皆巒阿更聯龍湫
在武九溪亦此地往往洪濤多古來侯綏以外要荒裏不治治
之非得已其中怪雨兼盲風時若孰與王會同郎兮車書大一
統猶闖巴山別徑黔粵通獞猺叛服那可詰未許銅標鐵柱矜
奇功何時入溪一棹武陵近春風吹落桃花紅

武溪道經古桃源渡

桃源誤落挑花片鼓棹漁郎驚然見拾級尋源入洞中不道仙家有路通居人見客互驚訊雞黍盤飧競相進六王虜後何所知何時漢魏何時晋送客溪頭閉洞門烟水茫茫窅難認吁嗟乎屈子竟往蘭無香漁父重來桃不芳消息有無向誰問靖節寓意真悠長君不見五溪幽篝路深篠望帝魂歸山鬼嘯此中應有避世人欲往從之扎吾釣

黃州赤壁賦得月到黃州小

君莫怪月到黃州忽然小江山無恙英雄少獨有毫端光燄垂午夜精芒只如曉赤壁亭臺亦杪有客登臨客懷悄我昨扁舟赤壁渡或言赤鼻當時誤寂寂空山古廟存不祀孫吳祀三顧上有武侯祠嗚呼嘻嚱萬事千秋付墨莊吾儕遊興無頹唐文章白合論工拙成敗何從較短長鐵甲沉埋艫舳燼烟波疊疊還

孤花祗今惆悵東風裏臨風酬酒呼周郎兩地傳訛難辨了此意應須問坡老與來潑墨類有神揮筆今人古人少江山無情賴以靈君莫怪月到黃州忽然小

送丁柯亭南歸九言二十韻

吾徒三年前事能忘否無端爾我作此孟浪遊共君春風撇得好花柳相與躑躅道路非良謀今來咄咄無乃太顛倒胡為吞聲屏息瞪雙眸抱璞那復辨是碔與玉臭草誰更問是薰與蕕发凉刮却面堆霜與雪利鈍輸却舌鋒戈與矛聊爾孤蹲殘籌饕楚展不堪攙入怒馬蒙茸裘奚待世皆相棄先自棄縱令人不言愁亦欲愁思君十日五日隔顏色顧我十里百里惻偃僂我將以君為我葺弦佩君岸額我彊作繞梁柔筆花落盡只今高塚瘞瓶釀沽得且須大白浮慎毋浪虓趙勝九原土亦莫高

踞元龍百尺樓任嘲握管未能窺半豹詎肯停車相與招三騶
緬想擊筑悲歌荆高侶爭傳得時憑軾酈樂儔沉埋黃金臺下
騏驥骨聞道孫陽屢過無騂騮或云此中人分信矯矯未識彼
何爲者徒悠悠羨子囊空顏禿竟歸去謂余舌敝耳熱將奚求
大江南北應有伊人在矣殺三年兩度燕山秋掘思寧不眺首
懷彼美卓然遺世獨立而不流我亦一轗走指春江水寄聲少
待其駕滄浪舟五湖來往差足自生活毋使軟紅塵再蒙人頭

五城鎮望蒼山

日暮峰廻碧孤雲如可親屋頭留豹跡波底辨魚鱗亂後炊烟
少山中物色新此間猶不免何地可爲鄰

西湖雜感二首

湖光共山色遙映恰相連吳越中分地東南半壁天只今兵燹

後不少管絃喧獨有章縫客徘徊落照前

飛來峰下路長夜透寒陰泉冷侵人面山空見道心游魚驚拂柳啼鳥叶鳴琴何事嘶羣馬蕭蕭亂客吟

五月七日早發省遷値先慈諱辰

罔極恩何補深慚誓墓人到家將一慟作客又經旬陟屺黃塵滿瞻雲血淚頻夜臺應痛惜兒是浪遊身

登嘯臺 孫公和清嘯處上有土窟遺蹤

太行峰欲盡土窟托雲根高跡銘孤岫閒心鎖百門乾坤空一笑爾我更何言鸞鳳清音寂空餘鳥雀喧

湯陰謁岳廟和葉少參蒼巖刻石詩原韻

搆志偏安足稱臣議適逢風波厥大計俎豆惜功宗眼倦六橋柳魂驚五國烽可憐桑梓社蕭颯冷秋蛩

湖南途次雜興

楚水楚山接登臨無定踪歷經川疊疊更上嶺重重夢寐三吾宅徘徊五老峰湘雲行不盡疑向九疑封

舉頭星漢近旅思動蕭騷雲向峰腰起山從木末高如何當絕巘亦復類驚濤爲語翱翔客凌霄惜羽毛

下楊洞溪草堂同余犀月夜話

促坐宵分刻燭吟梧桐舊雨最情深幾人忽悵經年別千里同憐一寸心蒲徑落花飛入盞半鈎斜月靜窺琴無端又逐燕雲去那禁顛毛雪不侵

東昌城下題曾仲連先生射書處

箭發聊城一紙書望諸雄畧頓敎虛布衣義格西秦帝鐵籠功成東海儒六國王廷羞紱印四君高座却乘車我來拂石新題

壁千古高風尚凛然

鄴基懷古同章聖可嘆其年賦

留芳遺臭總千秋亂世奸雄物望收强弱曹袁非定論帝王丕植儘名流鬬難郭外空存句銅雀臺前何處樓高貴鄉公休按劍山陽衰草正含愁

荅友人贈別韻

春風湖上趁飛揚又逐燕雲去路遥隅踽忽逢名士屐行行且避使君軺何曾紙價騰　雙闕只合芒鞋老六橋無那魂消折楊柳黯然離思集清宵

汴梁仝包子剛話舊

無端蹤跡各征驅來往鱗鴻未啓函冷暖世情雙白髮艱難容路一青衫目中有子還同拭舌在如予只合緘不盡樽前離別

緒烏啼月落尚諵諵

和荆集生襆輿

恥同魑魅夜爭光歸去王孫草自芳懷璧怒拚堦下碎遺經老
向壁間藏愁深江左曾橫吝餓死長安索米郎坐卧小窗子自
嬾漸於身世兩相忘

寂寞三江作賦甚瀟湘蘭佩等閒開餘生經濟存三徑千古文
章盡一杯舊事淒涼遺恨在故人憔悴上書來桃源已隔桃花
路應笑漁郎去復回

把臂曾期共入林結茅何處買山深千丈天末黃沙地兄弟樽
前白首心有夢蝶疑同化境無絃琴更少知音那堪松檜童時
植轉瞬俄成遶屋陰

門外榛蕪襆鼓苦長歌隴上獨徘徊邯鄲城下諸侯合芒碭山

前五色猜白日只今逢虎豹朱門此際蒲蒿萊草間貢徑吮高
卧作檄慚非馬上才

和楊震白感懷三十韻兼追弔尊公維斗先生

仲子仰天泣心傷頭白烏有生當否際此日值身逢不分完巢
卵冠嗟伏櫪駒吞聲悲李燮善哭怪唐衢先子崇明德當年貫
壯圖捫奇探石室搜秘得匏蘆當事安鵶籠斯人老鳳棲天崩
龍墮井地坼日沉虞膚髮能無愛綱常在所須捐軀千載痛為
道一身徂無地容張儉何人匿趙孤與衆成獨往慟罷輒相娛
拔籦箬新絳吹簫戀故吳含情慵對客避世得為儒賦擬長沙
傳魂招楚澤巫誰能污白珩不敢失元珠天更摧雙玉人方詠
八厨襟期勞渴慕奔走愧饑驅覿面心為降聞名實不誣蒼顏
增涕淚白眼任胡盧市道交情見吾徒古誼扶文章慚苟得意

氣重交孚幾角巾原鹿還存北海雛可憐天下士只作罪人拏老爾胡爲者生余有意乎鵾鵬宜並笑牛馬聽羣呼卽此終三間村醪盡一壺草廬宜穩卧壠上易長吁擊楫聲逾壯搴裳願豈辜知君風木恨莫涉莫愁湖

子夜曲

芙蕖開並蒂灼灼美人粧月明休蕩槳驚散兩鴛鴦嚴霜滿河長烏啼月光下霜寒月復明不辨曉與夜

虎邱中秋詞同孟循作

可中亭上夜闌時士女誰過短簿祠歌管漸停人漸散秋風秋草更迷離

磁城郊外

我去紅蕖開滿溪我來黄葉飛滿堤荷香柳色可憐盡晚鶯聲

絕烏夜啼

張松 字碩夫號石年晚又自號壺隱先生玉邑文生

金陵既沈方鄴道兄同寓蕭寺

登樓一清嘯萬里動塵沙日暮雲垂脚天寒雪蹴花滄窮衣甚
傲僧高酒頻賒稽阮今猶在何須發浩嗟
他鄉青眼重古誼足盤桓素笑詩初就堅冰墨易乾燭長憐夜
短杯盡覺心寒欲話當年事愁君帶又寬

馬翔錫 字世卿號靜怡邑文生

姜子恂郭外尋秋予晤不值詰此待之

寒郊落木秋已晚之子尋秋猶未返予今過訪惠山雲只見山
雲不見君昔年揮手與君別陶園梅放花如雪曾憶梅花空復
情遲客肯負孤山盟秋水蒹葭天一方欲往從之阻且長北風

瑟琴寒夜發思君夢斷碧窗月

同友人訪菩提菴

徑僻杳無際遶君仔細尋野花隨地艷老樹到門深抱病饑開思逢僧長慧心有誰送歸路返照與啼禽

觀譚友夏刪竹

萬竹須臾盡其如客舍何山從此際見月比舊時多影斷琴牀水虛通隔嶺歌要知終悵望無處避人過

別友

好風好月罷同遊猶記梁溪一別愁我上湘江君下越兩帆風滿各開舟

諸葛方武 字義客號玉斧原名起邑文生

次敬亭兄桃花圖用陶韻

知者本忘機澂觀空一泚具此千秋識任彼雙丸逝少小事文章白首不肯廢壯年好登覽恒岱嵩華悲高咏歷河山志道亦游藝視田手自耕登穫無供稅荳龍何雞狗乃敢忝鳴吠雄文辨異端小篆摹古制（兄精篆籀）歸來舊草堂親戚未遑詰知交一時來共道叢而屬屈指數韶華永和癸丑歲（吾族世居永和鄉兄生於癸丑）世德食先民守拙不行慧近今更作達欲闢眞仙界種桃千萬株履屐修竹蔽道遙天地間於浪形骸外賢達亦已多淵明獨相契

諸葛義方（字雲莊號果亭布衣）

敬亭兄桃花岡用陶韻

亲知有漢臘於何論晉世但見桃花開落英隨水逝耕作有時息誦讀無少廢某水與某山釣弋或朋儕荊棘手自焚芝蘭亦親藝田園有眞樂磽确靡征稅左道徧太平如聞跳犬吠昔有

桃源行五柳先生製漁人偶一過高士未能詣乃知真仙居鬼
不敢爲厲又閲桃源圖藻繪幾經歲人稱李將軍筆底甚明慧
吾兒詩思豪畫亦起神界靈府本無塵何來一物蔽心既與花
期花自不相外此哉淡園叟實非吾所契

諸葛遵義 字西垣號慢亭官禮部儒士

次敬亭兄桃花岡用陶韻

昔聞桃花源地僻自成世花發任春風花落隨波逝我家桃花
岡松柏未荒廢荊棘手自除花陰倦遊憩紫陌喚漁舟藩籬觀
樹藝西望玉清宫南通金匱秘徑轉藤蘿繁雞聲雜犬吠遠近
發清香百祀如新製高低爛熳紅緋蝶成毬語封姨若有知亦
復不爲厲山中無甲子鵲巢占避歲日月一何長無心營德慧
歡樂先春風頓別仙凡界元規塵不污雲樹深深蔽華陽路非

遥七眞應不外第八洞天中細釋參同契

宿朝天宫

閶闔風高接太淸每看南斗挂前楹春迥玉殿梅花早江到金陵雪浪平七曲雲深龍尾道九重天近石頭城不知舊日營巢燕何處飄搖風雨聲

留別汪錢兩先生

擒酒臺登第一樓醉餘同弔古揚州乘風跨鶴心猶壯彈鋏歌魚志未酬才思淸眞惟說項世懷顚倒暫依劉從今謝却繁華主叩角吾當學飯牛

廣陵別墅

一曲霓裳月滿闌綺風香霧濕雲鬟綿衣宅裏饒金粟不數淮南大小山

曲阿詩綜卷十九終